LE LIVRE DU DIVAN

STENDHAL

—

LUCIEN LEUWEN

III

ÉTABLISSEMENT DU TEXTE ET PRÉFACE PAR

HENRI MARTINEAU

PARIS

LE DIVAN

37, Rue Bonaparte, 37

—

MCMXXIX

LUCIEN LEUWEN

III

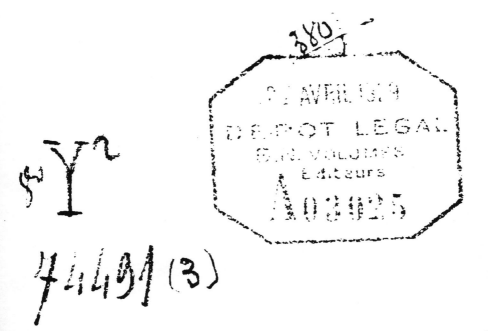

STENDHAL

—

LUCIEN LEUWEN

III

PARIS

LE DIVAN

37, Rue Bonaparte, 37

—

MCMXXIX

LUCIEN LEUWEN

CHAPITRE XLVIII

MAMAN, pardonnez-moi toutes les choses communes que je vais dire avec emphase, dit Lucien à sa mère en la quittant sur les neuf heures.

En entrant à l'hôtel Grandet, Lucien examinait curieusement ce portier, cette cour, cet escalier au milieu desquels il allait manœuvrer. Tout était magnifique, cher, mais trop neuf. Dans l'antichambre, un paravent de velours bleu garni de ses clous d'or et un peu usé eût dit aux passants : « Ce n'est pas d'hier seulement que nous sommes riches,... » mais un Grandet pense à faire une spéculation sur les paravents, et non à ce qu'ils disent aux passants dans une antichambre.

Lucien trouva madame Grandet en petit comité, il y avait sept à huit personnes dans l'élégante rotonde où elle recevait à cette heure [1]. Il était de bonne heure, trop tôt pour venir chez madame Grandet. Lucien le savait bien, mais il voulait faire acte d'un *cœur bien épris*. Elle examinait, avec des bougies que l'on plaçait successivement sur tous les points, un buste de Cléopâtre de Tenerani que l'ambassadeur du roi à Rome venait de lui envoyer. L'expression de la reine d'Egypte était simple et noble. Toutes ces figures faisaient des phrases et l'admiraient.

« Elle illumine leur air commun, se dit Leuwen. Toutes ces grosses mines à cheveux grisonnants ont l'air de dire : Oh ! quels bons appointements j'ai ! »

Un député du centre complaisant, attaché à la maison, proposa une poule au billard. Lucien reconnut la grosse voix qui, à la Chambre, est chargée de rire quand, par hasard, on fait quelque proposition généreuse.

Madame Grandet sonna avec empressement pour faire allumer le billard. Tout semblait à Lucien avoir une physionomie nouvelle.

« Il est bon à quelque chose, pensa-t-il, d'avoir des projets, quelque ridicules qu'ils soient. Elle a une taille charmante, et le jeu de billard donne cent occasions de se placer dans les poses les plus gra-

---

1. A dix, elle passait dans le grand salon.

cieuses. Il est étonnant que les convenances religieuses du faubourg Saint-Germain ne se soient pas encore avisées de
proscrire ce jeu ! »

Au billard, Lucien commença à parler,
et ne cessa presque pas. Sa gaieté augmen-
tait à mesure que le succès de ses propos
communs et lourds venait chasser l'image
de l'embarras que devait lui causer l'ordre
de faire la cour à madame Grandet.

D'abord, ses propos furent trop communs ; il se donnait le plaisir de se moquer
lui-même de ce qu'il disait : c'était de l'esprit d'arrière-boutique, des anecdotes imprimées partout, des nouvelles de journaux, etc., etc.

« Elle a des ridicules, pensa-t-il, mais
cependant elle est accoutumée à un certain taux d'esprit. Il faut des anecdotes
ici, mais moins usées, des considérations
lourdes sur des sujets délicats, sur la tendresse de Racine comparée à celle de
Virgile, sur les contes italiens où Shakes-
peare a pris le sujet de ses pièces ; il ne
faut jamais de mots vifs et rapides, ils
passeraient inaperçus. Il n'en est peut-
être pas de même des regards, surtout
quand on est bien amoureux. » Et il con-
sidéra avec une admiration assez peu
dissimulée les charmantes poses dans lesquelles se plaçait madame Grandet.

« Grand Dieu ! qu'eût dit madame de Chasteller si elle eût surpris un de ces regards !

Mais il faut l'oublier pour être heureux ici, »

se dit Leuwen. Et il éloigna cette idée fatale, mais pas assez vite pour que son regard n'eût pas l'air fort ému.

Madame Grandet le regardait elle-même d'une façon assez singulière, point tendre il est vrai, mais assez étonnée ; elle se rappelait vivement tout ce que madame de Thémines lui avait appris, quelques jours auparavant, de la passion que Lucien avait pour elle. Elle s'étonnait d'avoir trouvé si ridicules les idées réveillées par le récit de madame de Thémines.

« Réellement, il est présentable, se disait-elle, il a beaucoup de distinction. »

A la poule, le hasard avait donné à Lucien la bille numéro 6. Un grand jeune homme silencieux, apparemment adorateur muet de la maîtresse de la maison, eut le 5, et madame Grandet le numéro 4. Leuwen essaya de tuer le 5, réussit, et se trouva par là chargé de jouer sur madame Grandet et de la faire perdre, ce dont il s'acquitta avec assez de grâce [1].

---

1. Le vrai : il regardait sa jambe et ses hanches. Mme Grandet n'ayant pas de délicatesse naturelle n'est pas choquée de ces choses, dont elle ne voit pas la moitié.

Il tentait toujours les coups les plus difficiles, et avait le malheur de ne jamais
faire la bille de madame Grandet et de
la placer presque toujours dans une position avantageuse. Madame Grandet était
heureuse.

« La chance de gagner une poule de
vingt francs, se dit Lucien, donnerait-elle
de l'émotion à cette âme de femme de
chambre hôte d'un si beau corps ? La
poule va finir, voyons si ma conjecture
est fondée ? »

Lucien se laissa tuer ; alors, ce fut au
numéro 7 à jouer sur madame Grandet.
Ce numéro était tenu par un préfet en
congé, grand hâbleur et porteur de toutes
les prétentions, même de celle de bien
jouer au billard. Ce fat montrait une
exaltation de mauvais goût à parler des
coups qu'il allait faire, à menacer madame
Grandet, à faire sa bille ou à la mal
placer.

Madame Grandet, voyant son sort tellement changé par la *mort* de Leuwen,
prit de l'humeur, les coins de sa bouche
si fraîche se serrèrent entre ses dents.

« Ah ! voilà sa manière d'être piquée ! »
se dit Lucien.

Au troisième mauvais coup que lui donnait le préfet impitoyable, madame Grandet regarda Lucien avec l'expression du

regret, à quoi Lucien osa répondre en
regardant avec l'expression du désir les
jolies poses auxquelles madame Grandet
s'abandonnait au milieu de sa douleur
de perdre[1]. Lucien, tout mort qu'il était,
se donnait beaucoup de mouvement autour
du billard et suivait la bille de madame
Grandet avec l'anxiété du plus vif intérêt[2].
Il prit son parti avec une vivacité affectée
et assez plaisante dans une chicane mal
fondée qu'elle fit au préfet hâbleur qui
était resté *seul* avec elle et prétendait
gagner.

Bientôt madame Grandet perdit la
poule, mais Lucien avait fait de tels progrès dans son esprit qu'elle jugea à propos
de lui adresser une petite dissertation
géométrique et profonde sur les angles
que forment les billes d'ivoire en frappant
les bandes du billard. Lucien fit des objections.

— Ah ! vous êtes élève de l'Ecole polytechnique, mais vous êtes un élève chassé,
et sans doute vous n'êtes pas très fort
en géométrie.

Lucien invoqua des expériences ; on
mesura des distances sur le billard ;
madame Grandet eut l'occasion d'étaler

1. Alléger le style.
2. Vérité. — Réellement elle montrait un pied et un bas
de jambe charmants, des hanches admirables.

de charmants petits mots de surprise et
de jolis éclats de voix. [Madame Grandet
eut l'occasion de prendre des poses charmantes, et si charmantes qu']une fois,
Lucien se dit :

« Voici tout ce que j'aurais pu demander
à mademoiselle Gosselin. »

De ce moment, il fut vraiment bien,
madame Grandet ne quitta les expériences
que pour lui offrir de faire une partie
de billard avec elle. Il était piquant pour
elle-même, parce qu'il l'étonnait. « Je n'en
reviens pas, se disait-elle. Grand Dieu !
comme la timidité donne l'air sot à l'homme
le plus aimable ! »

Sur les dix heures, il vint assez de monde.
On avait l'usage de présenter à madame
Grandet la plupart des personnages un
peu marquants qui passaient à Paris. Il
ne manquait à sa collection que les artistes
tout à fait cotés ou les grands seigneurs
tout à fait de la première volée [1]. Aussi la
présence à Paris de ceux-ci, annoncée par
les journaux, lui donnait-elle de l'humeur,
et quelquefois elle se permettait contre
eux des propos semi-républicains qui déso-
laient son mari. Ce mari, tout boufli de
la faveur du roi de son choix, arriva avec
un ministre sur les dix heures et demie.

---

1. Ce n'est pas le jour de madame Grandet (elle reçoit
es mercredis) c'est une soirée ordinaire.

Bientôt survint un second ministre, et
sur ses pas les trois ou quatre députés
les plus influents dans la Chambre. Cinq
ou six savants qui se trouvaient là se
mirent à faire bassement la cour aux
ministres, et même aux députés. Ils eurent
bientôt pour rivaux deux ou trois litté-
rateurs célèbres, un peu moins plats dans
la forme et peut-être plus esclaves au fond,
mais cachant leur bassesse sous des formes
de parfaite urbanité. Ils débitaient d'une
voix périodique et adoucie des compliments indirects et admirables de délicatesse. Le préfet hâbleur fut terrifié de ce
langage, et se tut.

« Voilà les gens dont on se moque à la
maison, se dit Lucien ; ici, ils sont les
admirés. »

La plupart des noms célèbres de Paris
parurent successivement.

« Il ne manque ici que les hommes
d'esprit qui ont la folie d'être de l'opposition. Comment peut-on estimer assez les
hommes, cette matière sale, pour être de
l'opposition ?... Mais au milieu de tant
de célébrités mon règne va finir, » pensa
Leuwen.

A ce moment, madame Grandet vint
du bout du salon lui adresser la parole.

« Voilà une impertinence, se dit-il en
riant. Où diable a-t-elle pris cette atten-

tion délicate ? Est-ce qu'elle doit se permettre de telles choses ? Serais-je duc sans le savoir ? »

Le député était devenu abondant dans le salon. Lucien remarqua qu'ils parlaient haut et cherchaient à faire du bruit. Ils levaient le plus possible leurs têtes grisonnantes et essayaient de se donner des mouvements brusques. L'un posa sa belle boîte d'or sur la table où il jouait, de façon à faire tourner la tête à trois ou quatre voisins ; un autre, s'établissant sur sa chaise, la faisait se mouvoir à chaque instant sur le parquet, sans égard pour les oreilles de ses voisins.

« Leur mine, se dit Lucien, a toute l'importance du gros propriétaire qui vient de renouveler un bail avantageux. »

Celui qui se remuait avec tant de bruit sur sa chaise vint un instant après dans la salle de billard et demanda à Leuwen la *Gazette de France* qu'il lisait. Il *pria* pour ce petit service d'un air si bas que notre héros en fut tout attendri : cet ensemble lui rappela Nancy. Ses yeux devinrent fixes et très ouverts, toute l'expression d'urbanité de la bouche tomba [1]. Lucien sortit de sa rêverie parce qu'on riait beaucoup à ses côtés. Un écrivain

---

1. Vrai, mais arranger

célèbre contait une anecdote fort plaisante sur l'abbé Barthélemy, auteur du
Voyage d'Anacharsis : puis, vint une anecdote de Marmontel, ensuite une troisième
sur l'abbé Delille.

« Le fond de toute cette gaieté est sec
et triste. Ces gens d'Académie, pensa
Lucien, ne vivent que sur les ridicules
de leurs prédécesseurs. Ils mourront ban-
queroutiers envers leurs successeurs : ils
sont trop timides même pour faire des
sottises. Il n'y a rien ici de la joyeuse
folie que je trouvais chez madame d'Hocquincourt quand d'Antin nous mettait
en train. »

Au commencement d'une quatrième
anecdote sur les ridicules de Thomas,
Lucien n'y put tenir et regagna le grand
salon par une galerie garnie de bustes que
l'on tenait moins éclairée. Dans une porte,
il rencontra madame Grandet qui lui
adressa encore la parole.

« Je serais un ingrat si je ne me rap-
prochais pas de son groupe, au cas qu'il
lui prenne envie de faire la madame de
Staël. »

Lucien n'eut pas longtemps à attendre.
On avait présenté ce soir-là à madame Grandet un jeune savant allemand à grands
cheveux blonds séparés au milieu du front,
et horriblement maigre. Madame Grandet

lui parla des savantes découvertes faites
par les Allemands : Homère n'a peut-être
fait qu'un épisode de la collection de
chansons si célèbre sous son nom et dont
la savante ordonnance, fruit du hasard,
est si admirée par le pédant. Madame Grandet parla très bien de l'école d'Alexandrie.
On faisait tout à fait cercle autour d'elle.
On en vint aux antiquités chrétiennes,
Madame Grandet prit un air sérieux, les
coins de sa bouche s'abaissèrent.

Cet Allemand nouvellement présenté ne
se mit-il pas à attaquer la messe, en parlant
à une bourgeoise de la cour de Louis-
Philippe ? (Ces Allemands sont les rois
de l'inconvenance.)

— La messe n'était au ve siècle, disait-
il, qu'une réunion où l'on rompait le pain
en commun, en mémoire de Jésus-Christ.
C'était une sorte de thé de gens bien
pensants. Il n'entrait dans l'idée de personne que l'on fît actuellement quelque
chose de sérieux, de différent le moins du
monde d'une action ordinaire, et encore
moins que l'on fît un miracle, le changement du pain et du vin dans le corps et
le sang du Sauveur. Nous voyons peu
à peu ce thé des premiers chrétiens augmenter d'importance, et la messe se former.

— Mais, grand Dieu ! où voyez-vous
cela, monsieur ? disait madame Grandet

effrayée ; apparemment, dans quelques-uns
de vos auteurs allemands, ordinairement
pourtant si amis des idées sublimes et
mystérieuses, et par là si chéris de tout ce
qui pense bien. Quelques-uns se seront
égarés et leur langue, malheureusement
si peu connue de mes légers compatriotes,
les met à l'abri de toute réfutation.

— Non, madame. Les Français aussi
sont fort savants, reprenait le jeune dia-
lecticien allemand, qui apparemment, pour
avoir le plaisir de faire durer les discussions, avait appris des formes très polies.
Mais, madame, la littérature française est
si belle, les Français ont tant de trésors,
qu'ils sont comme les gens fort riches,
ils ignorent leurs trésors. Toute cette histoire véritable de la messe, je l'ai trouvée
dans le père Mabillon, qui vient de donner
son nom à une des rues de votre brillante
capitale. A la vérité, ce n'est pas dans le
texte de Mabillon — le pauvre moine
n'osait pas — mais dans les notes. Votre
messe, madame, est une invention d'hier ;
c'est comme votre Paris, qui n'existait
pas au Ve siècle.

Madame Grandet avait répondu jusque-
là par des phrases entrecoupées et insi-
gnifiantes, sur quoi notre Allemand, rele-
vant ses lunettes, répondit aux phrases
par des faits, et, comme on les lui contes-

tait, par des citations. Le monstre avait
une mémoire étonnante.

Madame Grandet était excessivement
contrariée.

« Comme madame de Staël, se disait-
elle, eût été belle dans ce moment, au
milieu d'un cercle si nombreux et si
attentif ! Je vois au moins trente personnes qui nous écoutent, et moi, grand
Dieu ! je vais rester sans un mot à répondre,
et il est trop tard pour se fâcher. »

En comptant les auditeurs qui, après
s'être moqués de l'étrange tournure de l'Allemand, commençaient à l'admirer, précisément à cause de sa dégaine étrange et de sa
façon nouvelle de relever ses lunettes, les
yeux de madame Grandet rencontrèrent
ceux de Lucien. Dans sa terreur, elle lui demanda presque grâce. Elle venait d'éprou-
ver que ses regards les plus enchanteurs
n'avaient aucun effet sur le jeune allemand,
qui s'écoutait parler et ne voyait rien.

Lucien vit dans ce regard suppliant un
appel à sa bravoure ; il perça le cercle,
vint se placer auprès du jeune dialecti-
cien allemand.

— Mais, monsieur.........................
..............................¹.

---

1. Stendhal a laissé la phrase en suspens, et a noté en
marge son intention de demander à M. J. J. Ampère, une
objection, la moins mauvaise. N. D. L. E.

Il se trouva que cet Allemand n'avait
point trop de peur des plaisanteries et de
l'ironie françaises. Lucien avait un peu
trop compté sur ce moyen, et enfin,
comme il ne savait pas le premier mot de
cette question, et ne savait pas même en
quelle langue Mabillon avait écrit, il fut
battu.

A une heure, Lucien quitta cette maison
où l'on avait tout fait pour chercher à
lui plaire. Son âme était desséchée. Les
idées de l'homme, de l'anecdote du litté-
rateur, de la discussion savante, des formes
admirablement polies, lui faisaient horreur.
Ce fut avec délices qu'il se permit un tête
à tête d'une heure avec le souvenir de
madame de Chasteller. Les hommes, dont
il venait de voir la fleur ce soir-là, étaient
faits pour le faire douter de la possibilité
de l'existence d'êtres comme madame de
Chasteller. Ce fut avec délices qu'il
retrouva cette image chérie, elle avait
comme la grâce de la nouveauté, qui est
l'unique chose peut-être qui manque au
souvenir de l'amour.

Les gens de lettres, les savants, les députés qu'il venait de voir n'avaient garde de
paraître dans le salon horriblement méchant de madame Leuwen : on s'y fût
moqué d'eux tout en plein. Là, tout le
monde se moquait de tout le monde, tant

pis pour les sots et pour les hypocrites
qui n'avaient pas infiniment d'esprit. Les
titres de duc, de pair de France, de colonel
de la garde nationale, comme l'avait
éprouvé M. Grandet, n'y mettaient personne à l'abri de l'ironie la plus gaie.

— Je n'ai rien à demander à la faveur des
hommes, gouvernants et gouvernés, disait
quelquefois M. Leuwen dans son salon.
Je ne m'adresse qu'à leur bourse, c'est
à moi de leur prouver, dans mon cabinet,
le matin, que leur intérêt et le mien sont
les mêmes. Hors de mon cabinet, je n'ai
qu'un intérêt : me délasser et rire des
sots, qu'ils soient sur le trône ou dans la
crotte. Ainsi, mes amis, moquez-vous de
moi, si vous pouvez.

Toute la matinée du lendemain, Lucien
travailla à tâcher d'y voir clair dans une
dénonciation sur Alger, faite par un
M. Gandin. Le roi avait demandé un avis
motivé à M. le comte de Vaize, qui avait
été d'autant plus flatté que cette affaire
regardait le ministère de la Guerre. Il
avait passé la nuit à faire un beau travail,
puis avait fait appeler Lucien.

— Mon ami, critiquez-moi cela impi-
toyablement, avait-il dit en lui remettant
son cahier fort barbouillé. Trouvez-moi des
objections. J'aime mieux être critiqué en
secret par mon aide de camp que par mes

collègues en plein Conseil. A mesure que
vous ne vous servirez plus d'une de mes
pages, faites-la copier par un commis discret, n'importe l'écriture. Comme il est
fâcheux que la vôtre soit si détestable !
Réellement, vous ne formez pas vos lettres.
Ne pourriez-vous pas tenter une réforme ?

— Est-ce qu'on réforme l'habitude ? Si
cela se pouvait, combien de voleurs qui
ont deux millions deviendraient honnêtes
gens !

— Ce Gandin prétend que le général lui
a fermé la bouche avec 1.500 louis... Au
reste, mon cher ami, j'ai besoin du mis
au net de mon rapport et de votre critique
avant huit heures. Je veux mettre cela
dans mon portefeuille. Mais je vous
demande une critique sans pitié. Si nous
pouvions compter que votre père ne tire-
rait pas une épigramme des trésors de la
casbah, je paierais au poids de l'or son
avis sur cette question.

Lucien feuilletait la minute du ministre,
qui avait douze pages.

« Pour tout au monde, mon père ne
lirait pas un rapport aussi long, et encore
il faudra vérifier les pièces »

Lucien trouva que cette affaire était
aussi difficile pour le moins que l'ori-
gine de la messe. A sept heures et demie,
il envoya au ministre son travail, qui

était au moins aussi long que le rapport du ministre, et le mis au net de celui-ci. Sa mère avait fait naître des accidents pour prolonger le dîner, et à son arrivée il n'était pas fini.

— Qui t'amène si tard ? dit M. Leuwen.

— Son amitié pour sa mère, répondit madame Leuwen. Certainement il eût été plus commode pour lui d'aller au cabaret.

— Que puis-je faire pour te marquer ma reconnaissance ? dit-elle à son fils.

— Engager mon père à me donner son avis sur un petit opuscule de ma façon que j'ai là dans ma poche...

Et l'on parla d'Alger, de casbah, de quarante-huit millions, de treize millions volés, jusqu'à neuf heures et demie.

—· Et madame Grandet ? dit M. Leuwen.

— Je l'avais tout à fait oubliée...

CHAPITRE XLIX

LEUWEN était tout homme d'affaires ce jour-là ; il courut chez madame Grandet comme il serait allé à son bureau pour une affaire en retard. Il traversa lestement la cour, l'escalier, l'antichambre, en souriant de la facilité de l'affaire dont il allait s'occuper. Il avait le même plaisir qu'à retrouver une pièce importante, un instant égarée au moment où on la chercherait pour la joindre à un rapport au roi.

Il trouva madame Grandet entourée de ses complaisants ordinaires, et le mépris éteignit ce sourire de jeunesse. Ces messieurs disputaient : un M. Greslin, référendaire à la Cour des Comptes, moyennant 12.000 francs comptés à la cousine de la maîtresse du comte de Vaize, s'enquérait si l'épicier du coin, M. Béranville, qui avait la fourniture de l'état-major de la garde nationale, oserait mécontenter de si *bonnes paies*, et voter dans le sens de son journal. Un de ces messieurs, jésuite avant 1830, et maintenant

lieutenant de grenadiers, décoré, venait
de dire qu'un des commis de Béranville
était abonné au *National*, ce qu'il n'eût
certes osé faire si son patron avait eu
toute l'horreur convenable pour cette
rapsodie républicaine et désorganisatrice [1].

Chaque mot diminuait sensiblement,
aux yeux de Lucien, la beauté de madame Grandet. Pour comble de misère, elle
se mêlait fort à cette discussion, qui n'eût
pas déparé la loge d'un portier. Elle votait
pour que l'épicier fût menacé indirectement de destitution par le tambour de la
compagnie de grenadiers, qu'elle connaissait fort.

« Au lieu de jouir de leur position, ces
gens-ci s'amusent à *avoir peur*, comme mes
amis les gentilshommes de Nancy, et par
dessus le marché ils me font mal au cœur. »

Lucien était à mille lieues du sourire
de jeunesse avec lequel il était entré dans
ce salon magnifique, qui se changeait à ses
yeux en sale loge de portier.

« Sans doute la conversation de mes
demoiselles de l'Opéra est moins ignoble
que ceci. Quelle drôle d'époque ! Ces
Français si braves, dès qu'ils sont riches
s'occupent à avoir peur. Mais peut-être

1. Doute : si je détaille ces choses, je distrais l'attention,
tout simplement.

ces âmes nobles du juste milieu sont-elles incapables de sérénité tant qu'il y a un danger possible au monde. »

Et il ne les écouta plus. Il aperçut seulement alors que madame Grandet le recevait très fraîchement ; il en fut amusé.

« J'avais pensé, se disait-il, que ma faveur durerait bien quinze jours. En moins de temps encore cette tête légère se fatigue d'une idée. »

Le tour leste et tranchant des raisonnements de Lucien eût été bien ridicule aux yeux d'un homme politique. C'était lui qui était tête légère : il n'avait point deviné le caractère de madame Grandet. Cette femme si jeune, si fraîche, si occupée des peintures à *fresque* de sa galerie d'été, imitées de Pompeia, était presque continuellement absorbée dans les calculs de la politique la plus profonde. Elle était riche comme une Rothschild, et voulait être une Montmorency.

« Ce jeune Leuwen, maître des requêtes, n'est pas mal. Si la moitié de son mérite réel s'échangeait en position acquise dans le monde et que personne ne puisse nier, il serait bon à quelque chose dans le monde. Tel qu'il paraît là, avec cette tournure simple jusqu'à la naïveté et pourtant noble, il conviendrait assez à une de ces petites femmes qui songent à la galanterie et non à se faire une position élevée. »

Et elle eut horreur de cette façon de penser vulgaire.

« Celà n'a point de nom. C'est un petit jeune homme, fils d'un banquier riche et qui s'est acquis la réputation d'homme d'esprit par sa méchante langue. M. Lucien est tout simplement un débutant dans la carrière où M. Grandet est si avancé, il n'a pas de nom, pas de parenté considérable et bien établie dans le monde. Il est hors de son pouvoir de rien ajouter à ma position. Toutes les fois que M. Leuwen sera invité aux Tuileries, je le serai aussi, et avant lui. Il n'a jamais été admis à l'honneur de danser avec les princesses [1]. »

Telles étaient les idées que madame Grandet cherchait à vérifier en regardant Lucien, pendant qu'il la croyait toute occupée de la faute de M. l'épicier Béranville et des moyens de l'en punir en lui ôtant la pratique de l'état-major de la garde nationale.

Madame Grandet se dit tout à coup, presque en riant, mouvement rare chez elle :

« S'il a pour moi cette passion que madame de Thémines lui prête, si généreusement je pense, il faut le rendre tout à fait

1. Donner un style toujours un peu enflé à madame Grandet, même quand elle se parle.

fou. Et pour cela le régime des rigueurs convient peut-être à ce beau jeune homme, et certainement me convient beaucoup. »

Au bout d'une demi-heure, Lucien, se voyant décidément reçu avec une froideur marquée, se trouva à l'égard de la belle madame Grandet dans la situation d'un connaisseur qui marchande un tableau médiocre : tant qu'il compte l'avoir pour quelques louis, il s'exagère ses beautés ; les prétentions du vendeur s'élèvent-elles outre mesure, le tableau devient ridicule aux yeux du connaisseur, il ne voit plus que ses défauts, et n'y songe que pour s'en moquer.

« Je suis ici, se dit Leuwen, pour avoir une grande passion aux yeux de ces nigauds. Or, que fait-on quand, dévoré par un amour violent, on se voit mal reçu par une aussi jolie femme ? On tombe dans le plus sombre et silencieuse mélancolie. »

Et il ne dit plus mot.

« Comme le monde connaît les passions ! continua-t-il en souriant sur lui-même et devenant réellement mélancolique. Quand j'étais, ce me semble, dans l'état que je joue, personne ne faisait plus de bruit au café Charpentier. »

Lucien resta sur sa chaise, cloué dans la plus louable immobilité. Par malheur, il ne pouvait fermer les oreilles.

Sur les dix heures arriva à grand bruit
M. de Torpet[1], jeune ex-député, fort bel
homme, et rédacteur éloquent d'un journal ministériel.

— Avez-vous lu le *Messager*, madame ?
dit-il en s'approchant de la maîtresse de la
maison d'un air commun, presque familier,
et comme prenant acte de sa familiarité
avec une jeune femme dont le monde
s'occupait. Avez-vous lu le *Messager* ? Ils
ne peuvent répondre à ces quelques lignes
que j'ai lancées ce matin sur l'exaltation
et le dernier période des idées de ces ré-
formistes. J'ai traité en quelques mots
l'augmentation du nombre des électeurs.
L'Angleterre en a 800.000, et nous 180.000
seulement ; mais si je jette un coup d'œil
rapide sur l'Angleterre, que vois-je avant
tout ? Quelle sommité frappe mes yeux
de son éclat brillant et rencontre ma vue ?
Une aristocratie puissante et respectée,
une aristocratie qui a des racines profondes
dans les habitudes de ce peuple sérieux
avant tout, et sérieux parce qu'il est
biblique. Que vois-je de ce côté-ci du dé-
troit ? Des gens riches pour tout potage.
Dans deux ans, l'héritier de leur richesse
et de leur nom sera peut-être à Sainte-
Pélagie...

1. De Salvandy.

Ce discours si bien adressé à une riche
bourgeoise, femme riche dont la grand'-
mère n'avait pas eu de voiture, amusa
d'abord Lucien. Mais malheureusement
M. de Torpet ne savait pas avoir de l'esprit
en quatre lignes, il lui fallait de longues
périodes.

« Ce gascon impudent se croit obligé de
parler comme les livres de M. de Chateaubriand, » se disait Lucien impatienté.
Il dit deux petits mots qui, expliqués à cet
auditoire, eussent pu devenir une plaisanterie. Mais il s'arrêta tout court. « Je sors de
la grande passion : le silence et la tristesse
conviennent à la réception que me fait
madame Grandet. »

Lucien, obligé de se taire, entendit
tant de sottises et surtout vit tant de
sentiments bas étalés avec orgueil, qu'il
eut le sentiment d'être dans l'antichambre
de son père.

« Quand ma mère a des laquais qui
parlent comme M. de Torpet, elle les
renvoie. »

Il prit en grippe les ornements élégants
du petit salon ovale de madame Grandet.
Il avait tort : rien n'était plus élégant et
moins vaudeville ; sans la forme ovale
et quelques ornements gais placés exprès
par l'architecte, ce salon délicieux eût été
un temple ; les artistes entre eux eussent

dit : « Il est sur le bord du *sérieux.* » Mais
l'impudence de M. de Torpet gâtait tout
aux yeux de Lucien. La jeunesse, la
fraîcheur de la maîtresse de la maison,
quoique relevées par le mauvais accueil
qu'elle lui faisait, lui semblèrent convenir
à une femme de chambre.

Lucien continuait à se croire philosophe, et il ne voyait pas que, tout simplement, il avait l'impudence en horreur.
C'était cette qualité poussée à l'extrême
par M. de Torpet, et si indispensable au
succès, qui lui donnait un dégoût si voisin
de la colère. Cette horreur pour une qualité
nécessaire était le symptôme qui alarmait
le plus M. Leuwen père sur le compte de
son fils.

« Il n'est pas fait pour son siècle, se
disait-il, et ne sera jamais qu'un plat
homme de mérite. »

Lorsqu'arriva la proposition de l'inévi-
table poule, Lucien vit que M. de Torpet se
disposait à prendre une bille. Lucien avait
réellement l'oreille offensée par la voix
éclatante de ce bel homme. A force de
dégoût, Lucien ne se sentit pas réellement
la force de marcher autour du billard, et
il sortit silencieusement avec la démarche
lente qui convient au malheur.

« Il n'est que onze heures ! » se dit
Lucien avec joie ; et pour la première fois

de la saison il courut à l'Opéra avec l'envie
d'y arriver.

Il trouva mademoiselle Raimonde dans
la loge grillée de son père, elle était seule
depuis un quart d'heure et mourait d'envie
de parler. Lucien l'écouta avec un plaisir
qui le surprit, il fut charmant pour elle.

« C'est là le véritable esprit, se disait-il
dans son engouement. Comme cela tran-
che avec l'emphase lente et monotone
du salon Grandet ! »

— Vous êtes charmante, belle Raimonde,
ou du moins je suis charmé. Contez-moi
donc la grande histoire de la dispute de
madame... avec son mari, et le duel !

Pendant que sa petite voix douce et
bien timbrée parcourait les détails en
sautillant rapidement :

« Comme ils sont lourds et tristes, se
répondant les uns aux autres par de fausses
raisons, et dont le parleur comme l'écou-
teur sentent le faux ! Mais ce serait choquer toutes les convenances de cette
confrérie que de ne pas se payer de fausse
monnaie. Il faut gober je ne sais combien
de sottises et ne pas se moquer des vérités
fondamentales de leur religion, ou tout est
perdu. »

Il dit gravement :

— Auprès de vous, ma belle Raimonde,
un M. de Torpet est impossible.

— D'où revenez-vous ? lui dit-elle.

Il continua :

— Avec votre esprit naturel et hardi, vous vous moqueriez de lui tout de suite, vous mettriez en pièces son emphase. Quel dommage de ne pas pouvoir vous faire déjeuner ensemble ! Mon père serait digne d'être de ce déjeuner. Jamais votre vivacité ne pourrait supporter ces longues phrases emphatiques, qui sont le ton parfait pour les gens de bonne compagnie de la province.

Notre héros se tut et pensa :

« Ne ferais-je pas bien, se dit-il, de transférer ma grande passion de madame Grandet à mademoiselle Elssler ou à mademoiselle Gosselin ? Elles sont fort célèbres aussi ; mademoiselle Elssler n'a ni l'esprit, ni l'imprévu de Raimonde, mais même chez mademoiselle Gosselin, un Torpet est impossible. Et voilà pourquoi la bonne compagnie, en France, est arrivée à une époque de décadence. Nous sommes arrivés au siècle de Sénèque et n'osons plus agir et parler comme du temps de madame de Sévigné et du grand Condé [1]. Le naturel se réfugie chez les danseuses. Qui me sera le moins à charge pour une grande passion ? Madame Grandet, ou mademoi-

1. Vrai, mais peut-être pédantesque ou longueur

selle Gosselin ? Suis-je donc condamné à écrire des sottises le matin, et à en entendre encore le soir ? »

Au plus fort de cet examen de conscience et de la folie de mademoiselle Raimonde[1], la porte de la loge s'ouvrit avec fracas pour donner passage à un non moindre personnage que son Excellence M. le comte de Vaize.

— C'est vous que je cherchais, dit-il à Lucien avec un sérieux qui n'était pas exempt d'importance. Mais cette petite fille est-elle sûre ?

Quelque bas que ce dernier mot fût prononcé, mademoiselle Raimonde le saisit.

— C'est une question que l'on ne m'a jamais faite impunément, s'écria-t-elle ; et puisque je ne puis chasser Votre Excellence, je remets ma vengeance à la Chambre prochaine. Et elle s'enfuit.

— Pas mal, dit Lucien en riant, réellement pas mal !

— Mais peut-on, quand on est dans les affaires, et dans les plus grandes, être aussi léger que vous [2] ? dit le ministre avec l'humeur naturelle à l'homme qui, embrouillé dans des pensées difficiles, se voit distrait par une fadaise.

1. Faire comprendre assise sur ses genoux.
2. *Règle.* — *Que vous* ne fut pas dit, mais il faut l'écrire, pour la clarté.

— Je me suis vendu corps et âme à Votre Excellence pour les matinées ; mais il est onze heures du soir et, parbleu, mes soirées sont à moi. Et que m'en donnerez-vous si je les vends ? dit Lucien gaiement encore.

— Je vous ferai lieutenant, de sous-lieutenant que vous êtes.

— Hélas ! cette monnaie est fort belle, mais par malheur je ne sais qu'en faire.

— Il viendra un moment où vous en sentirez tout le prix. Mais nous n'avons pas le temps de faire de la philosophie. Pouvez-vous fermer cette loge ?

— Rien n'est plus facile, dit Lucien en poussant le verrou.

Pendant ce temps, le ministre regardait si l'on pouvait entendre des loges voisines. Il n'y avait personne. Son Excellence se cacha soigneusement derrière la colonne.

— Par votre mérite vous vous êtes fait mon premier aide de camp, dit-il d'un air grave. Votre place n'était rien, et je vous y avais appelé pour faire la conquête de M. votre père. Vous avez créé la place, elle n'est point sans importance, et je viens de parler de vous au roi.

Le ministre s'arrêta, s'attendant à un grand effet ; il regarda attentivement Lucien, et ne vit qu'une attention triste.

« Malheureuse monarchie ! pensa le

comte de Vaize. Le nom du roi est dépouillé
de tout effet magique. Il est réellement
impossible de gouverner avec ces petits
journaux qui démolissent tout. Il nous
faut tout payer argent comptant ou par
des grades... Et cela nous ruine : le trésor
comme les grades ne sont pas infinis. »

Il y eut un petit silence de dix secondes,
pendant lesquelles la physionomie du
ministre prit un air sombre. Dans sa première jeunesse, à Coblentz, où il était,
les trois lettres R, O, I, avaient encore
un effet étonnant.

« Est-ce qu'il va me proposer une affaire
Caron ? se disait Lucien. En ce cas, l'ar-
mée n'aura jamais un lieutenant nommé
Leuwen. »

— Mon ami, dit enfin le ministre, le roi
approuve que je vous charge d'une double
mission électorale.

« Encore les élections ! Je suis ce soir
comme M. de Pourceaugnac. »

— Votre Excellence n'ignore pas, ré-
pondit-il d'un ton très ferme, que ces
missions-là ne sont pas précisément tout
ce qu'il y a de plus honorable aux yeux
d'un public abusé.

— C'est ce que je suis loin d'accorder,
dit le ministre. Et, permettez-moi de vous
le dire, j'ai plus d'expérience que vous.

Ce dernier mot fut lancé avec une assu-

rance de mauvais ton, aussi la réponse
ne se fit-elle pas attendre.

— Et moi, M. le comte, j'ai moins de
dévouement au pouvoir, et je supplie
votre Excellence de confier ces sortes de
missions à un plus digne.

— Mais, mon ami, répliqua le ministre
en contenant son orgueil de ministre, c'est
un des devoirs de votre place, de cette
place dont vous avez fait quelque chose...

— En ce cas, j'ai une seconde prière à
ajouter à la première, celle d'agréer ici ma
démission et mes remerciements de vos
bontés pour moi.

— Malheureux principe monarchique !
dit le ministre comme se parlant à soi-
même.

Il ajouta du ton le plus poli, car il ne lui
convenait nullement de se séparer de
Leuwen et de son père :

- - Souffrez que je vous dise, mon cher
monsieur, que je ne puis parler de cette
démission qu'avec M. votre père.

— Je voudrais bien, reprit Lucien
après un petit instant, ne pas être obligé
à chaque instant d'avoir recours au génie
de mon père. S'il convient à votre Excellence de m'expliquer ces missions et qu'il
n'y ait pas de combat de la rue Transnonain au fond de cette affaire, je pourrai
m'en charger.

— Je gémis comme vous des accidents terribles qui peuvent arriver dans l'emploi trop rapide de la force la plus légitime. Mais vous sentez bien qu'un accident déploré et réparé autant que possible ne prouve rien contre un système. Est-ce qu'un homme qui blesse son ami à la chasse est un assassin ?

— M. de Torpet nous a parlé pendant une grande demi-heure, ce soir, de cet inconvénient exagéré par la mauvaise presse.

— Torpet est un sot, et c'est parce que nous n'avons pas de Leuwen, ou qu'ils manquent de liant dans le caractère, que nous sommes forcés quelquefois d'employer des Torpet. Car enfin, il faut bien que la machine marche. Les arguments et les mouvements d'éloquence pour lesquels ces messieurs sont payés ne sont pas faits pour des intelligences telles que la vôtre. Mais dans une armée nombreuse tous les soldats ne peuvent pas être des héros de délicatesse.

— Mais qui m'assurera qu'un autre ministre n'emploiera pas en mon honneur précisément les mêmes termes dont votre Excellence se sert pour faire le panégyrique de M. de Torpet ?

— Ma foi, mon ami, vous êtes intraitable !

Ceci fut dit avec naturel et bonhomie, et Lucien était si jeune encore que ce ton amena la réponse :

— Non, M. le comte ; car pour ne pas chagriner mon père je suis prêt à prendre ces missions, s'il n'y a pas de sang au bout.

— Est-ce que nous avons le pouvoir de répandre du sang ? dit le ministre avec un ton de voix bien différent, et où il y avait du reproche et presque du regret.

Ce mot venant du cœur frappa Lucien.

« Voilà un inquisiteur tout trouvé », se dit-il.

— Il s'agit de deux choses, reprit le ministre avec un ton de voix tout administratif.

« Il faut mesurer ses termes et chercher à ne pas blesser notre Leuwen, se disait le ministre. Et voilà à quoi nous en sommes réduits avec *nos subalternes !* Si nous en trouvons de respectueux, ce sont des hommes douteux, prêts à nous vendre au *National* ou à Henri V. »

— Il s'agit de deux choses, mon cher aide de camp, continua-t-il tout haut : aller faire une apparition à Champagnier, dans le Cher, où M. votre père a de grandes propriétés, parler à vos hommes d'affaires, et par leur secours deviner ce qui rend la nomination de M. Blondeau si incertaine. Le préfet, M. de Riquebourg, est un brave

homme très dévot, très dévoué, mais qui
me fait l'effet d'un imbécile. Vous serez
accrédité auprès de lui. Vous aurez de
l'argent à distribuer sur les bords de la
Loire et, de plus, trois débits de tabac.
Je crois même qu'il y a aussi deux direc-
tions de la poste aux lettres. Le ministre
des Finances ne m'a pas encore répondu
à cet égard, mais je vous dirai cela par
le télégraphe. De plus, vous pourrez faire
destituer à peu près qui vous voudrez.
Vous êtes sage, vous userez de tous ces
droits avec discrétion. Ménagez l'ancienne
noblesse et le clergé : entre eux et nous,
il n'y a que la vie d'un enfant. Point de
pitié pour les républicains, surtout pour
ces jeunes gens qui ont reçu une bonne
éducation et n'ont pas de quoi vivre. Le
Mont-Saint-Michel ne les tient pas tous.
Vous savez que mes bureaux sont pavés
d'espions, vous m'écrirez les choses importantes sous le couvert de M. votre père.

Mais l'élection de Champagnier ne me
chagrine pas infiniment. M. Malot, le
libéral rival du Blondeau, est un hâbleur,
un exagéré, mais il n'est plus jeune et s'est
fait peindre en uniforme de capitaine de
la garde nationale, bonnet de poil en tête.
Ce n'est point un homme du parti sombre
et énergique. Pour me moquer de lui, j'ai
dissous sa garde huit jours après. Un tel

homme ne doit pas être insensible à un
ruban rouge qui ferait un bel effet dans
son portrait. Dans tous les cas, c'est un
hâbleur imprudent et vide qui, à la Chambre, fera tort à son parti. Vous étudierez
les moyens de capter Malot, en cas de
non-réussite pour le fidèle Blondeau.

Mais la grande affaire, . c'est Caen,
dans le Calvados. Vous donnerez un jour
ou deux aux affaires de Champagnier,
et vous vous rendrez en toute hâte à Caen.
Il faut à tout prix que M. Mairobert ne soit
pas élu. C'est un homme de tête et d'esprit ;
avec douze ou quinze têtes comme cela,
la Chambre serait ingouvernable. Je vous
donne à peu près carte blanche en argent,
places à accorder et destitutions. Ces dernières seules pourraient être contrariées
par deux pairs, des nôtres, qui ont de
grands biens dans le pays. Mais dans tous
les cas la Chambre des pairs n'est pas gênante et je ne veux à aucun prix de M. Mairobert. Il est riche, il n'a pas de parents
pauvres, et il a la croix. Ainsi, rien à
faire de ce côté-là.

Le préfet de Caen, M. Boucaut de
Séranville, a tout le zèle qui ne vous brûle
pas ; il a fait lui-même un pamphlet
contre M. Mairobert, et il a eu l'étourderie
de le faire imprimer là-bas, dans le chef-lieu
de sa préfecture. Je viens de lui ordonner,

par le télégraphe de demain matin, de ne pas distribuer un seul exemplaire. Comme M. Mairobert est puissant dans l'opinion, c'est là qu'il a fallu l'attaquer. M. de Torpet a composé un autre pamphlet, dont vous prendrez trois cents exemplaires dans votre voiture. Nos faiseurs ordinaires, MM. C... et F..., ont fait deux pamphlets, dont l'impression sera terminée ce soir à minuit. Tout cela n'est pas fort et coûte fort cher : le pamphlet de Desterniers, qui est injurieux et emporte la pièce, m'a coûté six cents francs ; l'autre, qui est fin, ingénieux et de bonne compagnie, à ce que dit l'auteur, me coûte cinquante louis. Vous lancerez l'un ou l'autre de ces pamphlets ou tous les deux suivant les circonstances. Les Normands sont bien fins, Enfin, vous serez le maître de distribuer ou de ne pas distribuer ces pamphlets. Si vous voulez en faire un vous-même, ou tout neuf, ou extrait des autres, selon les dispositions où vous verrez les esprits, vous m'obligerez sensiblement. Enfin, faites tout au monde pour empêcher l'élection de M. Mairobert. Ecrivez-moi deux fois par jour, je vous donne ma parole d'honneur que je lirai vos lettres au roi.

Lucien se mit à sourire.

— Anachronisme, M. le comte. Nous ne sommes plus au temps de Samuel

Bernard. Que peut le roi pour moi en choses raisonnables ? Quant aux distinctions, M. de Torpet dîne tous les mois une fois ou deux avec Leurs Majestés. Réellement, les récompenses, bribes, moyens de séduction, manquent à votre monarchie.

— Pas tant que vous croyez. Si M. Mairobert est nommé, malgré vos bons et loyaux services, vous serez lieutenant. S'il n'est pas nommé, vous serez lieutenant d'état-major avec le ruban.

— M. de Torpet n'a pas manqué de nous apprendre ce soir qu'il est officier de la légion d'honneur depuis huit jours, apparemment à cause de son grand article sur les maisons ruinées par le canon à Lyon. Au reste, je me souviens du conseil donné par le maréchal Bournonville au roi d'Espagne Ferdinand VII. Il est minuit, je partirai à deux heures du matin.

— Bravo, bravo, mon ami. Faites vos instructions dans le sens que j'ai dit et vos lettres aux préfets et aux généraux. Je signerai tout à une heure et demie, avant de me coucher. Probablement il faudra que je passe encore cette nuit pour ces diables d'élections... Ainsi, ne vous gênez pas. Vous aurez le télégraphe.

— Est-ce à dire que je pourrai vous

écrire à l'insu des préfets sans leur communiquer ma dépêche ?

— A la bonne heure ! Mais ils la connaîtront toujours par l'homme du télégraphe. Il faudrait tâcher de ne pas cabrer les préfets. S'ils sont bonnes gens, ne leur communiquez que ce que vous voudrez. S'ils sont disposés à jalouser votre mission, ne les cabrez pas : il ne faut pas diviser notre armée au moment du combat.

— Je compte agir prudemment, mais enfin puis-je correspondre par le télégraphe avec Votre Excellence sans communiquer mon dire au préfet ?

— Oui, j'y consens, mais ne vous brouillez pas avec les préfets. Je voudrais que vous eussiez cinquante ans au lieu de vingt-six.

— Votre Excellence est bien libre assurément de choisir un homme de cinquante ans qui peut-être serait moins sensible que moi aux injures des journaux.

— Je vous donnerai tout l'argent que vous voudrez. Si votre orgueil veut me permettre la gratification, vous l'aurez, et considérable. En un mot, il faut réussir ; mon opinion particulière est qu'il vaut mieux dépenser cinq cent mille francs et ne pas avoir Mairobert devant nous à la Chambre. C'est un homme tenace, sage, considéré, terrible. Il méprise l'argent

et en a beaucoup, En un mot, on ne peut
rien voir de pis.

— Je ferai mon possible pour vous en
préserver.

Sur ce mot, dit très froidement, le
ministre quitta la loge. Il dut rendre le
salut à cinquante personnes et serrer huit
ou dix mains avant d'arriver à sa voiture,
dans laquelle il fit monter Lucien.

— Tirez-vous de cette affaire aussi
bien que de celle de Kortis, dit-il à Lucien
qu'il voulut absolument conduire place
de la Madeleine, et je dirai au roi que
l'administration n'a aucun sujet qui vous
soit supérieur. Et vous n'avez pas vingt-cinq
ans ! Vous pouvez aller à tout. Je ne vois
que deux obstacles : aurez-vous le courage
de parler devant quatre cents députés,
dont trois cents imbéciles ? Saurez-vous
vous garantir du premier mouvement,
qui chez vous est terrible ? Surtout,
tenez-vous ceci pour dit et dites-le aux
préfets : n'en appelez jamais à ces sentiments prétendus généreux et qui tiennent
de trop près à l'insubordination des peuples.

— Ah ! dit Lucien avec douleur.

— Qu'est-ce ?

— Ceci n'est pas flatteur.

— Rappelez-vous que votre Napoléon
n'en voulut pas, même en 1814, quand
l'ennemi avait passé le Rhin.

— Pourrai-je emmener M. Coffe, qui
a du sang-froid pour deux ?

— Mais je resterai seul !

— Seul avec quatre cent cinquante
commis ! Par exemple, M. Desbacs.

— C'est un petit coquin trop malléable
qui trahira plus d'un ministre avant d'être
conseiller d'Etat. Je voudrais tâcher de
n'être pas un de ces ministres, c'est
pourquoi je réclame votre secours malgré
vos aspérités. Desbacs, c'est exactement
votre opposé... Mais cependant, emmenez
qui vous voudrez, même M. Coffe. Pas de
Mairobert, à aucun prix. Je vous attends
avant une heure et demie. Heureux
temps que la jeunesse pour son activité[1] !

Et Leuwen monta chez sa mère. On lui
donna la calèche de voyage de la maison
de banque, qui était toujours prête, et à
trois heures du matin il était en route
pour le département du Cher.

La voiture était encombrée de pamphlets
électoraux. Il y en avait partout, et jusque
sur l'impériale ; à peine y avait-il place
pour Leuwen et Coffe. Ils arrivèrent à
Blois à six heures du soir, et s'arrêtèrent
pour dîner. Tout à coup, ils entendirent
un grand vacarme devant l'auberge.

---

1. Source de comique, cette absurdité : Lucien veut
réunir les profits du ministériel et la sensibilité fine de
l'homme d'honneur.

— C'est quelqu'un qu'on hue, dit Leuwen à Coffe.

— Que le diable les emporte ! dit celui-ci froidement.

L'hôte entra tout pâle.

— Messieurs, sauvez-vous ; on veut piller votre voiture.

— Et pourquoi ? dit Leuwen.

— Ah ! vous le savez mieux que moi !

— Comment ? dit Leuwen furieux. Et il sortit vivement du salon, qui était au rez-de-chaussée. Il fut accueilli par des cris assourdissants :

— A bas l'espion, à bas le commissaire de police !

Rouge comme un coq, il prit sur lui de ne pas répondre, et voulut s'approcher de sa voiture. La foule s'écarta un peu. Comme il ouvrait la portière, une énorme pelletée de boue tomba sur sa figure, et de là sur sa cravate. Comme il parlait à M. Coffe dans ce moment, la boue entra même dans sa bouche.

Un grand commis aux favoris rouges, qui fumait tranquillement au balcon du premier étage chargé de tous les voyageurs qui se trouvaient dans l'hôtel et qui dominait la scène de fort près, dit en criant au peuple :

— Voyez comme il est sale ; vous avez mis son âme sur sa figure !

Ce propos fut suivi d'un petit silence,
et puis accueilli par un éclat de rire général
qui se prolongea dans toute la rue avec
un bruit assourdissant et dura bien cinq
minutes.

Comme Leuwen se retournait vivement vers le balcon et levait les yeux pour
chercher à deviner parmi tant de figures
riant d'un rire affecté celle de l'insolent
qui avait parlé de lui, deux gendarmes
au galop arrivèrent sur la foule. Le balcon
fut vide en un instant, et la foule se dissipa
rapidement par les rues latérales. Leuwen,
ivre de colère, voulut rentrer dans la
maison pour chercher l'homme qui l'avait
insulté, mais l'hôte avait barricadé toutes
les portes, et ce fut en vain que notre
héros y donna des coups de poing et de
pied. Pendant ces tentatives, il avait
derrière lui [le brigadier de gendarme-
rie].

— Filez rapidement, messieurs, disait
ce fonctionnaire d'un ton grossier et riant
lui-même de l'état où la boue avait mis
le gilet et la cravate de Leuwen. Je n'ai
que trois hommes ; ils peuvent revenir
avec des pierres.

On mettait les chevaux en toute hâte.
Leuwen était fou à force de colère et parlait à Coffe qui ne répondait pas et tâchait,
à l'aide du grand couteau du cuisinier,

d'ôter le plus de boue fétide dont les man-
ches de son habit étaient couvertes.

— Il faut que je retrouve l'homme qui
m'a insulté, répétait Leuwen pour la
cinq ou sixième fois.

— Dans le métier que nous faisons,
vous et moi, répondit enfin Coffe d'un
fort grand sang-froid, il faut secouer les
oreilles et aller en avant.

L'hôte survint. Il était sorti de son
auberge par une porte de derrière, et ne
put ou ne voulut répondre à Leuwen qui
demandait le nom du grand jeune homme
qui l'avait insulté.

— Payez-moi, monsieur, cela vaudra
mieux. C'est quarante-deux francs.

— Vous vous moquez de moi ! Un dîner
pour deux, quarante-deux francs ?

— Je vous conseille de filer, dit le
brigadier. Ils vont revenir avec des tronçons de choux.

Et Leuwen remarqua que l'hôte remerciait le brigadier du coin de l'œil.

— Mais comment avez-vous l'audace !...
dit Lucien.

— Monsieur, allons chez le juge de
paix si vous vous croyez lésé, dit l'hôte
avec l'assurance insolente d'un homme
de cette classe. Tous les voyageurs de
mon hôtel ont été effrayés. Il y a un Anglais
et sa femme qui ont loué la moitié du

premier pour deux mois, il m'a déclaré que si je recevais chez moi des...

L'hôte s'arrêta tout court.

— Des quoi ? dit Leuwen pâle de colère et courant à la voiture pour prendre son sabre.

— Enfin, monsieur, vous m'entendez, dit l'hôte. Et l'Anglais m'a menacé de déloger.

— Délogeons, dit Coffe, voici le peuple qui revient.

Il jeta quarante-deux francs à l'hôte, et l'on partit.

— Je vous attendrai hors la ville, dit-il au brigadier ; je vous ordonne de venir m'y joindre.

— Ah ! j'entends, dit le brigadier souriant avec mépris. M. le commissaire a peur.

— Je vous ordonne de prendre une autre rue que moi et de m'attendre en dehors de la porte. Et vous, dit-il au postillon, traversez la foule au pas.

La foule commençait à paraître au bout de la rue. Arrivé à vingt pas de la foule, le postillon prit le galop, malgré les cris de Leuwen. La boue et les tronçons de choux volaient de tous côtés dans la calèche. Malgré le brouhaha épouvantable, ces messieurs eurent le plaisir d'entendre les plus sales injures.

En approchant de la porte, il fallut mettre les chevaux au trot à cause du pont fort étroit. Il y avait huit ou dix criards sous la porte même, qui était double.

— A l'eau ! A l'eau ! criaient-ils.

— Ah ! c'est le lieutenant Leuwen, dit un homme en capote verte déchirée, apparemment lancier congédié.

— A l'eau, Leuwen ! A l'eau, Leuwen ! cria-t-on à l'instant. On criait à deux pas de la calèche sous la porte, et les cris redoublèrent dès que la calèche fut à six pas en dehors. A deux cents pas plus loin, tout était calme. Le brigadier arriva bientôt.

— Je vous félicite, messieurs, dit-il aux voyageurs ; vous l'avez échappé belle.

Son air goguenard acheva de mettre Leuwen hors de lui. Il lui ordonna de lire son passeport, et ensuite :

— Quelle peut être la cause de tout ceci ? lui dit-il.

— Eh ! monsieur, vous le savez mieux que moi. Vous êtes le commissaire de police qui vient pour les élections. Vos papiers imprimés, que vous aviez sur l'impériale de votre calèche, sont tombés en entrant en ville, vis-à-vis le café Ramblin, c'est le café *National*. On les a

lus, on vous a reconnus, et ma foi, il est
bien heureux qu'ils n'aient pas eu des
pierres.

M. Coffe monta tranquillement sur le
siège de devant de la calèche.

— En effet, il n'y a plus rien, dit-il à
Leuwen en regardant sur l'impériale.

Ce paquet perdu était-il pour le Cher
ou pour M. Mairobert ?

— Contre M. Mairobert, dit Coffe ;
c'est le pamphlet de Torpet.

La figure du gendarme pendant ce court
dialogue désolait Leuwen. Il lui donna
vingt francs et le congédia. Le brigadier
fit mille remerciements.

— Messieurs, ajouta-t-il, les Blésois
ont la tête chaude, les messieurs comme
vous autres ne traversent ordinairement
la ville que de nuit.

— F...-moi le camp ! lui dit Leuwen.
Et toi, marche au galop, dit-il au postillon.

— Eh ! n'ayez pas tant de peur, répondit celui-ci en ricanant ; il n'y a personne
sur la route.

Au bout de cinq minutes de galop :

— Eh ! bien, Coffe ? dit Leuwen à
son compagnon en se tournant vers lui.

— Eh ! bien, répondit Coffe froidement,
le ministre vous donne le bras au sortir
de l'Opéra ; les maîtres des requêtes, les

préfets en congé, les députés à entrepôts de
tabac envient votre fortune. Ceci est la
contrepartie. C'est tout simple.

— Votre sang-froid me ferait devenir
fou, dit Leuwen, ivre de colère. Ces indi-
gnités, ce propos atroce : « Son âme est
sur sa figure », cette boue !

— Cette boue, c'est pour nous la noble
poussière du champ d'honneur. Cette
huée publique vous comptera, ce sont
les actions d'éclat dans la carrière que vous
avez prise, et où ma pauvreté et ma
reconnaissance me portent à vous suivre.

— C'est à dire que si vous aviez 1.200
francs de rente vous ne seriez pas ici.

— Si j'avais 300 francs de rente seulement, je ne servirais pas le ministère, qui
retient des milliers de pauvres diables
dans les horribles cachots du Mont-Saint-
Michel et de Clairvaux.

Un profond silence suivit cette réponse
trop sincère, et ce silence dura pendant
trois lieues. A six cents pas d'un village
dont on apercevait le clocher pointu
s'élever derrière une colline nue et sans
arbres, Leuwen fit arrêter.

— Il y aura vingt francs pour vous,
dit-il au postillon, si vous ne dites rien
de l'émeute.

— A la bonne heure ! Vingt francs,
c'est bon, je vous remercie. Mais, not'maî-

tre, votre figure si pâle de la venette que
vous venez d'avoir, mais votre belle
calèche anglaise couverte de boue, ça va
sembler drôle, on jasera ; ce ne sera pourtant pas moi qui aurai parlé [1].

— Dites que nous avons versé, et aux
gens de la poste qu'il y a vingt francs pour
eux s'ils attellent en trois minutes. Dites
que nous sommes des négociants courant
pour une banqueroute.

— Et être obligés de nous cacher !
dit Leuwen à Coffe.

— Voulez-vous être reconnu, ou n'être
pas reconnu ?

— Je voudrais être à cent pieds sous
terre, ou avoir votre impassibilité.

Leuwen ne dit mot pendant qu'on
attelait, il était immobile au fond de la
calèche, la main sur ses pistolets, apparemment mourant de colère et de honte.

Quand ils furent à cinq cents pas du
relais :

— Que me conseillez-vous, Coffe ? dit-il
les larmes aux yeux en se tournant vers
son taciturne compagnon. Je veux envoyer ma démission de tout et vous céder
la mission, ou si cela vous contrarie, je
manderai M. Desbacs. Moi, j'attendrai

1. [Que j'ai bien fait de ne pas prendre de domestique,
dit Leuwen].

huit jours et viendrai chercher l'insolent.

— Je vous conseille, dit froidement M. Coffe, de faire laver votre calèche à la première poste, de continuer comme si de rien n'était, et de ne dire jamais un mot de cette aventure à qui que ce soit, car tout le monde rirait.

— Quoi ! dit Leuwen, vous voulez que je supporte toute ma vie cette idée d'avoir été insulté impunément ?

— Si vous avez la peau si tendre au mépris, pourquoi quitter Paris [1] ?

— Quel quart d'heure nous avons passé à la porte de cet hôtel ! Toute ma vie ce quart d'heure sera à me brûler comme de la braise sur ma poitrine.

— Ce qui rendait l'aventure piquante, dit M. Coffe, c'est qu'il n'y avait pas le moindre danger, et nous avions tout le loisir de goûter le mépris. La rue était pleine de boue, mais parfaitement bien pavée, pas une seule pierre de disponible. C'est la première fois que j'ai senti le mépris. Quand j'ai été arrêté pour Sainte-Pélagie, trois ou quatre personnes seulement s'en sont aperçues, comme je montais en fiacre, un peu aidé, et l'une a dit

1. Lucien dit en se le reprochant : Je ne puis pas approcher une jeune femme sans un frémissement de plaisir et de timidité, et cela dure jusqu'à ce qu'elle ait sali son caractère par de l'affectation ou de la méchanceté.

avec beaucoup de pitié et de bonté :
Le pauvre diable!.

Leuwen ne répondait pas, Coffe continua
à penser tout haut avec une cruelle franchise.

— Ici, c'était le mépris tout pur. Cela
m'a fait penser au mot célèbre : on avale
le mépris, mais on ne le mâche pas.

Ce sang-froid rendait Leuwen fou ; s'il
n'eût été retenu par l'idée de sa mère, il
eût déserté actuellement sur la grande
route, se serait fait conduire à Rochefort,
et de là il était facile de s'embarquer pour
l'Amérique, et sous un nom supposé.

« Au bout de deux ans, je puis revenir
à Blois et donner des soufflets au jeune
homme le plus marquant de la ville. »

Cette tentation le dominait trop, il avait
besoin de parler.

— Mon ami, dit-il à Coffe, je compte
que vous ne rirez avec personne de mes
angoisses.

— Vous m'avez tiré de Sainte-Pélagie
où j'aurais dû faire mes cinq ans ; et il
y a plusieurs années que nous sommes
liés.

— Eh ! bien, mon cœur est faible, j'ai
besoin de parler, je parlerai si vous me
promettez une discrétion éternelle.

— Je le promets.

Leuwen expliqua tout son projet de

désertion, et finit par pleurer à chaudes larmes.

— J'ai mal conduit toute ma vie, répéta-t-il plusieurs fois ; je suis dans un bourbier sans issue.

— Soit, mais quelque raison que vous ayez, vous ne pouvez pas déserter au milieu de la bataille, comme les Saxons à Leipzig ; cela n'est pas beau, et vous donnerait des remords par la suite, du moins je le crains. Tâchez d'oublier, et surtout pas un mot à M. de Riquebourg, le préfet de Champagnier.

Après cette belle consolation, il s'établit un silence de deux heures. On avait à faire une poste de six lieues, il faisait froid, il pleuvait un peu, il fallut fermer la calèche. La nuit tombait, le pays qu'on traversait était stérile et plat ; pas un arbre. Pendant cette éternelle poste de six lieues, la nuit se fit tout à fait, l'obscurité devint profonde. Coffe voyait Leuwen changer de position toutes les cinq minutes.

« Il se tord comme saint Laurent sur le gril... Il est fâcheux qu'il ne trouve pas de lui-même un remède à sa position... L'homme dans cet état n'est pas poli, se dit Coffe un quart d'heure après... Cependant, ajouta-t-il après un nouveau quart d'heure de réflexions et déductions mathématiques, je lui dois de m'avoir tiré de

cette chambre de Sainte-Pélagie, grande
à peu près comme cette calèche... Expo-
sons-nous au coup de boutoir de la bête
fauve. Il n'a pas été régulièrement poli
avec moi dans le dialogue qui a précédé.
Toutefois, subissons l'ennui de parler, et
à un homme malheureux encore, et, qui
pis est, à un beau fils de Paris malheureux
par sa faute, malheureux avec de la santé,
de l'argent et de la jeunesse à revendre.
Quel sot ! Comme je le haïrais !... mais il
m'a tiré de Sainte-Pélagie. A l'école, quel
présomptueux, et surtout quel bavard :
parler, parler, toujours parler !... Mais
cependant, il faut l'avouer, et cela fait
un *fameux point pour lui*, pas le moindre
mot inconvenant quand il a eu le caprice
de me tirer de Sainte-Pélagie... Oui, mais
pour me faire apprenti bourreau... Le
bourreau est plus estimable... C'est par
pur enfantillage, par suite de leur sottise
ordinaire, que les hommes l'ont pris en
grippe. Il remplit un devoir... un devoir
nécessaire,... indispensable... Et nous ! nous
qui sommes sur la route de tous les honneurs que peut distribuer la société, nous
voilà en route pour faire une infamie,...
une infamie *nuisible*. Le peuple, qui se
trompe si souvent, par hasard a eu toute
raison cette fois. Dans cette brillante
calèche anglaise si cossue, il découvre deux

infâmes... et nous dit : « Vous êtes des
infâmes ! » Bien dit, pensa Coffe en riant.
Doucement : le peuple n'a pas dit à Leuwen : « Tu es un infâme, » mais il a dit à
nous deux : « Vous êtes des infâmes. »

Et Coffe pesait ce mot-là pour soi-
même. A cet instant, Leuwen soupira à
demi-haut.

« Le voilà qui souffre de son absurdité :
il prétend réunir les profits du ministériel
avec la susceptibilité délicate de l'homme
d'honneur. Quoi de plus sot ! Eh ! mon
ami, avec l'habit brodé prenez la peau
dure aux outrages... Cependant, l'on peut
dire à sa décharge qu'il n'y a peut-être
pas un de ces coquins d'agents du ministre
qui souffre par ce mécanisme. Cela fait
son éloge... Les autres savent bien à quelles
missions ils s'exposent en demandant des
places... Il serait bien qu'il trouvât le
remède tout seul... L'orgueil, la joie de
la découverte diminueraient la douleur que
fait le tranchant acéré du conseil en péné-
trant dans le cœur... Mais ça est riche,
ça est gâté par toutes les joies d'une belle
position... Jamais il n'accouchera tout seul
du remède, si toutefois il y en a un. Car
du diable si je connais le fond de sa position... C'est toujours là qu'est le diable...
Ce faquin de ministre le traite avec une
distinction étonnante ; peut-être que le

ministre a une fille, légitime ou bâtarde
dont il prétend l'embâter... Peut-être que
Leuwen a de l'ambition, ce doit être un
homme à préfecture, à croix,... un ruban
rouge sur un frac bien neuf... et se promener
le jarret tendu, sous la promenade des
tilleuls de l'endroit ! »

— Ah ! mon Dieu ! dit Leuwen à voix
basse.

« Le voilà sur la route du mépris public,..
comme dans mes premiers jours de Sainte-
Pélagie, quand je pensais que les voisins
de mon magasin pouvaient me croire un
banqueroutier frauduleux... »

Le souvenir de cette si vive douleur
fut assez puissant pour porter M. Coffe
à parler.

— Nous ne serons pas en ville avant
onze heures ; voulez-vous débarquer à
l'auberge ou chez le préfet ?

— S'il est debout, voyons le préfet.

Leuwen avait la faiblesse de penser
tout haut devant Coffe : il avait toute
honte bue, puisqu'il avait pleuré. Il ajouta :

— Je ne puis être plus contrarié que
je ne le suis. Jetons la dernière ancre de
salut qui reste au misérable, faisons notre
devoir.

— Vous avez raison, dit froidement Coffe.
Dans l'extrémité du malheur, et surtout
du pire des malheurs, de celui qui a pour

cause le mépris de soi-même, faire son
devoir et agir est en effet la seule ressource.
Experto crede Roberto : je n'ai pas passé
ma vie sur des roses. Si vous m'en croyez,
vous secouerez les oreilles et tâcherez
d'oublier l'algarade de Blois. Vous êtes
bien éloigné encore du comble des malheurs : vous n'avez pas lieu de vous mépriser vous-même. Le juge le plus sévère ne
pourrait voir que de l'imprudence dans
votre fait. Vous avez jugé la vie d'un *ministériel* par ce qu'on voit à Paris, où ils
ont le monopole de tous les agréments
que peut donner la vie sociale. Ce n'est
qu'en province que le ministériel voit le
mépris que lui accorde si libéralement la
grande majorité des Français. Vous n'avez
pas la peau assez dure pour ne pas sentir
le mépris public. Mais on s'y accoutume,
on n'a qu'à mettre sa vanité ailleurs.
Voyez M. de N...[1] On peut même observer
à l'égard de cet homme célèbre que quand
le mépris est devenu lieu commun, il n'y
a plus que les sots qui l'expriment. Or,
les sots, parmi nous, gâtent jusqu'au
mépris.

— Voilà une drôle de consolation que
vous me donnez là, dit Leuwen assez
brusquement.

1. Modèle : prince de Talleyrand.

— C'est, ce me semble, la seule dont
vous soyez capable. Il faut d'abord dire
la vérité quand on entreprend la tâche
ingrate de consoler un homme de courage.
Je suis un chirurgien cruel en apparence,
je sonde la plaie jusqu'au fond, mais je
puis guérir. Vous souvient-il que le cardinal de Retz, qui avait le cœur si haut,
l'homme de France auquel on a vu peut-
être le plus de courage, un homme comparable aux anciens, ayant donné d'impatience un coup de pied au cul à son écuyer
qui faisait quelque sottise pommée, fut
accablé de coups de canne et rossé d'importance par cet homme, qui se trouva
beaucoup plus fort que lui[1] ? Eh ! bien,
cela est plus piquant que de recevoir de
la boue d'une populace qui vous croit
l'auteur de l'abominable pamphlet que vous
portez en Normandie. A le bien prendre,
c'est à l'insolence si provocante de ce fat
de Torpet qu'on a jeté de la boue. Si
vous étiez Anglais, cet accident vous eût
trouvé presque insensible. Lord Wellington
l'a éprouvé trois ou quatre fois en sa vie.

— Ah ! les Anglais ne sont pas des
juges fins et délicats en fait d'honneur,
comme les Français. L'ouvrier anglais

1. Il n'y a pas ici de scènes, il n'y a pas de dialogues ame-
nant changements de positions. Lucien est comme un clou
exposé aux coups de marteau du sort.

n'est qu'une machine ; le nôtre ne fait pas
si bien sa tête d'épingle, mais c'est souvent
une sorte de philosophe, et son mépris est
affreux à supporter.

Leuwen continua quelque temps de parler avec toute la faiblesse de l'homme
réduit au dernier degré du malheur. Coffe
lui prit la main, et Leuwen pleura pour
la seconde fois.

— Et ce lancier qui m'a reconnu ?
On a crié : A bas Leuwen !

— Ce soldat a appris au peuple de
Blois le nom de l'auteur de l'infâme pamphlet de Torpet.

— Mais comment sortir de la boue où
je suis plongé au moral comme au physique ? s'écria Leuwen avec la dernière
amertume. Encore enfant continua-t-il un
instant après, j'ai fait ce que j'ai pu pour
être utile et estimable. J'ai travaillé
dix heures par jour pendant trois ans
pour entrer à l'Ecole polytechnique ; vous
avez été reçu sous le numéro 4, et moi
avec le numéro 7. A l'école, surcroît de
travail, impossibilité de distraction. Indi-
gnés par une action infâme du gouvernement, nous paraissons dans la rue...

— Faute de calcul ridicule, surtout chez
des géomètres : nous étions deux cent
cinquante jeunes gens, le gouvernement
nous a opposé 12.000 paysans incapables

du moindre raisonnement et que cette
chaleur de sang qui anime tous les Français à l'aspect du danger fait excellents
soldats. Nous sommes tombés dans la
même erreur que ces pauvres seigneurs
russes en 1826...

Le taciturne Coffe bavardait pour distraire Leuwen, mais Coffe s'aperçut que
Leuwen ne l'écoutait plus.

— Indigné d'être oisif et peu estimable,
j'ai pris l'état militaire. Je l'ai quitté pour
une raison particulière ; mais je l'aurais
quitté tôt ou tard, pour n'être pas exposé
à sabrer des ouvriers. Voulez-vous que je
devienne un héros de la rue Transnonain ?
Cela est pardonnable à un soldat qui voit
dans les habitants de cette maison un Russe
qui défend une batterie ennemie ; mais
dans moi, officier, qui comprends ?

— Eh ! bien cela, est bien pis que de
recevoir de la boue à Blois de gens que leur
préfet, M. de Nontour, a dupés de la
façon la plus irritante lors d'une élection
particlle, il y a un an. Vous vous rappelez
qu'il a placé sur le pont de la Loire des
gendarmes qui ont demandé leur passeport
aux habitants du faubourg qui venaient
voter en ville ; et comme aucun n'avait
de passeport, on les a empêchés de passer [1].

1. M. de Tournon à Lyon.

Convenez que ces gens-là, trouvant l'occasion de se venger de M. de Nontour en votre personne, ont bien fait.

— Ainsi, le métier de soldat conduit à une action comme celle de la rue Transnonain. Faut-il que le malheureux officier qui attendait l'époque de la guerre dans un régiment donne sa démission au milieu des balles d'une émeute ?

— Non, parbleu, et vous avez bien fait de quitter.

— Me voici dans l'administration. Vous savez que je travaille en conscience de neuf heures du matin à quatre. J'expédie bien vingt affaires, et souvent importantes. Si à dîner je crains d'avoir oublié quelque chose d'urgent, au lieu de rester auprès du feu avec ma mère je reviens au bureau, où je me fais maudire par le commis de garde, qui ne m'attend pas à cette heure-là. Pour ne pas faire de la peine à mon père, et aussi un peu par la peur que j'ai de discuter avec lui, je me suis laissé entraîner dans cette exécrable mission. Me voilà occupé à calomnier un honnête homme, M. Mairobert, avec tous les moyens dont un gouvernement dispose ; je suis couvert de boue, et on me crie que mon âme est sur ma figure ! Ah !

Et Leuwen se tordait en allongeant les jambes dans la calèche.

— Que devenir ? manger le bien gagné
par mon père, ne rien faire, n'être bon à
rien ! Attendre ainsi la vieillesse en me
méprisant moi-même, et m'écriant : « Que
je suis heureux d'avoir eu un père qui
valut mieux que moi » Que faire ? Quel
état prendre ?

— Quand on a le malheur de vivre sous
un gouvernement fripon et le second malheur, fort grand à mon sens, de raisonner
trop juste et de voir la vérité, on s'aperçoit que sous un gouvernement tel que
le nôtre, fripon par essence, et plus que
les Bourbons et Napoléon, car il trahit
constamment son premier serment, l'agriculture et le commerce sont les seuls
métiers indépendants. Je me suis dit :
l'agriculture me jette au milieu des champs,
à cinquante lieues de Paris, parmi nos
paysans qui sont encore des bêtes brutes.
J'ai préféré le commerce. Il est vrai que
dans le commerce il faut supporter et
partager certains usages sordides et affreux,
par manque de la plus vulgaire générosité, établis par la barbarie du XVIIe siècle
et soutenus aujourd'hui par les gens âgés,
avares et tristes, qui sont le fléau du commerce. Ces usages sont comme les cruautés
du moyen-âge, qui n'étaient pas cruautés
de leur temps, et ne sont devenues telles
que par les progrès de l'humanité. Mais

enfin, ces usages sordides, dût-on finir
par les trouver naturels, valent mieux
que d'égorger des bourgeois tranquilles
rue Transnonain, ou, ce qui est pire et
plus bas encore, justifier de telles choses
dans les pamphlets que nous colportons.

— Je devrai donc changer une troisième fois d'état !

— Vous avez un mois pour songer à
cela. Mais déserter au milieu du combat
ou vous embarquer à Rochefort, comme
vous en avez l'idée, vous donne aux yeux
de la société une teinte de folie pusilla-
nime dont vous ne pourrez jamais vous
laver. Or, aurez-vous bien le caractère de
mépriser le jugement de la société au milieu
de laquelle vous êtes né ? Lord Byron n'a
pas eu cette force, le cardinal de Retz
lui-même ne l'a pas eue, Napoléon, qui se
croyait noble, a frémi devant l'opinion du
faubourg Saint-Germain. Un faux pas,
dans la situation où vous vous trouvez,
vous conduit au suicide. Songez à ce que
vous me disiez, il y a un mois, de la haine
adroite du ministre des Affaires étrangères
à la tête de ses quarante espions de bonne
compagnie.

Après avoir fait l'effort de parler aussi
longtemps, Coffe se tut, et quelques
minutes après on arriva à la ville chef-lieu
du département du Cher.

CHAPITRE L

LE préfet, M. de Riquebourg, les reçut
en bonnet de coton, mangeant une
omelette, seul dans son cabinet, sur
une petite table ronde. Il appela sa cuisinière Marion, avec laquelle il discuta fort
posément sur ce qui restait dans le garde-
manger et sur ce qui pourrait être le
plus tôt prêt pour le souper de ces messieurs.

— Ils ont dix-neuf lieues dans le ventre,
dit-il à cette cuisinière, faisant allusion
à la distance parcourue par les voyageurs
depuis leur dîner à Blois.

La cuisinière partie :

— C'est moi, messieurs, qui compte
avec ma cuisinière ; par ce moyen, ma
femme n'a que l'embarras des bambins,
et moi, en laissant bavarder cette fille, je
sais tout ce qui se passe chez moi ; ma
conversation, messieurs, est toute dévouée
à ma police, et bien m'en prend, car je
suis environné d'ennemis. Vous n'avez pas
d'idée, messieurs, des frais que je fais.
Par exemple, j'ai un perruquier libéral

pour moi, et le coiffeur des dames légitimistes pour ma femme. Vous comprenez,
messieurs, que je pourrais fort bien me
faire la barbe. J'ai deux petits procès
que j'entretiens uniquement pour donner
occasion de venir à la préfecture au procureur, M. Clapier, l'un des libéraux les
plus matois du pays, et à l'avocat, à
M. Le Beau, personnage éloquent, modéré
et pieux, comme les grands propriétaires
qu'il sert. Ma place, messieurs, ne tient
qu'à un fil ; si je ne suis pas un peu protégé
par Son Excellence, je suis le plus malheureux des hommes. J'ai pour ennemi, en
première ligne, Mgr l'évêque ; c'est le plus
dangereux. Il n'est pas sans relations
avec quelqu'un qui approche de bien près
l'oreille de S. M. la reine, et les lettres
de monseigneur l'évêque ne passent point
par la poste. La noblesse dédaigne de venir
dans mon salon et me harcèle avec son
Henri V et son suffrage universel. J'ai
enfin ces malheureux républicains, ils ne
sont qu'une poignée et font du bruit
comme mille. Le croiriez-vous, messieurs ?
les fils des familles les plus riches, à mesure
qu'ils arrivent à dix-huit ans, n'ont pas
de honte d'être de ce parti. Dernièrement,
pour payer l'amende de 1.000 francs à
laquelle j'ai fait condamner le journal
insolent qui avait semblé approuver le

charivari donné à notre digne substitut
du procureur général, les jeunes gens
nobles ont donné soixante-sept francs, et
les jeunes gens riches non nobles quatre-
vingt-neuf francs. Cela n'est-il pas horrible ? Nous qui garantissons leurs propriétés de la République !

— Et les ouvriers ? dit Coffe.

— Cinquante-trois francs, monsieur, cela
fait horreur ! Et cinquante-trois francs tout
en sous ! La plus forte contribution parmi
ces gens-là a été six sous ; et, messieurs,
c'est le cordonnier de mes filles qui a eu
le front de donner ces six sous.

— J'espère que vous ne l'employez plus,
dit Coffe en fixant son œil scrutateur sur
le pauvre préfet. Celui-ci eut l'air très
embarrassé, car il n'osait mentir, redou-
tant la contre-police de ces messieurs.

— Je serai franc, dit-il enfin, la franchise est la base de mon caractère. Barthélemy est le seul cordonnier pour femmes
de la ville. Les autres chaussent les femmes
du peuple.. et mes filles n'ont jamais voulu
consentir... Mais je lui ai fait une bonne
semonce.

Ennuyé de tous ces détails, à minuit
moins un quart Leuwen dit assez brusquement à M. de Riquebourg :

— Vous plairait-il, monsieur, lire cette
lettre de M. le ministre de l'Intérieur ?

Le préfet la lut deux fois très posément.
Les deux jeunes voyageurs se regardaient.

— C'est une grande diable de chose
que ces élections, dit le préfet après avoir
lu, et qui depuis trois semaines m'empêche
de dormir la nuit, moi qui, grâce à Dieu,
en temps ordinaire n'entends pas tomber
ma dernière pantoufle. Si, entraîné par
mon zèle pour le gouvernement du roi,
je me laissais aller à quelque mesure un
peu trop acerbe envers mes administrés,
je perds la paix de l'âme. Au moment où
je cherche le sommeil, un remords, ou
du moins une discussion pénible avec moi-
même pour décider si je n'ai point encouru
le remords vient chasser le sommeil. Vous
ne connaissez point encore cela, M. le
commissaire. (C'était le nom dont le bon
M. de Riquebourg affublait Leuwen ; pour
lui faire honneur, il le traitait de commissaire aux élections.) Votre âme est jeune,
monsieur, les soucis administratifs n'ont
jamais altéré la paix dont elle jouit. Vous
ne vous êtes jamais trouvé en opposition
directe avec une population. Ah ! monsieur,
ce sont des moments bien durs ! L'on se
demande ensuite : Ma conduite a-t-elle
été parfaitement pure ? Mon dévouement
au roi et à la patrie a-t-il été mon seul
guide ? — Vous ne connaissez pas ces
pénibles incertitudes, monsieur. La vie

est couleur de rose pour vous ; en courant
la poste, vous vous amusez de la forme
bizarre d'un nuage...

— Ah ! monsieur... dit Leuwen oubliant
toute prudence, toute convenance, et tor-
turé par sa conscience.

— Votre jeunesse pure et calme n'a
pas même l'idée de ces dangers, leur seule
mention vous fait horreur ! Et je vous en
estime davantage, permettez-moi de vous
le dire, mon jeune collaborateur. Ah ! con-
servez longtemps la paix de l'âme honnête !
Ne vous permettez jamais, en administration, la moindre action, je ne dis pas douteuse aux yeux de l'honneur, mais douteuse à vos propres yeux. Sans la paix
de l'âme, monsieur, y a-t-il possibilité de
bonheur ? Après une action douteuse aux
yeux de l'honneur le plus scrupuleux, il
n'y aurait plus de tranquillité pour votre
âme.

Le souper était servi et ces messieurs
étaient à table.

— Vous auriez tué le sommeil, comme
dit le grand tragique des Anglais dans
son *Macbeth*.

« Ah ! infâme ! es-tu fait pour me torturer ? » pensait Lucien ; et, quoique mourant de faim, il éprouva une telle contrac-
tion du diaphragme qu'il ne put avaler
une seule bouchée.

— Mangez donc, monsieur le commissaire, disait le préfet ; imitez M. votre adjoint.

— Secrétaire seulement, monsieur, dit Coffe en continuant à tordre et à avaler comme un loup.

Ce mot jeté avec force parut cruel à Leuwen. Il ne put s'empêcher de regarder Coffe.

« Vous ne voulez donc pas m'aider à porter l'infamie de ma mission ? » disait ce regard.

Coffe ne comprit rien. C'était un homme parfaitement raisonnable, mais nullement délicat ; il méprisait les délicatesses, qu'il confondait avec les prétextes que prennent les gens faibles pour ne pas exécuter ce qui est raisonnable ou de leur devoir.

— Mangez, monsieur le commissaire... Coffe, qui comprit cependant que ce malheureux titre choquait Leuwen, dit au préfet :

— Maître des requêtes, s'il vous plaît, monsieur.

— Ah ! maître des requêtes ? dit le préfet étonné. Et c'est toute notre ambition à nous autres, pauvres préfets de province, après avoir fait deux ou trois bonnes élections.

« Est-ce naïveté sotte ? est-ce malice ? » se disait Leuwen, peu disposé à l'indulgence.

— Mangez, M. le maître des requêtes. Si vous ne devez m'accorder que trente-six heures, comme me dit le ministre dans sa lettre, j'ai à vous dire bien des choses, à vous communiquer bien des détails, à vous soumettre bien des mesures, avant après-demain à midi, qui serait l'heure où vous quitteriez cet hôtel. Demain, j'ai le projet de vous prier de recevoir une cinquantaine de personnes, une cinquantaine d'administrateurs douteux ou timides, et d'ennemis non déclarés ou timides aussi. Les sentiments de tous seront stimulés, je n'en doute point, par l'avantage de parler avec un fonctionnaire qui, lui-même, parle au ministre. D'ailleurs, cette audience que vous leur accorderez, et dont toute la ville parlera, sera un engagement solennel pour eux. Parler au ministre, c'est un grand avantage, une belle prérogative, monsieur le maître des requêtes. Que peuvent nos froides dépêches, monsieur, nos dépêches qui, pour être claires, ont besoin d'être longues ? Que peuvent-elles auprès du compte-rendu vif et intéressant d'un administrateur qui peut dire : *J'ai vu ?*

Ces phrases à demi sottes duraient encore à une heure et demie du matin. Coffe, qui mourait de sommeil, étant allé s'informer des lits, le préfet demanda à

Leuwen s'il pouvait parler devant ce secrétaire.

— Certainement, monsieur le préfet.
M. Coffe travaille dans le bureau particulier du ministre, et a pour les élections
toute la confiance de Son Excellence.

Au retour de Coffe, M. de Riquebourg
se crut obligé de reprendre toutes les
considérations qu'il avait déjà exposées à
Leuwen, en y ajoutant les noms propres.
Mais ces noms, tous également inconnus
pour les deux voyageurs, ne faisaient
qu'embrouiller à leurs yeux le système
d'influence que M. le préfet se proposait
d'exercer. Coffe, fort contrarié de ne
pouvoir dormir, voulut du moins travailler sérieusement, et avec l'autorisation
de M. le maître des requêtes, comme il
eut soin de l'exprimer, se mit à presser
de questions M. de Riquebourg.

Ce bon préfet, si moral et si soigneux
de ne pas se préparer des remords,
articula enfin que le département était fort
mal disposé, parce que huit pairs de
France, dont deux étaient grands propriétaires, avaient fait nommer un nombre considérable de petits fonctionnaires et les
couvraient de leur protection.

— Ces gens-là, messieurs, reçoivent mes
circulaires, et me répondent des calembredaines. Si vous fussiez arrivés quinze

jours plus tôt, nous eussions pu ménager
trois ou quatre destitutions salutaires.

— Mais, monsieur, n'avez-vous pas
écrit dans ce sens au ministre ? Il est,
ce me semble, question de la destitution
d'une directrice de la poste aux lettres ?

— Madame Durand, la belle-mère de
M. Duchadeau ? Eh ! la pauvre femme !
Elle pense fort mal, il est vrai ; mais
cette destitution, si elle arrive à temps,
fera peur à deux ou trois fonctionnaires
du canton de Tourville, dont l'un est son
gendre, et les deux autres ses cousins.
Mais ce n'est pas là que sont mes grands
besoins ; c'est à Mélan, où, comme je viens
d'avoir l'honneur de vous le montrer sur
ma carte électorale, nous avons une majorité contre nous de vingt-sept voix au
moins.

— Mais, monsieur, j'ai dans mon portefeuille les copies de vos lettres. Si je
ne me trompe, vous n'avez pas parlé du
canton de Mélan au ministre.

— Eh ! monsieur le maître des requêtes,
comment voulez-vous que j'écrive de telles
choses ? M. le comte d'Allevard, pair de
France, ne voit-il pas votre ministre tous
les jours ? Ses lettres à son homme d'affaires, le bonhomme Ruflé, notaire, ne
sont remplies que des choses qu'il a entendu
dire, la veille ou l'avant-veille, par 'Son

Excellence M. le comte de Vaize, quand il a eu l'honneur de dîner avec Elle. Ces dîners sont fréquents, à ce qu'il paraît. On n'écrit point de telles choses, monsieur. Je suis père de famille, demain j'aurai l'honneur de vous présenter madame de Riquebourg et nos quatre filles. Il faut songer à établir tout cela. Mon fils est sergent au 86e depuis deux ans, il faut le faire sous-lieutenant ; et je vous avouerai franchement, M. le maître des requêtes, et sous le sceau de la confession, qu'un mot de M. d'Allevard peut me perdre ; et M. d'Allevard, qui veut détourner un chemin public qui passe dans son parc, protège tout le monde dans le canton de Mélan. Pour moi, M. le maître des requêtes, la simple demi-punition de changer de préfecture serait une ruine ; trois mariages que madame de Riquebourg a ébauchés pour ses filles ne seraient plus praticables, et mon mobilier est immense.

Ce ne fut que vers les deux heures du matin que les questions pressantes, et même quelque chose de plus, de l'inflexible Coffe, forcèrent M. le préfet à faire connaître une grande manœuvre à laquelle il renvoyait sans cesse.

— C'est ma seule et unique ressource, messieurs, et si elle est connue, si l'on peut seulement s'en douter douze heures avant

l'élection, tout est perdu. Car, messieurs,
ce département est un des plus mauvais
de France : vingt-sept abonnements au
National, et huit à la *Tribune !* Mais à vous,
messieurs, qui avez l'oreille du ministre,
je ne puis rien cacher. Or donc, il faut savoir
que je ne lancerai ma manœuvre électorale, je ne mettrai le feu à la mine, que
lorsque je verrai la nomination du président à demi décidée ; car, si cela éclatait
trop tôt, deux heures suffiraient pour tout
perdre, messieurs : l'élection, comme la
position de votre très humble serviteur.
Nous posons donc que nous portons pour
candidat du gouvernement M. Jean-Pierre
Blondeau, maître de forges à Champagnier,
que nous avons pour rival à chances probables, et malheureusement plus que probables. M. Malot, ex-chef de bataillon de
l'ex-garde nationale de Champagnier. Je
dis *ex*, quoiqu'elle ne soit que suspendue,
mais il fera beau jour quand elle s'assem-
blera de nouveau. Donc, messieurs,
M. Blondeau, ami du gouvernement, car
il a une peur du diable d'une réduction
du droit sur les fers étrangers. Malot est
négociant drapier et en bois de construc-
tion et bois de chauffage ; il a de fortes
rentrées à opérer à Nantes. Deux heures
avant le dépouillement du scrutin pour la
nomination du président, un courrier de

commerce, *réellement* parti de Nantes, lui
apportera la nouvelle alarmante que deux
négociants de Nantes que je connais bien
et qui tiennent en leurs mains une partie
de sa fortune, sont sur le point de manquer
et aliènent déjà leurs propriétés à leurs
amis moyennant des actes de vente anti-
datés. Mon homme perd la tête et part,
cela j'en suis sûr. Il planterait là toutes les
élections du monde...

— Mais comment ferez-vous arriver un
courrier réel de Nantes précisément à point?

— Par l'excellent Chauveau, le secrétaire général à Nantes, mon ami intime.
Il faut savoir que la ligne du télégraphe
de Nantes ne passe qu'à deux lieues d'ici,
et Chauveau, qui sait que mon élection
commence le 23, s'attend à un mot de
moi le 23 au soir ou le 24 au matin. Une
fois [que] M. Malot aura la puce à l'oreille
pour ses rentrées de Nantes, je me tiens
en grand uniforme dans les environs de
la salle des Ursulines, où se fait l'élection.
Malot absent, je n'hésite pas à adresser
la parole aux électeurs paysans, et, ajouta
M. de Riquebourg en baissant extrêmement
la voix, si le président du collège électoral
est fonctionnaire public, même libéral, je
lâche à mes électeurs en guêtres des bul-
letins où j'ai flanqué en grosses lettres :
Jean-Pierre Blondeau, maître de forges.

Je gagnerai bien dix voix de cette façon. Les électeurs, sachant que Malot est sur le point de faire banqueroute...

— Comment ! banqueroute ? dit Leuwen en fronçant le sourcil.

— Eh ! monsieur le maître des requêtes, dit M. de Riquebourg d'un air encore plus bénin que de coutume, puis-je empêcher que les bavards de la ville, exagérant tout, comme de coutume, ne voient dans la faillite des correspondants de Malot à Nantes la nécessité pour lui de suspendre ses paiements ici ? Car avec quoi peut-il payer ici, ajouta le préfet en affermissant son ton, si ce n'est avec l'argent qu'il tire de Nantes pour les bois qu'il a envoyés ?

Coffe souriait et avait toutes les peines du monde de ne pas éclater.

— Cette brèche faite au crédit de M. Malot ne pourrait-elle point, en alarmant les personnes qui ont des fonds chez lui, amener une suspension de paiements véritable ?

— Eh ! tant mieux, morbleu ! dit le préfet s'oubliant tout à fait. Je ne l'aurai pas sur les bras lors de la réélection pour la garde nationale, si elle a lieu.

Coffe était aux anges.

— Tant de succès, monsieur, alarmeraient peut-être ma susceptibilité...

— Eh ! monsieur, la République coule
à pleins bords. La digue contre ce torrent
qui emporterait nos têtes et incendierait
nos maisons, c'est le Roi, monsieur, uniquement le Roi. Il faut fortifier l'autorité et
faire la part au feu. Tant pis pour la
maison qu'il faut abattre afin de sauver
toutes les autres ! Moi, messieurs, quand
l'intérêt du Roi parle, ces choses-là me
sont égales comme deux œufs.

— Bravo, M. le préfet, mille fois bravo !
Sic itur ad astra, c'est-à-dire au Conseil
d'Etat.

— Je ne suis pas assez riche, monsieur :
12.000 francs et Paris me ruineraient
avec ma nombreuse famille. La préfecture
de Bordeaux, monsieur, celle de Marseille,
de Lyon, avec de bonnes dépenses secrètes.
Lyon, par exemple, doit être excellentissi-
me. Mais revenons, il se fait tard. Donc,
je pose dix voix au moins, gagnées personnellement par moi. Mon terrible évêque
a un petit grand vicaire, fin matois et
grand amateur de l'*espèce*. S'il convenait à
Son Excellence de faire les fonds, je re-
mettrais vingt-cinq louis à M. Crochard,
c'est ce grand vicaire, pour faire des
aumônes à de pauvres prêtres. Vous me
direz, monsieur, que donner de l'argent
au parti jésuitique c'est porter des res-
sources à l'ennemi. C'est une chose à

pondérer sagement. Ces vingt-cinq louis
me donneront une dizaine de voix dont
M. Crochard dispose, et plutôt douze que
dix.

— Le Crochard prendra votre argent
et se moquera de vous, dit Leuwen. La
conscience de ses électeurs les aura
empêchés de voter au moment décisif.

— Oh ! que non ! On ne se *moque* pas
d'un préfet, dit en ricanant M. de Riquebourg, choqué du mot. Nous avons certain
dossier, avec sept lettres originales du
sieur Crochard. Il s'agit d'une petite fille
du couvent de Saint-Denis-Sambuci. Je
lui ai juré que j'avais brûlé ses lettres lors
d'un petit service qu'il m'a rendu auprès
de son évêque dans l'affaire..., mais le
sieur Crochard n'en croit pas un mot.

— Douze voix, ou au moins dix ?
dit Leuwen.

— Oui, monsieur, dit le préfet étonné.

— Je vous donne ces vingt-cinq louis.

Il s'approcha de la table et écrivit un
bon de 600 francs sur le caissier du ministère.

La mâchoire inférieure de M. de Riquebourg s'abaissa lentement, sa considération pour Leuwen doubla en un instant.
Coffe ne put retenir un petit éclat de glotte
en voyant la manière dont le bon préfet
ajouta :

— Ma foi, monsieur, c'est y aller bon
jeu bon argent. Outre mes moyens généraux : circulaires, agents voyageurs,
menaces verbales, etc., etc., dont je ne vous
fatiguerai pas, car vous ne me croyez pas
assez gauche pour ne pas avoir poussé les
choses aussi loin qu'elles peuvent aller, et,
monsieur, je puis prouver tout cela par
les lettres de l'ennemi arrêtées à la poste,
et j'en ai trois au *National*, détaillées
comme un procès-verbal et, je vous assure,
qui doivent plaire au Roi, — outre les
moyens généraux, dis-je, outre la dispa-
rition de Malot au moment du combat,
outre les électeurs jésuites de M. Crochard,
j'ai le moyen de séduction en faveur de
Blondeau. Cet excellent maître de forges
n'a pas inventé la poudre, mais il sait
quelquefois suivre un bon conseil, faire
des sacrifices à propos. Il a un neveu,
avocat à Paris et homme de lettres, qui a
fait une pièce à l'Ambigu. Ce neveu n'est
point sot, il a reçu mille écus de son oncle
pour faire des démarches en faveur du
maintien du droit sur les fers. Il a fait
des articles de journaux, enfin il dîne au
ministère des Finances. Des gens du pays
établis à Paris l'ont écrit. Par le premier
courrier après le départ de Malot, il
m'arrive une lettre de Paris qui m'annonce
que M. Blondeau neveu est nommé

secrétaire général du ministère des Finances. Depuis huit jours, je reçois une pareille
lettre par chaque courrier ; or, dix-sept
électeurs libéraux, je suis sûr du chiffre, ont
des intérêts directs au ministère des Finances, et Blondeau leur déclarera net que
si l'on vote contre lui son neveu s'en ressen-
tira.

Maintenant, monsieur le maître des
requêtes, daignez rejeter un coup d'œil
sur le bordereau des votes :

Électeurs inscrits......................	613
Présents au collège, au plus..........	400
	═══
Constitutionnels dont je suis sûr......	178
Votants pour Malot que je gagnerai personnellement......................	10
Votes jésuites dirigés en secret par M. Crochard, 12, tablons au plus bas	10
	───
Total ....'.	198

Il me manque deux voix, et la nomination
de M. Blondeau neveu, *Aristide Blondeau*,
aux Finances me donne au moins six voix.
Majorité : quatre voix. Ensuite, monsieur,
si vous m'autorisez, dans un cas extrême,
à promettre quatre destitutions (je dis
parole d'honneur, appuyée par un dédit

de 1.000 francs déposés en main tierce),
je pourrai promettre au ministre une
majorité non de quatre misérables voix,
mais de douze et peut-être de dix-huit
voix. J'ai le bonheur que Blondeau est
un imbécile qui de la vie n'a porté om-
brage à personne. Il me répète bien tous les
jours que personnellement il a une douzaine
de voix, mais rien n'est moins clair. Mais
tout cela, monsieur, est cher, et je ne
puis pas, moi, père de famille, faire la
guerre absolument à mes dépens. Le ministre, par sa dépêche timbrée *particulière*
du 5, m'a ouvert un crédit de 1.200 francs
pour mes élections. Sur ce crédit, j'ai déjà
dépensé 1.920 francs. Je pense que son
Excellence est trop juste pour me laisser
ces 720 francs sur les bras.

— Si vous réussissez, il n'y a pas de
doute, dit Leuwen. En cas contraire, je
vous dirai, monsieur, que mes instructions
ne parlent pas de cet objet.

M. de Riquebourg roulait dans ses mains
le bon de 6oo francs de Leuwen. Tout à
coup, il s'aperçut que cette écriture était
la même que celle de la lettre timbrée
particulière, dont il n'avait raconté qu'une
partie à ces messieurs, par discrétion.
De ce moment, son respect pour M. le
commissaire aux élections fut sans bornes.

— Il n'y a pas deux mois, ajouta

M. de Riquebourg, tout rouge d'émotion de parler à un favori du ministre, que Son Excellence a daigné m'écrire une lettre de sa main [1] sur la grande affaire N...

— Le roi y attache la plus haute importance.

Le préfet ouvrit le secret d'un énorme bureau à cylindre et en tira la lettre du ministre, qu'il lut tout haut, et ensuite il la passa à ces messieurs.

— C'est de la main de Cromier, dit Coffe.

— Quoi ! ce n'est pas Son Excellence ! dit le préfet ébahi. Je me connais en écritures, messieurs !

Et comme M. de Riquebourg ne songeait pas à sa voix, elle avait pris un son aigre et un ton moqueur, entre le reproche et la menace.

« Ton de préfet, pensa Leuwen ; rien ne gâte plus la voix. Les trois quarts des grossièretés de M. de Vaize lui viennent d'avoir, dix ans durant, parlé tout seul au milieu de son salon de préfecture. »

— M. de Riquebourg est en effet connaisseur en écritures, dit Coffe, qui n'avait plus envie de dormir et de temps en temps se versait de grands verres de vin blanc de Saumur. Rien ne ressemble

---

1. M. Finot à Chambéry, à moi.

davantage à la main de *Son Excellence* que celle du petit Cromier, surtout quand il cherche la ressemblance.

Le préfet fit quelques objections ; il était humilié, car la pièce de résistance de sa vanité comme de son espoir d'avancement c'étaient les lettres de la propre main du ministre. A la fin, il fut convaincu par Coffe, qui était sans pitié pour cet honorable amphitryon depuis qu'il pensait à la banqueroute possible de M. Malot, le drapier marchand de bois. Le préfet resta pétrifié, tenant sa lettre de la main du ministre.

— Quatre heures sonnent, dit Coffe. Si nous prolongeons la séance, nous ne pourrons pas être debout à neuf heures, comme le veut M. le préfet.

M. de Riquebourg prit le mot *veut* pour un reproche.

— Messieurs, dit-il en se levant et saluant jusqu'à terre, je ferai convoquer pour neuf heures et demie les personnes que je vous prie d'admettre à votre première audience. Et j'entrerai moi-même dans vos chambres à dix heures sonnantes. Jusqu'à ce que vous me voyiez, dormez sur l'une et l'autre oreille.

Malgré ces messieurs, M. de Riquebourg voulut leur indiquer lui-même leurs deux chambres, qui communiquaient par un

petit salon. Il poussa les attentions jusqu'à
regarder sous les lits [1].

— Cet homme n'est point sot au fond,
dit Coffe à Leuwen quand le préfet les eut
enfin laissés : voyez !

Et il indiquait une table sur laquelle
un poulet froid, du roti de lièvre, du vin
et des fruits étaient disposés avec propreté.
Et il se mit à resouper de fort bon appétit.

Les deux voyageurs ne se séparèrent
qu'à cinq heures du matin.

« Leuwen a l'air de ne plus songer à
l'accident de Blois, » se disait Coffe. En
effet, Leuwen, comme il convient à un
bon employé, était tout occupé de l'élection de M. Blondeau, et avant de se mettre
au lit relut le bordereau des votes qu'il
s'était fait remettre par M. de Riquebourg.

A dix heures sonnantes, M. de Riquebourg entra dans la chambre de Leuwen,
suivi de la fidèle Marion, qui portait un
cabaret avec du café au lait, et Marion
était elle-même suivie d'un petit jockey qui
portait un autre cabaret avec du thé, du
beurre et une bouilloire.

— L'eau est bien chaude, dit le préfet.
Jacques va vous faire du feu. Ne vous
pressez nullement. Prenez du thé ou du
café. Le déjeuner à la fourchette est indi-

1. Fait à moi à Birmingham

qué à onze heures, et, à six, dîner de quarante personnes. Votre arrivée fait le
meilleur effet. Le général est susceptible
comme un sot, l'évêque est furibond et
fanatique. Si vous le jugez à propos, ma
voiture sera attelée à onze heures et demie,
et vous pourrez donner dix minutes à
chacun de ces fonctionnaires. Ne vous
pressez pas : les quatorze personnes que
j'ai réunies pour votre première audience
n'attendent que depuis neuf heures et
demie...

— Je suis désolé, dit Leuwen.

— Bah ! Bah ! dit le préfet, ce sont des
gens à nous, des gens qui mangent au
Budget. Ils sont faits pour attendre.

Leuwen avait horreur de tout ce qui
peut ressembler à un manque d'égards.
Il s'habilla en courant, et courut recevoir
les quatorze fonctionnaires. Il fut atterré
de leur pesanteur, de leur bêtise, de leur
[air] d'adoration à son égard.

« Je serais le prince royal qu'ils n'auraient pas salué plus bas ! »

Il fut bien étonné quand Coffe lui dit :

— Vous les avez mécontentés, ils vous
trouveront de la hauteur.

— De la hauteur ? dit Leuwen étonné.

— Sans doute. Vous avez eu des idées,
ils ne vous ont pas compris. Vous avez eu
cent fois trop d'esprit pour ces animaux-là.

Vous tendez vos filets trop haut. Attendez-
vous à des figures étranges à déjeuner.
Vous allez voir mesdemoiselles de Riquebourg.

La réalité passa toutes les prévisions.
Leuwen eut le temps de dire à Coffe :

— Ce sont des grisettes qui viennent
de gagner 40.000 francs à la loterie.

Une d'elles était plus laide que ses sœurs,
mais moins fière des grandeurs de sa famille. Elle ressemblait un peu à Théode-
linde de Serpierre. Ce souvenir fut tout-
puissant sur Leuwen. Dès qu'il s'en fut
aperçu, il parla avec intérêt à mademoiselle Augustine, et madame de Riquebourg vit sur-le-champ un brillant mariage pour sa fille.

Le préfet rappela à Leuwen la visite au
général et à l'évêque. Madame de Riquebourg fit un signe d'impatience méprisant
à son mari, et enfin le déjeuner ne finit
qu'à une heure, et Leuwen sortit en voiture
que quatre ou cinq groupes des amis plus
ou moins sûrs du gouvernement l'attendaient déjà, parqués et soigneusement
gardés dans différents bureaux de la
Préfecture.

Coffe n'avait pas voulu suivre son ancien
camarade, il comptait courir un peu la
ville et s'en faire [une idée], mais il eut à
recevoir la visite officielle de M. le secré-

taire intime [1] et de MM. les commis de la préfecture.

« Je vais aider au débit de l'orviétan, » se dit-il. Et, avec son sang-froid inexorable, il sut donner à ces commis une haute idée de la mission qu'il remplissait.

Au bout de dix minutes il les renvoya sèchement, et il s'échappait pour tâcher de voir la ville, quand le préfet, qui le guettait, le prit au passage et le força d'écouter la lecture de toutes les lettres adressées par lui au comte de Vaize au sujet des élections.

— Ce sont des articles de journaux du troisième ordre, pensait Coffe, indigné. Cela ne serait pas payé douze francs l'article par notre *Journal de Paris*. La conversation de cet homme vaut cent fois mieux que sa correspondance.

Au moment où Coffe se ménageait un prétexte pour échapper à M. de Riquebourg, Leuwen rentra, suivi du général comte de Beauvoir. C'était un fat de haute taille, à figure blonde et grasse d'une rare insignifiance, du reste joli garçon encore, très poli, très élégant, mais qui, à la lettre, ne comprenait rien de ce qu'on disait devant lui. Les élections semblaient lui avoir troublé la cervelle, il disait à tout propos : « Cela regarde l'autorité administrative. »

1. Secrétaire général. A vérifier : y en a-t-il encore ?

Coffe vit par ses discours qu'il en était encore à deviner l'objet de la mission de Leuwen, et cependant celui-ci lui avait envoyé la veille au soir une lettre du ministre on ne peut pas plus explicite.

Les audiences de l'avant-dîner furent de plus en plus absurdes. Leuwen, qui avait le tort d'avoir agi le matin avec trop d'intérêt, était mort de fatigue dès deux heures après-midi, et n'avait pas une idée. Alors, il fut parfaitement convenable et le préfet prit une grande idée de lui. Aux quatre ou cinq dernières audiences, qui furent individuelles, et accordées aux personnages les plus importants, il fut parfait, et de l'insignifiance la plus convenable. Le préfet tenait à faire voir par Leuwen M. le grand vicaire Crochard ; c'était un personnage maigre, une figure de pénitent, et à ses discours Leuwen le trouva fait à point pour recevoir vingt cinq louis et faire agir à sa guise une douzaine d'électeurs jésuites.

Tout alla bien jusqu'au dîner. A six heures, le salon du préfet comptait quarante-trois personnages, l'élite de la ville. La porte s'ouvrit à deux battants, mais M. le préfet fut consterné en voyant Leuwen paraître sans uniforme. Lui préfet, le général, les colonels, étaient en grande tenue. Leuwen, excédé de fatigue et d'ennui

fut placé à la droite de madame la préfète,
ce qui fit faire la mine au général comte de
Beauvoir. On n'avait pas épargné les bûches
du gouvernement, il faisait une chaleur
insupportable, et avant la moitié du dîner,
qui dura sept quarts d'heure, Leuwen
craignait de faire une scène et de se trouver
mal.

Après dîner, il demanda la permission
de faire un tour dans le jardin de la préfecture ; il fut obligé de dire au préfet,
qui s'attachait à lui et voulait le suivre :

— Je vais donner mes instructions à
M. Coffe sur les lettres qu'il doit me faire
signer avant le départ de la poste. Il
faut non seulement prendre de sages
mesures, mais encore en tenir note.

— Quelle journée ! se dirent les deux
voyageurs.

Il fallut rentrer au bout de vingt minutes
et avoir cinq ou six apartés dans les embra-
sures des fenêtres du salon de la préfecture
avec des hommes importants, amis du gouvernement, mais qui, sous prétexte de la
nullité désespérante de M. Blondeau,
qui à table avait parlé de fer et de la
justice de prohiber les fers anglais, de
façon à lasser la patience même des
fonctionnaires d'une ville de province [1]...

1. Phrase incorrecte ou incomplète, mais conforme au
manuscrit. N. D. L. E.

Plusieurs amis du gouvernement trouvaient absurde que la *Tribune* en fût à son cent quatrième procès et que la prison préventive retînt tant de centaines de pauvres jeunes gens. Ce fut à combattre cette hérésie dangereuse que Leuwen consacra sa soirée. Il cita avec assez de brillant dans l'expression les Grecs du bas-empire qui disputaient sur la lumière *incréée* du Thabor, tandis que les féroces Osmanlis escaladaient les murs de Constantinople.

Voyant l'effet qu'avait produit ce trait d'érudition, Leuwen déserta la préfecture et fit un signe à Coffe. Il était dix heures du soir.

« Voyons un peu la ville, » se disaient les pauvres jeunes gens. Un quart d'heure après, ils cherchaient à démêler l'architecture d'une église un peu gothique, lorsqu'ils furent rejoints par M. de Riquebourg.

— Je vous cherchais, messieurs... etc., etc.

La patience fut sur le point d'échapper à Leuwen.

— Mais, monsieur le préfet, le courrier ne part-il pas à minuit ?

— Entre minuit et une heure.

— Eh ! bien, M. Coffe a une mémoire si étonnante que, tel que vous me voyez, je

lui dicte mes dépêches ; il les retient à
merveille, souvent corrige les répétitions et
autres petites fautes dans lesquelles je
puis tomber. J'ai tant d'affaires ! Vous ne
connaissez pas la moitié de mes embarras.

Par de tels propos et d'autres encore
plus ridicules, Leuwen et Coffe eurent
toutes les peines du monde à renvoyer
M. de Riquebourg à sa préfecture.

Les deux amis rentrèrent à onze heures
et firent une lettre de vingt lignes au ministre. Cette lettre, adressée à M. Leuwen
père, fut jetée à la poste par Coffe.

Le préfet fut bien étonné quand, à
onze heures trois quarts, son huissier vint
lui dire que M. le maître des requêtes n'a-
vait pas remis de dépêches pour Paris.
Cet étonnement redoubla quand le directeur des postes vint lui dire qu'aucune
dépêche adressée au ministre n'avait été
jetée à la poste. Ce fait plongea M. le
préfet dans les plus graves soucis.

A sept heures le lendemain matin, le
préfet fit demander une audience à Leuwen
pour lui présenter le travail des destitutions. M. de Riquebourg en demandait sept, Leuwen eut grand'peine à lui
faire réduire ses demandes à quatre.

Pour la première fois le préfet, qui
jusque-là avait été humble jusqu'à la
servilité, voulut prendre un ton ferme et

parla à Leuwen de la responsabilité de
lui, Leuwen. A quoi Leuwen répondit
avec la dernière impertinence, et il termina par refuser le dîner que le préfet
avait fait préparer pour deux heures,
un dîner d'amis intimes, il n'y avait que
dix-sept personnes. Leuwen alla faire
une visite à madame de Riquebourg et
partit à midi précis, comme le portaient
les instructions qu'il s'était faites, et sans
vouloir permettre au préfet de rentrer
en matière.

Heureusement pour les voyageurs, la
route traversait une suite de collines, et
ils firent deux lieues à pied, au grand
scandale du postillon.

Cette effroyable activité de trente-six
heures avait placé déjà bien loin le souvenir des huées et de la boue de Blois. La
voiture avait été lavée, brossée, etc., etc.,
à deux reprises. En ouvrant une poche pour
prendre l'itinéraire de M. Vayde, Leuwen
la trouva remplie de boue encore humide,
et le livre abîmé [1].

1. [Lettre de M. Leuwen père à son fils. — Mon cher
ami, adressez à votre mère les lettres que vous voulez faire
parvenir au ministre... Moi, je vais dans le département de
l'Aveyron m'occuper d'élections. Je désire que le père de
Lucien soit à la Chambre, afin de pouvoir faire une position
à ce beau jeune homme qui, pour l'amour de moi, a bien
voulu prendre une grande passion pour madame G... On
commence à parler beaucoup de cette tendre faiblesse.
Adieu ! »]

CHAPITRE LI

CES messieurs firent un détour de six lieues pour aller voir les ruines de la célèbre abbaye de N... Ils les trouvèrent admirables et ne purent, en véritables élèves de l'Ecole polytechnique, résister à l'envie d'en mesurer quelques parties.

Cette diversion délassa les voyageurs. Le vulgaire et le plat qui avait encombré leurs cerveaux furent emportés par les discussions sur la convenance de l'art gothique avec la religion, qui promet l'enfer à cinquante-et-un enfants sur cent qui naissent, etc., etc.

— Rien n'est bête comme notre église de la Madeleine, dont les journaux sont si fiers. Un temple grec, respirant la gaieté et le bonheur, pour abriter les mystères terribles de la religion des épouvantements! Saint-Pierre de Rome lui-même n'est qu'une brillante absurdité ; mais en 1500, quand Raphaël et Michel-Ange y travaillèrent, Saint-Pierre n'était pas absurde : la religion de Léon X était gaie, lui,

pape, plaçait par la main de Raphaël,
dans les ornements de sa galerie favorite,
les amours du cygne et de Léda répétées
vingt fois. Saint-Pierre est devenu absurde
depuis le jansénisme de Pascal se reprochant le plaisir d'aimer sa sœur, et depuis
que les plaisanteries de Voltaire ont res-
serré si étroitement le cercle des convenances religieuses.

— Vous traitez trop le ministre en
homme d'esprit, dit Coffe. Vous agissez
au mieux de ses intérêts, comme nous disons
dans le commerce. Mais une lettre de vingt
lignes ne le satisfait pas. Probablement,
il porte toute sa correspondance chez le
roi, et, si l'on tombe sur votre lettre,
on trouvera qu'elle serait suffisante si elle
était signée Carnot ou Turenne. Mais,
permettez-moi de vous le dire, monsieur
le commissaire aux élections, votre nom
ne rappelle pas encore une masse énorme
d'actions d'une haute prudence.

— Eh ! bien, démontrons cette prudence
au ministre.

Les voyageurs s'arrêtèrent quatre heures
dans un bourg et écrivirent plus de quarante pages sur MM. Malot, Blondeau et
Riquebourg. La conclusion était que, même
sans destitutions, M. Blondeau aurait une
majorité de quatre voix à dix-huit. Le
moyen décisif inventé par M. de Rique-

bourg, la faillite à Nantes, la nomination
de M. Aristide Blondeau secrétaire général
du ministère des Finances, et enfin les
vingt-cinq louis de M. le grand vicaire,
furent annoncés au ministre par une lettre
à part, toute en chiffre, adressée à M....,
rue Cherche-Midi, nº 3, dont l'office était
de recevoir ces lettres et d'écrire les lettres
que Son Excellence voulait faire passer
pour être de sa main.

— Nous avons fait maintenant les
administrateurs comme on l'entend à Paris,
dit Coffe à son compagnon en remontant
en voiture.

Deux heures après, au milieu de la nuit,
ils rencontrèrent le courrier, qu'ils prièrent
d'arrêter. Le courrier se fâcha, fit l'insolent, et bientôt demanda pardon à M. le
Commissaire extraordinaire quand Coffe,
avec son ton sec, eut fait connaître au
courrier le nom du personnage qui lui
remettait des dépêches. Il fallut faire procès-verbal du tout[1].

Le troisième jour, à midi, nos voyageurs
aperçurent à l'horizon les clochers pointus
de Caen, chef-lieu du département du
Calvados, où l'on redoutait tant l'élection
de M. Mairobert.

---

1. Dire cela, mais en passant, non exprès pour instruire
le lecteur. Le lecteur sait tout.

— Voilà Caen, dit Coffe.

La gaieté de Leuwen le quitta aussitôt ; et, se tournant vers Coffe avec un grand soupir :

— Je pense tout haut avec vous, mon cher Coffe. J'ai toute honte bue, vous m'avez vu pleurer... Quelle nouvelle infamie vais-je faire ici ?

— Effacez-vous ; bornez-vous à seconder les mesures du préfet ; travaillez moins sérieusement à la chose.

— Ce fut une faute d'aller loger à la Préfecture.

— Sans doute, mais cette faute part du sérieux avec lequel vous travaillez et de l'ardeur avec laquelle vous marchez au résultat.

En approchant de Caen, les voyageurs remarquèrent beaucoup de gendarmes sur la route, et certains bourgeois, marchant raide, en redingote, et avec de gros bâtons.

— Si je ne me trompe, voici les assommeurs de la Bourse, dit Coffe.

— Mais a-t-on assommé à la Bourse ? N'est-ce pas la *Tribune* qui a inventé cela ?

— Pour ma part, j'ai reçu cinq ou six coups de bâton, et la chose aurait mal fini, si je ne me fusse trouvé un grand compas avec lequel je fis mine d'éventrer

ces messieurs. Leur digne chef, M. N...[1],
était à dix pas de là, à une fenêtre de
l'entresol, et criait : « Ce petit homme
chauve est un agitateur. » Je me sauvai
par la rue des Colonnes.

En arrivant à la porte de Caen, on exa-
mina pendant dix minutes les passeports
des deux voyageurs, et, comme Leuwen
se fâchait, un homme d'un certain âge,
grand et fort, et badinant avec un énorme
bâton, et qui [se] promenait sous la porte,
l'envoya faire f..... en termes fort clairs.

— Monsieur, je m'appelle Leuwen
maître des requêtes, et je vous regarde
comme un plat. Donnez-moi votre nom,
si vous l'osez.

— Je m'appelle *Luslucru*, répondit
l'homme au bâton en ricanant et tournant
autour de la voiture. Donnez mon nom
à votre procureur du roi, monsieur l'homme
brave. Si jamais nous nous rencontrons en
Suisse, ajouta-t-il à voix basse, vous aurez
autant de soufflets et de marques de mépris
que vous pouvez désirer pour obtenir de
l'avancement de vos chefs.

— Ne prononce jamais le mot honneur,
espion déguisé !

— Ma foi, dit Coffe en riant presque, je
serais ravi de vous voir un peu bafoué

---

1. Modèle : M. d'Argout.

comme je le fus jadis place de la Bourse.

— Au lieu de compas, j'ai des pistolets.

— Vous pouvez tuer impunément ce gendarme déguisé. Il a l'ordre de ne pas se fâcher, et peut-être à Montmirail [ou Waterloo] il était un brave soldat. Aujourd'hui, nous appartenons au même régiment, continua Coffe avec un rire amer ; ne nous fâchons pas.

— Vous êtes cruel, dit Leuwen.

— Je suis vrai quand on m'interroge, c'est à prendre ou à laisser.

Les larmes vinrent aux yeux de Leuwen.

La voiture eut la permission d'entrer en ville. En arrivant à l'auberge, Leuwen prit la main de Coffe.

— Je suis un enfant.

— Non pas, vous êtes un heureux du siècle, comme disent les prédicateurs, et vous n'avez jamais eu de besogne désagréable à faire. [Je ne vous croyais pas si jeune. Où diable avez-vous vécu ? Vous êtes un caillou non uni par les frottements. Aux premières audiences que vous avez données hier, vous étiez comme un poète.]

L'hôte mit beaucoup de mystère à les recevoir : il y avait des appartements prêts, et il n'y en avait pas.

Le fait est que l'hôte fit prévenir la préfecture ; les auberges qui redoutaient les vexations des gendarmes et des agents de police avaient ordre de ne point avoir d'appartements pour les partisans de M. Mairobert.

Le préfet, M. Boucaut, donna l'autorisation de loger MM. Leuwen et Coffe. A peine dans leurs chambres, un monsieur très jeune, fort bien mis, mais évidemment armé de pistolets, vint remettre sans mot dire à Leuwen deux exemplaires d'un petit pamphlet in-18, couvert de papier rouge et fort mal imprimé. C'était la collection de tous les articles ultra-libéraux que M. Boucaut de Séranville avait publiés dans le *National*, le *Globe*, le *Courrier*, et autres journaux libéraux de 1829.

— Ce n'est pas mal, disait Leuwen ; il écrit bien.

— Quelle emphase ! Quelle plate imitation de M. de Chateaubriand ! A tous moments, les mots sont détournés de leur sens naturel, de leur acception commune.

Ces messieurs furent interrompus par un agent de police qui, avec un sourire faux et en faisant force questions, vint leur remettre deux pamphlets in-8º.

— Voilà du luxe ! C'est l'argent des contribuables, dit Coffe. Je parierais que c'est un pamphlet du gouvernement.

— Eh ! parbleu, c'est le nôtre, dit Leuwen, c'est celui que nous avons perdu à Blois ; c'est du Torpet tout pur.

Et ils se remirent à lire les articles qui faisaient briller autrefois dans le *Globe* le nom de M. Boucaut de Séranville.

— Allons voir ce renégat, dit Leuwen.

— Je ne suis pas d'accord sur les qualités. Il ne croyait pas plus en 1829 les doctrines libérales qu'aujourd'hui les maximes d'ordre, de paix publique, de stabilité. Sous Napoléon, il se fût fait tuer pour être capitaine. Le seul avantage de l'hypocrisie d'alors sur celle d'aujourd'hui, [de 1809 sur celle de 1834], c'est que celle en usage sous Napoléon ne pouvait se passer de la bravoure, qualité qui, en temps de guerre, n'admet guère l'hypocrisie.

— Le but était noble et grand.

— Cela était l'affaire de Napoléon. Appelez un cardinal de Richelieu au trône de France, et la platitude du Boucaut, le zèle avec lequel il fait déguiser des gendarmes auront peut-être un but utile. Le malheur de ces pauvres préfets, c'est que leur métier actuel n'exige que les qualités d'un procureur de Basse-Normandie.

— Un procureur de Basse-Normandie reçut l'empire, et le vendit à ses compères.

Ce fut dans ces dispositions hautes et vraiment philosophiques, voyant les Fran-

çais du XIXᵉ siècle sans haine ni amour
et uniquement comme des machines me-
nées par le possesseur du Budget, que
Leuwen et Coffe entrèrent à la préfecture
de Caen.

Un valet de chambre, vêtu avec un soin
rare en province, les introduisit dans un
salon fort élégant. Des portraits à l'huile
de tous les membres de la famille royale
ornaient ce cabinet, qui n'eût pas été
déplacé dans une des maisons les plus
élégantes de Paris.

— Ce renégat va nous faire attendre ici
dix minutes. Vu votre grade, le sien, et
ses grandes occupations, c'est la règle.

— J'ai justement apporté le pamphlet
in-18 composé de ses articles. S'il nous fait
attendre plus de cinq minutes, il me trouvera plongé dans la lecture de ses ouvrages.

Ces messieurs se chauffaient près de
la cheminée quand Leuwen vit à la pendule
que les cinq minutes d'attente sans affectation de la part de l'attendu étaient
expirées. Il s'établit dans un fauteuil tournant le dos à la porte, et continua la
conversation ayant à la main le pamphlet
in-18 couvert de papier rouge.

On entendit un bruit léger, et Leuwen
devint tout attention pour son pamphlet.
Une porte s'ouvrit, et Coffe, qui tournait
le dos à la cheminée et que la rencontre

de ces deux fats[1] amusait assez, vit
paraître un être exigu, très petit, très
mince, fort élégant ; il était dès le matin
en pantalons noirs collant, avec des bas
qui dessinaient la jambe la plus grêle
peut-être de son département. A la vue
du pamphlet, que Leuwen ne remit dans
sa poche que quatre ou cinq mortelles
secondes après l'entrée de M. de Séranville,
la figure de celui-ci prit une couleur de
rouge foncé, couleur de vin. Coffe remarqua
que les coins de sa bouche se contrac-
taient.

Coffe trouva que le ton de Leuwen était
froid, simple, militaire, un peu goguenard.

« Il est singulier, pensa Coffe, combien
l'habit militaire a besoin de peu de temps
pour s'incruster dans le caractère du Français qui le porte. Voilà ce bon enfant au
fond, qui a été soldat, et quel soldat,
pendant dix mois, et toute sa vie sa jambe,
son bras, diront : je suis militaire. Il n'est
pas étonnant que les Gaulois aient été le
peuple le plus brave de l'antiquité. Le
plaisir de porter un signe militaire boule-
verse ces êtres-là, mais leur inspire avec
la dernière force deux ou trois vertus
auxquelles ils ne manquent jamais .»

Pendant ces réflexions philosophiques

1. Mot trop sévère pour Leuwen, mais dans le caractère
de Coffe.

et peut-être légèrement envieuses, car Coffe était pauvre et y pensait souvent, la conversation entre Leuwen et le préfet s'engageait profondément sur les élections.

Le petit préfet parlait lentement et avec une extrême affectation d'élégance. Mais il était évident qu'il se contenait. En parlant de ses adversaires politiques, ses petits yeux brillaient, sa bouche se contractait sur ses dents.

« Ou je me trompe fort, se dit Coffe, ou voilà une mine atroce. Elle est surtout plaisante, ajouta Coffe, quand il prononce le mot *monsieur* dans le morceau de phrase *monsieur Mairobert* qui revenait sans cesse. Il est fort possible que ce soit là un petit fanatique. Il m'a l'air de faire fusiller le Mairobert s'il le tenait à son aise devant une bonne commission militaire comme celle du colonel Caron. Il se peut aussi que la vue du pamphlet rouge ait troublé à fond cette âme *politique*. (Le préfet venait de dire : *Si je suis jamais un homme politique*.) Plaisant fat, pensa Coffe, pour être un *homme politique*. Si le cosaque ne fait pas la conquête de la France, nos hommes politiques seront [des Fox ou des Peel], des Tom Jones comme Fox, ou des Blifils comme M. Peel, et M. de Séranville sera tout au plus un grand chambellan ou un grand référendaire de la Chambre des pairs. »

Il était évident que M. de Séranville traitait Leuwen très froidement.

« Il le prend pour un rival, se dit Coffe. Cependant, ce petit fat exigu a bien trente-deux ou trente-trois ans. Le Leuwen n'est, ma foi, pas mal : parfaitement froid avec tendance à une ironie polie de fort bonne compagnie ; et l'attention qu'il donne à ses manières pour les rendre sèches et leur ôter le don d'enjouement de bonne compagnie n'absorbe point l'attention qu'il doit à ses idées.

— Vous conviendrait-il, monsieur le préfet, de me confier le bordereau de vos élections ?

M. de Séranville hésita évidemment, et enfin dit :

— Je le sais par cœur, mais je ne l'ai point écrit.

— M. Coffe, mon adjoint dans ma mission...

Leuwen répéta les qualités de Coffe, parce qu'il lui semblait que M. le préfet lui accordait trop peu de part dans son attention.

— ... M. Coffe aura peut-être un crayon, et, si vous le permettez, notera les chiffres, si vous avez la bonté de nous les confier.

L'ironie de ces derniers mots ne fut

pas perdue pour M. de Séranville. Sa mine
fut réellement agitée pendant que Coffe
dévissait, avec le sang-froid le plus pro-
voquant, l'écritoire du portefeuille en cuir
de Russie de M. le maître des requêtes.

« A nous deux, nous mettons ce petit
homme sur le gril. Mon affaire à moi est
de le retenir le plus longtemps possible
dans cette position agréable. »

L'arrangement de l'écritoire, ensuite de
la table, prit bien une minute et demie
pendant laquelle Leuwen fut de la froideur
et du silence le plus parfait.

« Le fat militaire l'emporte sur le fat
civil, » se disait Coffe.

Quand il fut enfin commodément arrangé
pour écrire :

— S'il vous convient de nous communiquer votre bordereau, nous pouvons en
prendre note.

— Certainement, certainement, dit le
préfet exigu.

« Répétition vicieuse », pensa l'inexorable Coffe.

Et le préfet dit, mais sans dicter...

« Il y a de l'habitude de diplomate dans
cette nuance, se dit Leuwen. Il est moins
bourgeois que le Riquebourg, mais réussira
t-il aussi bien ? Toute l'attention que cet
être-là donne à la figure qu'il fait dans son
salon n'est-elle pas volée à son métier

de préfet, de directeur d'élections ? Cette tête étroite, ce front si bas, ont-ils assez de cervelle pour qu'il y en ait à la fois pour la fatuité et pour le métier ? J'en doute. *Videbimus infra.* »

Leuwen arriva à se rendre le témoignage qu'il était convenable avec ce petit préfet ergoteur, et qu'il donnait l'attention nécessaire à la friponnerie dans laquelle il avait accepté un rôle [1]. Ce fut le premier plaisir que lui donna sa mission, la première compensation à l'affreuse douleur causée par la boue de Blois.

Coffe écrivait pendant que le préfet, immobile et les jambes serrées vis-à-vis de Leuwen, disait :

Electeurs inscrits........	1.280
Présents, probablement.	900
M. Gonin, candidat constitutionnel........	400
M. de Mairobert.........	500

M. le préfet n'ajouta aucun détail sur les nuances qui formaient ces chiffres totaux : 400 et 500, et Leuwen ne jugea pas convenable de lui demander de nouveau des détails.

M. de Séranville s'excusa de les loger

---

1. Peut-être cette page le fait-elle trop profond, le vieillit-elle trop ?

à la préfecture sur les ouvriers qu'il avait et qui l'empêchaient d'offrir les pièces les plus convenables. Il n'invita ces messieurs à dîner que pour le lendemain.

Ces trois messieurs se quittèrent avec une froideur qui ne pouvait pas être plus grande sans devenir marquée.

A peine dans la rue :

— Celui-ci est bien moins ennuyeux que le Riquebourg, dit Leuwen [1] gaiement à Coffe, car la conscience d'avoir bien joué son rôle plaçait pour la première fois sur le second plan l'ouvrage de Blois.

— Et vous avez été infiniment plus homme d'Etat, c'est-à-dire insignifiant et donnant dans le lieu commun élégant et vide.

— Aussi en savez-vous beaucoup moins sur les élections de Caen après une conférence d'une grande heure que sur celles de M. de Riquebourg après un quart d'heure, dès que vous l'eûtes fait sortir de ses maudites généralités par vos questions incisives.

M. de Séranville n'admettrait nulle comparaison avec ce bon bourgeois de Riquebourg, qui dissertait sur les comptes de

---

1. Il est ridicule aux yeux d'un homme qui serait Molière, Shakspeare et le cardinal de Retz. Mais qui n'est pas ridicule aux yeux d'une majorité suffisante, qui n'est pas susceptible de la faire rire ne peut être appelé *ridicule*..

sa cuisinière. Il est bien plus commode,
il n'est nullement ridicule, il est bien plus
confit en méfiance et méchanceté, comme
dirait mon père. Mais je parie qu'il ne
fait pas son affaire aussi bien que le
préfet du Cher.

— C'est un animal qui a infiniment plus
d'apparence que le Riquebourg, dit Coffe,
mais il est fort possible qu'à l'user il vaille
beaucoup moins.

— J'ai bien retrouvé sur sa figure,
surtout quand il parle de M. Mairobert,
l'âcreté qui fait la seule vie des articles
de littérature compris dans le pamphlet
rouge.

— Serait-ce un fanatique sombre qui
aurait besoin d'agir, de comploter, de faire
sentir son pouvoir aux hommes ? Il aurait
mis ce besoin de vexer au service de son
ambition, comme jadis il l'employait dans
la critique des ouvrages littéraires de ses
rivaux ?

— Il y a plutôt du sophiste qui aime
à parler et à ergoter parce qu'il s'imagine
raisonner puissamment. Cet homme serait
puissant dans un comité de la Chambre
des députés, il serait un Mirabeau pour
les notaires de campagne[1].

En sortant de l'hôtel de la Préfecture,

1. Cela est bien profond pour Leuwen.

ces messieurs apprirent que le courrier de
Paris ne partait que le soir. Ils se mirent
à parcourir la ville gaiement. Il était
évident que quelque chose d'extraordinaire
pressait la démarche ordinairement si
désoccupée des bourgeois de province.

— Ces gens-ci n'ont point l'air apa-
thique qui leur est normal, dit Leuwen.

— Vous verrez qu'au bout de trente ou
quarante ans d'élections le provincial sera
moins bête.

Il y avait une collection d'antiquités
romaines trouvées à Lillebonne. Ces messieurs perdaient leur temps à discuter avec
le custode l'antiquité d'une chimère étrus-
que tellement verdie par le temps que la
forme en était presque perdue. Le custode,
d'après son bibliothécaire, la faisait âgée
de 2.700 ans, quand nos voyageurs furent
abordés par un monsieur très poli.

— Ces messieurs voudront-ils bien me
pardonner si je leur adresse la parole sans
être connu ? Je suis le valet de chambre
du général Fari, qui attend ces messieurs
depuis une heure à leur auberge et qui les
prie d'agréer ses excuses de ce qu'il les
fait avertir. Mais le général Fari m'a chargé
de dire à ces messieurs ces propres mots :
Le temps presse.

— Nous vous suivons, dit Leuwen.
Voilà un valet de chambre qui me fait envie.

— Voyons si nous pourrons dire : Tel
valet, tel maître. Dans le fait, nous étions
un peu enfants d'examiner des antiquités, tandis que nous sommes chargés de
construire le présent. Peut-être que dans
notre conduite il y avait un peu d'aigreur
contre la fatuité administrative du Séranville. Votre fatuité militaire, si vous me
permettez le mot, a complètement battu
la sienne.

Ces messieurs trouvèrent la porte de
leur auberge suffisamment garnie de gendarmes, et dans leur salon un homme de
cinquante ans, à figure rouge ; il avait
l'air un peu paysan, mais ses yeux étaient
animés et doux, et ses manières ne démen-
taient pas ce que promettait son regard.
C'était le général Fari, commandant la
division. Avec des façons un peu communes
d'un homme qui avait été simple dragon
pendant cinq ans, il était difficile d'avoir
plus de véritable politesse et, à ce qu'il
paraît, d'entendre mieux les affaires. Coffe
fut étonné de le trouver absolument pur
de fatuité militaire, ses bras et ses jambes
remuaient comme ceux d'un homme d'esprit ordinaire. Son zèle pour faire élire
M. Gonin, pamphlétaire employé par le
gouvernement, et pour éloigner M. Mairobert n'avait aucune nuance de méchanceté ni même d'animosité. Il parlait de

M. Mairobert comme il aurait fait d'un
général prussien commandant le ville qu'il
assiégeait. Le général Fari parlait avec
beaucoup d'égards de tout le monde, et
même du préfet ; toutefois, il était évident
qu'il n'était point infidèle à la règle qui
fait du général l'ennemi naturel et instinc-
tif du préfet qui fait tout dans le pays,
tandis que le général n'a à vexer qu'une
douzaine d'officiers supérieurs au plus.

A peine le général Fari avait-il reçu la
lettre du ministre, que Leuwen lui avait
envoyée en arrivant, qu'il l'avait cherché.

— Mais vous étiez à la préfecture. Je
vous l'avouerai, messieurs, je tremble
pour notre élection. Les 500 votants pour
M. Mairobert sont énergiques, pleins de
conviction, ils peuvent faire des prosélytes.
Nos 400 votants sont silencieux, tristes.
Je trancherai le mot avec vous, messieurs,
car nous sommes au moment de la bataille,
et tous les vains ménagements peuvent
compromettre la chose, je trouve nos bons
électeurs honteux de leur rôle. Ce diable de
M. Mairobert est le plus honnête homme
du monde, riche, obligeant. Il n'a jamais
été en colère qu'une fois dans sa vie, et
encore poussé à bout par le pamphlet
noir...

— Quel pamphlet ? dit Leuwen.

— Quoi ! monsieur, M. le préfet ne

vous a pas remis un pamphlet couvert
de papier de deuil ?

— Vous m'en donnez la première nouvelle, et je vous serais vraiment obligé,
général, si vous pouvez me le procurer.

— Le voici.

— Comment ! C'est le pamphlet du préfet. N'a-t-il pas eu ordre par le télégraphe
de n'en pas laisser sortir un exemplaire
de chez son imprimeur ?

— M. de Séranville a pris sur lui de ne
pas obéir à cet ordre. Ce pamphlet est
peut-être un peu dur, il circule depuis
avant-hier, et, je ne puis vous le dissimuler, messieurs, il produit l'effet le plus
déplorable. Du moins, telle est ma façon
de voir les choses.

Leuwen, qui ne l'avait vu que manuscrit dans le cabinet du ministre, le parcourait rapidement. Et comme un manuscrit est toujours obscur, les traits de satire
et même de calomnie contre M. Mairobert
lui semblaient cent fois plus forts.

« Grand Dieu ! » disait Leuwen en
lisant ; et l'accent était plus celui de
l'honnête homme froissé que celui du
commissaire aux élections choqué d'une
fausse manœuvre.

— Grand Dieu ! dit-il enfin. Et l'élection se fait après-demain ! Et M. Mairobert est généralement estimé en ce pays !

Ceci décidera à agir les honnêtes gens in-
dolents, et même les timides.

— Je crains bien, dit le général, que ce
pamphlet ne lui donne quarante voix de
cette espèce. Il n'y a qu'une façon de voir
sur son compte. Si le gouvernement du roi
ne l'éloignait pas, il aurait toutes les voix
moins la sienne et celle de douze ou
quinze jésuites enragés.

— Mais du moins il sera tenace, avare ?
dit Leuwen. On l'accuse ici de gagner ses
procès en donnant à dîner aux juges du
tribunal de première instance.

— C'est l'homme le plus généreux. Il
a des procès, car enfin nous sommes en
Normandie, dit le général en souriant ; il
les gagne parce que c'est un homme d'un
caractère ferme, mais tout le département
sait qu'il n'y a pas deux ans il a rendu
comme aumône à une veuve la somme
qu'elle avait été condamnée à lui payer
à la suite d'un procès injuste commencé
par son mari. M. Mairobert a mieux de
60.000 livres de rente, et chaque année
presque il fait des héritages de douze ou
quinze mille livres de rente. Il a sept à
huit oncles, tous riches et non mariés.
Il n'est point niais comme la plupart des
hommes bienfaisants. Il y a peut-être
quarante fermiers dans le pays auxquels
il double les bénéfices qu'ils font. C'est

pour accoutumer, dit-il, les fermiers à tenir des livres comme les commerçants, chose sans laquelle, dit-il, il n'y a point d'agriculture. Le fermier prouve à M. Mairobert que, ses enfants, sa femme et lui entretenus, il a gagné 500 francs cette année ; M. Mairobert lui remet une somme pareille de 500 francs, remboursable sans intérêts dans dix ans. A cent petits industriels peut-être il donne la moitié ou le tiers de leurs bénéfices. Comme conseiller de préfecture provisoire, il a mené la préfecture et a tout fait en 1814 pendant la présence des étrangers. Il a tenu tête à un colonel insolent et l'a chassé de la préfecture le pistolet à la main. Enfin, c'est un homme complet.

— M. de Séranville ne m'a pas dit le plus petit mot de tout cela.

Il parcourut encore quelques phrases du pamphlet.

— Grand Dieu ! ce pamphlet nous perd. Et les bras lui tombèrent. Vous avez bien raison, général, nous sommes au commencement d'une bataille qui peut devenir une déroute. Quoique M. Coffe et moi n'ayons pas l'honneur d'être connus de vous, nous vous demandons une confiance entière pendant les trois jours qui nous restent encore jusqu'au scrutin définitif, qui décidera entre M. Mairobert et le gouver-

nement. Je puis disposer de cent mille
écus, j'ai sept à huit places à donner, je
puis demander par le télégraphe autant
de destitutions pour le moins. Voici, général, mes instructions particulières, que
je me suis faites à moi-même, et que je ne
confie qu'à vous.

Le général Fari les lut lentement et
avec une attention marquée.

— M. Leuwen, dit-il ensuite, dans ce
qui regarde les élections je n'aurai pas de
secrets pour vous, comme vous n'en avez
pas pour moi. *Il est trop tard.* Si vous fussiez
venu il y a deux mois, si M. le préfet avait
consenti à écrire moins et à parler davantage, peut-être eussions-nous pu gagner
les gens timides. Tout ce qui est riche ici
n'apprécie pas convenablement le gouvernement du Roi, mais a une peur effroyable
de la république. Néron, Caligula, le diable,
règnerait, qu'on le soutiendrait par peur
de la république, qui ne veut pas nous
gouverner selon nos penchants actuels,
mais qui prétend nous repétrir, et ce
remaniement du caractère français exigera
des Carrier et des Joseph Le Bon. Nous
sommes donc sûrs de 300 voix de gens
riches ; nous en aurions 350, mais il faut
calculer sur 30 jésuites et sur 15 ou 20
propriétaires, jeunes gens poitrinaires ou
vieillards de bonne foi, qui voteront

d'après les ordres de Mgr l'évêque, qui lui-même s'entend avec le comité de Henri V.

Nous avons dans le département 33 ou 34 républicains décidés. S'il s'agissait de voter entre la monarchie et la république, nous aurions, sur 900 voix, 860 contre 40. Mais on voudrait que la *Tribune* n'en fût pas à son cent quatrième procès, et surtout que le gouvernement du roi n'humiliât pas la nation à l'égard des étrangers. De là les 500 voix qu'espèrent les partisans de M. Mairobert.

Je pensais. il y a deux mois, que M. Mairobert n'aurait pas plus de 350 à 380 voix inattaquables. Je supposais que dans sa tournée électorale M. le préfet gagnerait 100 voix indécises, surtout dans le canton de R..., qui a le plus pressant besoin d'une grande route débouchant à D... Le préfet n'a aucune influence personnelle. Il parle trop bien et manque de rondeur apparente ; il est incapable de séduire un Bas-Normand par une conversation d'une demi-heure. Il est terrible même avec ses commissaires de police, qui sont pourtant à plat ventre devant lui. L'un d'eux, un misérable digne [du bagne], où peut-être il a été, M. de Saint-..., s'est fâché il y a un mois, et, dans des termes que vous me dispen-

serez de répéter, a dit son fait au préfet
et le lui a prouvé. Voyant bien qu'il
n'avait aucune influence personnelle,
M. de Séranville s'est jeté dans le système
des circulaires et des lettres menaçantes
aux maires. Selon moi (à la vérité je n'ai
jamais administré, je n'ai que commandé,
et je me soumets aux lumières des plus
expérimentés), mais enfin, selon moi,
M. de Séranville, qui écrit fort bien, a
abusé de la lettre administrative. Je connais plus de quarante maires, dont je puis
fournir la liste au ministre, que ces menaces
continuelles ont *cabré*.

Eh ! bien, que peut-il arriver après
tout ? disent-ils. Il *ratera* son élection.
Eh ! bien, tant mieux : il sera déplacé et
nous en serons délivrés. Nous ne pouvons
pas avoir pis.

M. Bordier, un maire timide de la
grande commune de N..., qui a neuf
électeurs, a été tellement épouvanté par
les lettres du préfet et la nature des ren-
seignements qu'on lui demandait, qu'il
a prétendu avoir la goutte. Depuis cinq
jours, il ne sort plus de chez lui, et fait
dire qu'il est au lit. Mais dimanche, à
six heures du matin, au petit jour, il est
sorti pour aller à la messe.

Enfin, dans sa tournée électorale, M. le
préfet a fait peur à quinze ou vingt

électeurs timides, et en a cabré cent au
au moins qui, réunis aux 360 que je regarde
comme inébranlables, gens qui veulent
un roi soliveau gouvernant *recta* d'après
la Charte, font bien un total de 460.
C'est là le chiffre de M. Mairobert, c'est
une bien petite majorité, 10 seulement.

Le général, Leuwen et Coffe raisonnè-
rent longtemps sur ces chiffres, qu'on
retourna de toutes les façons. On arrivait
toujours pour M. Mairobert à 450 au moins,
une seule voix de plus donnant la majorité
dans un collège de 900.

— Mais Mgr l'évêque doit avoir un
grand vicaire favori. Si l'on donnait
10.000 francs à ce grand-vicaire ?...

— Il a de l'aisance et veut devenir
évêque. D'ailleurs, il ne serait peut-être
pas impossible qu'il fût honnête homme.
Ça s'est vu.

CHAPITRE LII

MA foi, il fait soleil, dit Leuwen à Coffe aussitôt que le général Fari fut sorti ; il n'est qu'une heure et demie après midi, j'ai envie de faire une dépêche télégraphique au ministre. Il vaut mieux qu'il sache la vérité.

— Vous servez lui, et vous desservez vous. Ce n'est pas un moyen de faire votre cour. Cette vérité est amère. Et que pensera-t-on de vous à la cour, si après tout M. Mairobert n'est pas nommé ?

— Ma foi, c'est assez d'être un coquin au fond, je ne veux pas l'être dans la forme. J'en agis avec M. de Vaize comme je voudrais qu'on en agît avec moi.

Il écrivit la dépêche, Coffe l'approuva en lui faisant ôter trois mots qu'il remplaça par un seul.

Leuwen sortit seul pour aller à la préfecture, et monta au bureau du télégraphe. Il fit lire par M. Lamorte, le directeur du télégraphe, l'article qui le concernait, et le pria de transmettre sa dépêche sans délai. Le directeur parut embarrassé, fit des phrases.

Leuwen, qui regardait sa montre à
chaque instant, craignait les brumes dans
une journée d'hiver ; il finit par parler
clairement et fortement. Le commis lui
insinua qu'il ferait bien de voir le préfet.

Le préfet parut fort contrarié, relut
plusieurs fois les pouvoirs de Leuwen, et
au total imita son commis. Leuwen,
impatienté d'avoir perdu trois quarts
d'heure, dit enfin :

— Daignez, monsieur, m'accorder un
mot de réponse claire.

— Monsieur, je tâche d'être toujours
clair, répondit le préfet, fort piqué.

— Vous convient-il, monsieur, de faire
passer ma dépêche ?

— Il me semble, monsieur, que je
pourrais voir cette dépêche...

— Vous vous écartez, monsieur, de la
clarté qu'après trois quarts d'heure perdus
vous m'aviez fait espérer.

— Il me semble, monsieur, que cette
qualification pourrait se rapprocher peut-
être un peu plus du ton...

Le préfet pâlit.

— Monsieur, je n'admets plus de péri-
phrases. La journée s'avance, de votre
part différer la réponse c'est me la donner
négative, tout en n'osant pas me dire
non.

— En n'osant pas, monsieur !...

— Voulez-vous, monsieur, ou ne voulez-vous pas faire passer ma dépêche ?

— Eh ! bien, monsieur, jusqu'à ce
moment c'est moi qui suis préfet du Calvados, et je vous réponds : *Non*.

Ce *non* fut dit avec la rage d'un pédant
outragé.

— Monsieur, je vais avoir l'honneur
de vous faire ma question par écrit.
J'espère que vous *oserez* me répondre par
écrit aussi, et je vais envoyer un courrier
au ministre.

— Un courrier ! un courrier ! Vous
n'aurez ni chevaux, ni courrier, ni passeport. Savez-vous, monsieur, qu'au pont
de*** il y a ordre de ne laisser rien passer
sans passeport signé de moi, et encore avec
un signe particulier ?

— Eh ! bien, monsieur le préfet, dit
Leuwen en mettant un intervalle fort
marqué entre chacun de ses mots, il n'y
a plus de gouvernement possible du moment que vous n'obéissez pas au ministre
de l'Intérieur. J'ai des ordres pour le
général, et je vais lui demander de vous
faire arrêter.

— Me faire arrêter, morbleu !

Et le petit préfet s'élança sur Leuwen,
qui prit une chaise et l'arrêta à trois pas
de distance.

— Monsieur le préfet, avec ces façons-là

vous serez battu et puis arrêté. Je ne sais
pas si vous serez content.

— Monsieur, vous êtes un insolent, et
vous me rendrez raison.

— Vous auriez bon besoin, monsieur,
que je vous rendisse la raison. Pour le
présent, je me bornerai à vous dire que
mon mépris pour vous est complet ;
mais je ne vous accorderai l'honneur de
tirer l'épée avec moi que le lendemain
de l'élection de M. Mairobert. Je vais,
monsieur, avoir l'honneur de vous écrire ; en
même temps j'irai faire part de mes instructions au général.

Ce mot parut mettre le préfet tout à
fait hors de lui.

— Si le général obéit, comme je n'en
doute pas, aux ordres du ministre de la
Guerre, vous serez arrêté, et moi mis par
force en possession du télégraphe. Si le
général ne pense pas devoir me prêter
main-forte, je vous laisse, monsieur, tout
l'honneur de faire élire M. Mairobert, et
je pars pour Paris. Je passerai au pont
de***, et d'ailleurs serai toujours prêt,
à Paris comme ici, à vous renouveler
l'hommage de mon mépris pour vos talents comme pour votre caractère. Adieu,
monsieur.

Comme Leuwen s'en allait, on frappa
violemment à jla porte qu'il allait ouvrir

et dont M. de Séranville avait poussé le
verrou aux premières paroles un peu
trop acerbes de leur conversation. Leuwen
ouvrit la porte.

— Dépêche télégraphique, dit M. Lamorte, le même directeur du télégraphe
qui venait de faire perdre une demi-
heure à Leuwen.

— Donnez, dit le préfet avec la hauteur
la plus dépourvue de politesse.

Le malheureux directeur restait pétrifié.
Il connaissait le préfet pour un homme
violent et n'oubliant jamais de se venger.

— Donnez donc, morbleu ! dit le préfet.

— La dépêche est pour M. Leuwen,
dit le directeur du télégraphe d'une voix
éteinte.

— Eh ! bien, monsieur, vous êtes préfet, dit M. de Séranville avec un rire
amer et en montrant les dents. Je vous
cède la place.

Et il sortit en poussant la porte de
façon à ébranler tout le cabinet.

« Il a la mine d'une bête féroce, »
pensa Leuwen.

— Voulez-vous, monsieur, me communiquer cette terrible dépêche ?

— La voici. monsieur, Mais M. le
préfet me dénoncera. Veuillez me soutenir.

Leuwen lut :

« M. Leuwen aura la direction supérieure

des élections. Supprimer le pamphlet absolument. M. Leuwen répondra au moment même. »

— Voici ma réponse, dit Leuwen :

« Tout va au plus mal. M. Mairobert a dix voix de majorité au moins. Je me querelle avec le préfet. »

— Expédiez ceci, dit Leuwen au directeur après avoir écrit ces trois lignes, qu'il lui remit. Je vous le dis à regret, monsieur, mais les circonstances sont graves. Je ne voudrais pas blesser votre délicatesse, mais, dans votre intérêt, je vous avertis que si cette dépêche ne parvient pas ce soir à Paris, ou si âme qui vive en a connaissance ici, je demande votre changement par le télégraphe de demain.

— Ah ! monsieur, mon zèle et ma discrétion...

— Je vous jugerai demain. Allez, monsieur, et ne perdez pas de temps.

Le directeur du télégraphe sortit. Leuwen regarda autour de lui, et après une seconde partit d'un éclat de rire. Il se trouvait seul vis-à-vis la table du préfet, il y avait là son monchoir, sa tabatière ouverte, tous ses papiers étalés.

« Je suis exactement comme un voleur... Sans vanité, j'ai plus de sang-froid que ce petit pédant. »

Il alla ouvrir la porte, appela un huissier qu'il fit rester à la porte toujours ouverte, et se mit à écrire sur la table du préfet, mais du côté opposé à la cheminée pour s'ôter autant que possible l'apparence de lire les papiers étalés. Il écrivit à M. de Séranville.

« Si vous m'en croyez, monsieur, jusqu'au lendemain des élections nous regarderons ce qui a eu lieu depuis une heure comme non avenu. Pour ma part, je ne ferai confidence de cette scène désagréable à personne de la ville.

» Je suis, etc.

» LEUWEN. »

Leuwen prit une feuille de grand papier officiel et écrivit :

« MONSIEUR LE PRÉFET,

» Dans deux heures, à sept heures du soir, j'envoie un courrier à Son Excellence M. le ministre de l'Intérieur. J'ai l'honneur de vous demander un passeport, que je vous supplie de me faire parvenir avant six heures et demie. Il serait convenable d'y apposer les signes nécessaires pour que le courrier

ne soit pas retardé au pont de***. Mon
courrier, en sortant de chez moi avec
mes lettres, passera à la préfecture pour
prendre les vôtres et galopera vers Paris.

» Je suis, etc.

» LEUWEN. »

Leuwen fit approcher l'huissier qui, debout près de la porte, était pâle comme un
mort. Il cacheta les deux lettres.

— Remettez ces deux lettres à M. le
préfet.

— Est-ce que M. de Séranville est
encore préfet ? dit l'huissier.

- Remettez ces lettres à M. le préfet.

Et Leuwen quitta la préfecture avec
beaucoup de froideur et de dignité.

— Ma foi, vous avez agi comme un
enfant, dit Coffe quand Leuwen lui raconta la menace d'arrêter le préfet.

— Je ne pense pas. D'abord, je n'étais
pas précisément en colère, j'ai eu le temps
de réfléchir un peu à ce que j'allais faire.
S'il y a un moyen au monde d'empêcher
l'élection de M. Mairobert, c'est le départ
de M. de Séranville et son remplacement
provisoire par un conseiller de préfecture.
Le ministre m'a dit qu'il donnerait
500.000 francs pour n'avoir pas M. Mairobert vis-à-vis de lui à la Chambre. Pesez

ce mot, l'argent résume tout maintenant.

Le général arriva.

— Je viens vous communiquer mes rapports.

— Général, voulez-vous partager mon dîner d'auberge ? Je vais envoyer un courrier, je désire vous prier de corriger ce que je dirai sur l'état des esprits. Il vaut mieux, ce me semble, que le ministre sache la vérité.

Le général regarda Leuwen d'un air assez étonné et qui semblait dire :

« Vous êtes bien jeune, ou vous vous jouez bien légèrement de votre avenir [1]. »

Il dit enfin froidement :

— Vous verrez, monsieur, qu'à Paris ils ne voudront pas voir la vérité.

— Voici, dit Leuwen, une dépêche télégraphique que je viens de recevoir. J'ai dit dans la réponse : « M. Mairobert a une majorité de dix voix au moins, tout va au plus mal. »

On servit le dîner. M. Coffe dit qu'avec ses dépêches dans la tête il lui était impossible de manger, et qu'il aimait mieux aller écrire les lettres et dîner ensuite.

— Nous avons encore le temps, avant votre courrier, dit le général, d'entendre deux commissaires de police et l'officier qui

---

1. Dans le fait, Leuwen prend le vol des grands administrateurs.

me seconde pour tout ce qui regarde les
élections. Je puis me tromper, je ne
voudrais pas que vous ne vissiez les
choses qu'absolument par mes yeux.

A ce moment, on annonça M. le président Donis d'Angel.

— Quel homme est-ce ?

--- C'est un bavard insupportable, ex-
pliquant longuement ce dont on n'a que
faire, et sautant à pieds joints les choses
difficiles. D'ailleurs, nageant entre deux
eaux. Beaucoup de relations avec les
prêtres qui, dans ce département, sont
fort hostiles. Il vous fera perdre un temps
précieux. Or, il faut vingt-sept heures à votre courrier pour aller d'ici à Paris, et il me
semble que vous ne sauriez l'expédier trop
tôt, si toutefois vous voulez en expédier
un, ce que je serais loin de conseiller. Mais
ce que je vous conseille fort résolument,
c'est de renvoyer M. le président Donis
d'Angel à ce soir à dix heures ou à demain
matin.

Ainsi fut fait. Malgré la sincérité et
la probité des deux interlocuteurs, le
dîner fut triste, sérieux et court. Au des-
sert parurent deux commissaires de police
et ensuite un petit capitaine, nommé
Ménière, aussi madré qu'eux au moins, et
qui prétendait bien gagner la croix par
cette élection.

— Ce sont là nos actions d'éclat, dit-il
à Leuwen.

Enfin à sept heures et demie, le courrier
galopa, portant à M. le comte de Vaize
le bordereau de l'élection et trente pages
de détails explicatifs. Dans une lettre à
part, Leuwen donnait au ministre le
narré exact de sa dispute avec le préfet.
Leuwen rapportait le dialogue avec la
dernière exactitude et comme s'il eût été
écrit par un sténographe.

A neuf heures, le général revint chez
Leuwen, lui apportant de nouveaux rapports reçus du canton de Risset. Il l'avertit
ensuite que dès six heures le préfet avait
fait partir un courrier pour Paris, lequel
avait par conséquent une avance d'une
heure et demie sur celui de Leuwen. Le
général fit entendre que probablement le
dernier courrier ne désirait pas bien vivement atteindre son camarade.

— Vous conviendrait-il, général, de
m'accompagner demain matin chez les
cinquante citoyens les plus recommanda-
bles de la ville ? Cette démarche peut être
tournée en ridicule, mais si elle nous fait
gagner seulement deux voix, c'est un
succès.

— C'est avec beaucoup de plaisir que
je vous accompagnerai partout, monsieur ;
mais le préfet...

Après avoir longuement discuté sur les moyens de ménager la vanité maladive de ce fonctionnaire éminent, il fut convenu que le général et Leuwen lui écriraient chacun de leur côté. Le général Fari avait un zèle franc et actif. On écrivit sur-le-champ, et le valet de chambre du général porta les deux lettres à la préfecture. Le préfet fit entrer le valet de chambre et le questionna beaucoup ; cette union de Leuwen et du général le mettait au désespoir. Il répondit par écrit aux deux lettres qu'il était indisposé et au lit.

Les visites du lendemain convenues, on arrêta la liste des visités. Le petit capitaine Ménière fut appelé de nouveau et passa dans une chambre voisine pour dicter à Coffe un mot sur chacun de ces messieurs à visiter le lendemain. Le général et Leuwen se promenaient en silence, cherchant quelque moyen de sortir d'embarras.

— Le ministre ne peut plus nous être d'aucun secours : il est trop tard.

Et le silence continuait.

— Sans doute, mon général, à l'armée vous avez souvent hasardé de faire charger un régiment quand la bataille était perdue aux trois quarts. Nous sommes dans le même cas, que pouvons-nous perdre ? D'après ces derniers rapports

du canton de Risset, il n'y a plus d'espoir.
Plus de vingt de nos amis voteront pour
M. Mairobert uniquement pour se débar-
rasser du préfet de Séranville. Dans cet
état désespéré, n'y aurait-il pas moyen
de faire une démarche auprès du chef du
parti légitimiste, M. Le Canu ?

Le général s'arrêta tout court au milieu
du salon. Leuwen continua :

— Je lui dirais : « Je ferai nommer celui
de vos électeurs que vous me désigne-
rez ; je lui donne les trois cent quarante
voix du gouvernement. Pouvez-vous ou
voulez-vous envoyer des courriers à cent
gentilshommes campagnards ? Avec ces
cent voix, et les nôtres nous excluons
M. Mairobert. » Que nous fait, général,
un légitimiste de plus dans la Chambre ?
D'abord, il y a cent à parier contre un
que ce sera un imbécile muet ou un ennuyeux que personne n'écoutera. Eût-il le
talent de M. Berryer, ce parti n'est pas
dangereux, il ne représente que lui-même,
cent ou cent cinquante mille Français
riches tout au plus. Si j'ai bien compris
le ministre, mieux vaut dix légitimistes
qu'un seul Mairobert, qui serait le représentant de tous les petits propriétaires
des quatre départements de la Normandie.

Le général se promena longtemps sans
rien répondre.

— C'est une idée, dit-il enfin, mais elle
est bien dangereuse pour vous. Le ministre,
qui est à quatre-vingts lieues du champ
de bataille, vous blâmera. Quand il ne
réussit pas, un ministre est trop heureux
de trouver quelqu'un à blâmer et une
démarche décisive à laquelle il puisse s'en
prendre. Je ne vous demande pas, monsieur, quels sont vos rapports avec M. le
comte de Vaize,... mais enfin, monsieur,
j'ai soixante et un an, je pourrais être
votre père... Permettez-moi d'aller jusqu'au
bout de ma pensée... Fussiez-vous le fils
du ministre, ce parti extrême que vous
proposez serait dangereux pour vous.
Quant à moi, monsieur, ceci n'est pas une
action de guerre et mon rôle est de rester
en seconde, et même en troisième ligne.

Je ne suis pas fils du ministre, ajouta
le général en souriant, et vous m'obligerez
en évitant de dire que vous m'avez parlé
de ce projet d'union avec les légitimistes.
Si cette élection tourne mal, il y aura quelqu'un de sévèrement blâmé, et j'aimerais
autant rester dans la demi-teinte.

[Leuwen pensa : « Le ministre, avant
de me faire des instructions, lui qui a
été préfet de deux ou trois départements,
qui a fait des élections, qui enfin sait à
la fois ce qui se passe en province et ce
que l'on veut au Château, au lieu de cela

il m'a dit : Faites vos instructions, moi
qui débute dans la carrière. Serait-ce peur
de se compromettre ? voudrait-il me compromettre ? »]

— Je vous donne ma parole que personne ne saura jamais que je vous ai parlé
de cette idée, et j'aurai l'honneur de vous
remettre avant votre sortie d'ici une lettre
qui le prouve. Quant à l'intérêt que vous
daignez prendre à ma jeunesse, mes remerciements sont sincères comme votre bienveillance, mais je vous avouerai que je
ne cherche que le succès de l'élection.
Toutes les considérations personnelles sont
secondaires pour moi. Je désirerais ne pas
employer le moyen acerbe des destitutions,
je ne veux pas employer de moyens
infâmes, du reste je sacrifie tout pour
arriver au succès. Malheureusement, il
n'y a pas dix heures que je suis à Caen,
je n'y connais personne absolument, et le
préfet me traite en rival et non en aide.
Si M. de Vaize veut être juste, il consi-
dèrera tout cela. Mais je ne me pardonne-
rais pas de me faire de mes craintes sur
sa manière de voir un prétexte pour ne
pas agir. Ce serait à mes yeux la pire des
platitudes.

Cela posé, et vous, mon général, restant entièrement étranger à la singulière
mesure que je propose dans ce cas déses-

péré, ce qui sera prouvé par la lettre que
je vais avoir l'honneur de vous adresser,
voulez-vous me donner des avis, vous qui
connaissez le pays, ou me forcerez-vous
à me livrer uniquement à ces deux commissaires de police, sans doute disposés
à me vendre au parti légitimiste tout
comme au parti républicain ?

— Le plan de campagne arrêté sans ma
participation, vous me dites : « Général,
je veux me réunir au parti légitimiste,
mon mandataire préfère avoir à la Chambre un légitimiste fanatique ou adroit,
et ne pas voir M. Mairobert. » Je ne
vous dis ni oui ni non, attendu que
ce n'est pas là une action de guerre ou
de rébellion. Je ne vous fais pas observer
l'effet terrible de cette mesure dans le
pays limitrophe de la Vendée, et où le
moindre nobliiion ne veut pas admettre
dans son salon le premier fonctionnaire
du département. Ceci bien entendu et
convenu, vous me dites : « Monsieur, je
suis neuf dans le pays, pilotez-moi. »
Est-ce là ce que vous aurez la bonté de
m'écrire ?

— Parfaitement, c'est bien ainsi que
je l'entends.

— Je vous réponds, monsieur le maître
des requêtes : « Je ne puis pas avoir
d'opinion sur la mesure que vous prenez,

mais si pour son exécution, dont à vous seul appartient la responsabilité, vous me faites des questions, je suis prêt à répondre. »

— Mon général, je vais écrire le dialogue que nous venons d'avoir ensemble, je le signerai et vous le remettrai.

— Nous en ferons deux copies, comme pour une capitulation.

— Convenu. Quels sont donc les moyens d'exécution ? Comment puis-je parvenir à M. Le Canu sans l'effrayer ?

Le général Fari réfléchit quelques minutes.

— Vous ferez appeler le président Donis d'Angel, ce bavard impitoyable, lequel ferait pendre son père pour avoir la croix. Il va venir ici, vous n'aurez pas à le faire appeler. Je vous conseillerais de lui faire lire vos instructions, de lui faire remarquer que le ministre a une telle confiance en vous qu'il vous a chargé de faire vous-même vos instructions, etc., etc. Une fois que Donis d'Angel, qui n'est pas mal méfiant, vous croira bien avec le ministre, il n'aura rien à vous refuser. Il l'a bien montré dans le dernier procès pour délit de presse, où il a fait preuve d'une si insigne mauvaise foi [1] qu'il s'est fait huer des petits garçons de la ville.

1. *Insigne* est bien noble pour Fari.

Au reste, vous avez à lui demander peu de chose : c'est uniquement de vous mettre en rapport avec M. l'abbé Donis-Disjonval, son oncle, vieillard calme, discret, et point trop imbécile pour son âge. Si le président parle comme il faut à son oncle Disjonval, celui-ci vous fera obtenir une audience de M. Le Canu. Mais où et comment ? [C'est] en vérité ce que je ne puis deviner. Prenez garde au piège. Le Canu voudra-t-il vous voir ? C'est ce que je ne puis non plus vous dire.

— Le parti légitimiste n'a-t-il pas un sous-chef ?

— Sans doute, le marquis de Bron, mais qui se garderait bien de faire la moindre chose d'importance sans l'attache de M. Le Canu. Vous trouverez en celui-ci un petit blond, sans barbe, de soixante-six à soixante-sept ans, et qui, à tort ou à raison, passe pour l'homme le plus fin de toute la Normandie. En 1792, il fut patriote furibond. Ainsi, c'est un renégat, ce qui fait la pire espèce de coquin. Ces messieurs croient n'en jamais faire assez. Il a le ton très doux, enfin c'est Machiavel en personne. Un jour, ne m'a-t-il pas fait proposer d'être mon confesseur ? Il prétendait que par la reine il me ferait nommer grand officier de la Légion d'honneur.

— Je me confesserai à lui en effet. Je serai d'une entière franchise.

Après avoir parlé longtemps de MM. Donis-Disjonval et Le Canu :

— Et le préfet ? dit le général Fari. Comment vous arrangerez-vous avec lui ? Comment pourrez-vous donner les 320 voix du gouvernement à M. Le Canu ?

— Je demanderai un ordre par le télégraphe, je persuaderai le préfet. Si je n'ai ni l'un ni l'autre, je partirai, et de Paris j'enverrai quelque argent à ces deux intermédiaires, Disjonval et Le Canu, pour des messes.

— Cela est scabreux, dit le général.

— Mais notre défaite est sûre.

Leuwen se faisait répéter pour la seconde fois tout ce qu'il devait savoir. En dix heures de temps, il avait vu passer devant lui deux ou trois cents noms propres. Il avait insulté, assuré de son mépris un homme qu'il n'avait jamais vu, il faisait maintenant son confident intime d'un autre homme qu'il n'avait jamais vu, il allait probablement traiter d'affaires le lendemain matin avec l'homme le plus fin de la Normandie.

Coffe lui disait toujours : « Vous confondrez les noms et les qualités. »

Le président Donis se fit annoncer ; c'était un homme maigre qui avait une tête à traits carrés, de beaux yeux noirs, des cheveux blancs assez rares, des favoris très blancs, et d'énormes boucles d'or à ses souliers. Il n'eût pas été mal, mais il souriait constamment et avec un air qui jouait la franchise. C'est la plus impatientante des espèces de fausseté. Mais Leuwen se contint.

« Ce n'est pas pour rien que je suis en Normandie, pensa-t-il. Il y a à parier que le père de cet homme était un simple paysan. »

— Monsieur le président, dit Leuwen, je désire d'abord vous donner une connaissance complète de mes instructions.

Leuwen parla de sa façon d'être avec le ministre, des millions de son père, et ensuite, d'après le conseil du général, il permit au président de parler seul trois grands quarts d'heure.

« Aussi bien, pensait Leuwen, je n'ai plus rien à faire ce soir. »

Quand le président fut tout à fait las et eut insinué de cinq ou six façons différentes ses droits évidents à la croix, que c'était le gouvernement qui se faisait tort à soi-même, et non à lui, président, en ne lui accordant pas une distinction que de jeunes substituts de trois ans de toge avaient obtenue, etc., etc., etc. Leuwen parla à son tour.

— Le ministère sait tout, vos droits
sont connus. J'ai besoin que vous me présentiez demain, à sept heures, à M. votre
oncle, l'abbé Donis-Disjonval. Je désire
que M. Donis-Disjonval me procure une
entrevue avec M. Le Canu.

A cette étrange communication, le président pâlit beaucoup.

« Ses joues sont presque de la couleur
de ses favoris, » pensa Leuwen.

— Du reste, continua-t-il, j'ai l'ordre
d'indemniser largement les amis du gouvernement des frais que je puis leur occa-
sionner. Mais le temps presse. Je donnerais
cent louis pour voir M. Le Canu une heure
plus tôt.

« En prodiguant l'argent, pensait Leuwen, je vais donner une haute idée à cet
homme du degré de confiance que Son
Excellence le ministre daigne m'accorder. »

Nous sautons vingt feuillets du récit
original, nous épargnons au lecteur les
mièvreries d'un juge de province qui veut
avoir la croix. Nous craindrions la reproduction de la sensation que les protestations de zèle et de dévouement du président produisirent chez Leuwen : le
dégoût moral alla presque jusqu'au mal
au cœur physique.

« Malheureuse France ! pensait-il. Je ne
pensais pas que les juges en fussent là.

Cet homme ne se fait pas la moindre violence. Quel aplomb de coquinerie ! Cet
homme-là ferait tout au monde. »

Une idée illumina tout à coup Leuwen ;
il dit au président :

— Dernièrement, votre cour a fait
gagner tous leurs procès aux anarchistes,
aux républicains...

— Hélas ! je le sais bien, dit le président en l'interrompant, les larmes presque
aux yeux et du ton le plus piteux. Son
Excellence le ministre de la justice m'a
écrit pour me le reprocher.

Leuwen tressaillit.

« Grand Dieu ! se dit-il en soupirant
profondément et de l'air d'un homme qui
tombe dans le désespoir, il faut donner
ma démission de tout et aller voyager
en Amérique. Ah ! ce voyage-ci fera
époque dans ma vie. Ceci est bien autrement décisif que les cris de mépris et
l'avanie de Blois. »

Leuwen était tellement plongé dans ses
pensées qu'il s'aperçut tout à coup que
depuis cinq minutes le président Donis
parlait sans que lui, Leuwen, écoutât le
moins du monde ce qu'il disait. Ses oreilles
se réveillèrent au bruit des paroles du
digne magistrat, et d'abord elles ne com-
prenaient pas.

Le président racontait avec des détails

interminables, et dont aucun n'avait l'air
sincère, tous les moyens pris par lui pour
faire perdre leur procès aux anarchistes.
Il se plaignait de sa cour. Les jurés, suivant lui, étaient détestables, le jury était
une institution anglaise dont il était
important de se délivrer au plus vite.

« Ceci est jalousie de métier, » pensa
Leuwen.

— J'ai la faction des timides, monsieur
le maître des requêtes, j'ai la faction des
timides, disait le président ; elle perdra
le gouvernement et la France. Le conseiller
Ducros, auquel je reprochais son vote en
faveur d'un cousin de M. Lefèvre, le journaliste libéral et anarchiste de Honfleur,
n'a-t-il pas eu le front de me répondre :
« Monsieur le président, j'ai été nommé
substitut par le Directoire auquel j'ai
prêté serment, juge de première instance
par Bonaparte auquel j'ai prêté serment,
président de ce tribunal par Louis XVIII
en 1814, confirmé par Napoléon dans les
Cent-Jours, appelé à un siège plus avantageux par Louis XVIII revenant de
Gand, nommé conseiller par Charles X,
et je prétends mourir conseiller. Or, si
le république vient, cette fois-ci, nous
ne resterons pas inamovibles. Et qui se
vengeront les premiers, si ce n'est messieurs les journalistes ? Le plus sûr est

d'absoudre. Voyez ce qui arriva aux pairs qui ont condamné le maréchal Ney. En un mot, j'ai cinquante-cinq ans, donnez-moi l'assurance que vous durerez dix ans, et je vote avec vous. » Quelle horreur, monsieur, quel égoïsme ! Et cet infâme raisonnement, monsieur, je le lis dans tous les yeux.

Quand Leuwen fut bien remis de son émotion, il dit de l'air le plus froid qu'il put prendre :

— Monsieur, la conduite équivoque de la cour de Caen (j'emploie les termes les plus modérés) sera compensée par celle du président Donis, s'il me procure l'entrevue que je sollicite avec M. Le Canu, et si cette démarche reste *ensevelie dans l'ombre du plus profond mystère.*

— Il est onze heures et un quart, dit le président en regardant sa montre. Il n'est pas impossible que le whist de mon oncle, le respectable abbé Donis-Disjonval, se soit prolongé jusqu'à ce moment. J'ai ma voiture en bas, voulez-vous, monsieur, hasarder une course qui peut être inutile? Le respectable abbé Disjonval sera frappé de l'heure indue et ne nous en servira que mieux auprès de M. Le Canu. D'ailleurs, les espions du parti anarchiste ne pourront nous voir ; marcher de nuit est toujours le plus sûr.

Leuwen suivit le président, qui parlait toujours et revenait sur le danger de prodiguer les croix. Selon lui, le gouvernement pouvait tout faire avec des croix.

« Cet homme est commode, après tout, » pensa Leuwen qui, tandis que le président parlait, regardait la ville par la portière de la voiture.

— Malgré l'heure indue, dit Leuwen, je remarque beaucoup de mouvement.

— Ce sont ces malheureuses élections. Vous n'avez pas d'idée, monsieur, du mal qu'elles font. Il faudrait que la Chambre ne fût élue que tous les dix ans, ce serait plus constitutionnel..., etc., etc.

Le président se jeta tout à coup à la portière en disant tout bas à son cocher : « Arrêtez ! »

— Voilà mon oncle devant nous, dit-il à Leuwen. Et celui-ci aperçut un vieux domestique qui allait au petit pas, portant une chandelle allumée dans une lanterne ronde en fer-blanc garnie de deux vitres d'un pied de diamètre. M. l'abbé Donis le suivait d'un pas assez ferme.

— Il rentre chez lui, dit le président. Il n'aime pas que j'aie une voiture ; laissons-le filer, puis nous descendrons.

C'est ce qui fut fait, mais il fallut sonner longtemps à la porte de l'allée. Les visiteurs furent reconnus par une petite fenêtre grillée pratiquée à la porte, et enfin admis en présence de l'abbé.

— Le service du roi m'appelle auprès de vous, mon respectable oncle, et le service du roi ne connaît pas d'heure indue. Permettez que je vous présente M. le maître des requêtes Leuwen.

Les yeux bleus du vieillard peignaient l'étonnement et presque la stupidité. Après cinq ou six minutes, il engagea ces messieurs à s'asseoir. Il ne parut comprendre un peu de quoi il s'agissait qu'après un gros quart d'heure.

« Le président dit toujours : le roi, tout court, se dit Leuwen, et je parierais cent contre un que ce bon vieillard entend le roi Charles X. »

M. l'abbé Donis-Disjonval dit enfin, après s'être fait répéter une seconde fois tout ce que son neveu lui expliquait depuis vingt minutes :

— Demain, je vais dire la messe à Sainte-Gudule. A huit heures et demie, en sortant après mon action de grâces, je passerai par la rue des Carmes et monterai chez le respectable Le Canu. Je ne puis pas vous dire sûrement si ses occupations, si nombreuses et si importantes, ou si ses devoirs de piété lui permettront de me donner audience, comme il faisait il y a vingt ans, avant d'avoir tant d'affaires sur les bras. Nous étions plus jeunes alors, tout allait plus vite, ces élections n'étaient pas connues. La ville, ce soir, a l'air en émeute comme en 1786... etc., etc...

Leuwen remarqua que le président n'était point bavard en présence de son oncle ; il maniait avec assez d'adresse l'esprit du vieillard qui, sa petite tête coiffée d'un énorme bonnet, paraissait bien avoir soixante-dix ans.

En sortant de chez M. l'abbé Disjonval, le président Donis dit à Leuwen :

— Demain, aussitôt que j'aurai vu mon oncle, sur les huit heures et demie, j'aurai l'honneur de me rendre chez vous. Mais, monsieur, vous avez l'avantage de n'être pas connu de nos artisans de désordre, ils vous prendront dans la rue pour un jeune électeur, et les jeunes sont presque tous libéraux... Il serait mieux peut-être qu'à neuf heures moins un quart vous eussiez la bonté de venir chez mon cousin Maillet, nº 9, rue des Clercs.

Le lendemain, à huit heures trois quarts, Leuwen laissa le général dans sa voiture sur le cours Napoléon et courut chez M. Maillet, nº 9. Le président y arrivait de son côté.

— Bonnes nouvelles ! M. Le Canu accorde l'entrevue à l'instant même, ou bien ce soir à cinq heures.

— J'aime mieux tout de suite.

— M. Le Canu prend son chocolat chez madame Blachet, rue des Carmes nᵒ 7. Cette rue est très solitaire. Toutefois, si vous m'en croyez je n'aurai pas l'honneur de vous accompagner. M. Le Canu est grand partisan du mystère et n'aime pas ce qu'il appelle la publicité inutile.

— Je vais le chercher seul.

— Rue des Carmes, nᵒ 7, au second sur le derrière. Il faudra frapper à la porte deux coups avec le dos du doigt, et puis cinq. Deux et cinq, vous comprenez : Henri V est le second de nos rois, Charles est le premier.

Leuwen était absorbé par le sentiment du devoir, il était comme un général qui commande en chef et qui voit qu'il va perdre la bataille. Tous les détails que nous avons rapportés l'amusaient, mais il cherchait à n'y pas penser, de peur d'être distrait. Il se disait, en cherchant la rue des Carmes :

« Tout ceci est tardif. Nous perdrons la bataille. Fais-je bien tout ce qu'il est possible pour la gagner, si le hasard nous sert en quelque chose ? »

Il y avait sans doute une personne aux écoutes derrière la porte de madame Blachet, car à peine eut-il frappé les deux, puis les cinq coups, qu'il entendit chuchoter à voix basse.

Apiès un certain temps, on lui ouvrit.
Il fut reçu dans une pièce obscure, et
triste comme un bureau de prison, dont
la boiserie était peinte en blanc et les car-
reaux de vitre enfumés, par un homme
qui avait une figure jaune, des traits
effacés et l'air malade. C'était l'abbé Le
Canu. L'abbé montra de la main à Lucien
une chaise de noyer à grand dossier. Au
lieu de glace, il y avait sur la cheminée
un grand crucifix noir.

— Que réclamez-vous de mon ministère, monsieur ?

— Louis-Philippe, le roi mon maître,
m'envoie à Caen pour empêcher l'élection
de M. Mairobert. Elle est probable toutefois, car il y aura probablement 900 votes,
et M. Mairobert a 410 voix sûres. Le roi
mon maître dispose de 310 voix. S'il
vous convient, monsieur, de faire élire
un de vos amis, à l'exclusion de M. Mairobert, je vous offre mes 310 voix. Joi-
gnez-y 160 voix de vos gentilshommes de
campagne, et vous aurez à la Chambre
un homme de votre couleur. Je ne vous
demande qu'une chose, c'est qu'il soit
électeur et du pays.

— Ah ! vous avez peur de M. Berryer !

— Je n'ai peur de personne que du
triomphe de l'opposition qui, par exemple,
réduira le nombre des sièges épiscopaux

à ce qui est fixé par le concordat de 1804 [1].

« Cet homme a le ton d'un vieux procureur normand. » Cette observation soulagea fort l'attention de Leuwen. D'après les ouvrages de M. de Chateaubriand et la haute idée qu'on a des jésuites, l'imagination encore jeune de Leuwen s'était figurée un trompeur aussi habile que le cardinal Mazarin, avec les manières nobles de M. de Narbonne qu'il avait entrevu dans sa première jeunesse. La vulgarité du ton et de la voix de M. Le Canu le rendit bien vite à son rôle. « Je suis un jeune homme qui marchande une terre de cent mille francs qu'un vieux procureur ne veut pas me vendre, attendu qu'un voisin lui a promis un pot de vin de cent louis s'il veut la réserver pour lui. »

— Oserai-je, monsieur, vous demander vos lettres de créance ?

— Les voici. Et Leuwen n'hésita pas à mettre dans la main de M. Le Canu la lettre du ministre de l'Intérieur à M. le préfet. Il y avait bien quelques phrases dont il eût désiré l'absence dans ce moment, mais le temps pressait.

« Si le préfet eût voulu se charger de

---

1. *A vérifier*, note Stendhal qui avec raison n'est pas bien certain de cette date. N. D. L. E.

cette démarche, pensa Leuwen, on aurait pu éviter la communication .de la lettre du ministre, mais jamais ce petit préfet ergoteur et musqué, même en le supposant non piqué, n'eût consenti à faire une démarche non inventée par lui. »

L'air de colère vulgaire voulant jouer le dédain méprisant avec lequel M. Le Canu lut la lettre du comte de Vaize au préfet acheva de rendre à Leuwen le sentiment de la vie réelle et de chasser toutes les idées augustes lancées dans la société par les phrases de M. de Chateaubriand. A certaines phrases du ministre, la colère du chef du parti prêtre devint si forte qu'il se mit à sourire.

« Cet homme ci cherche à me faire impression par un ton d'humeur ; il ne faut pas me fâcher et tout rompre. Voyons si, malgré ma jeunesse, je pourrai me tirer de mon rôle. »

Leuwen sortit une lettre de sa poche et se mit à la lire attentivement. Sa contenance était celle qu'il aurait eue devant un conseil de guerre. L'abbé Le Canu observa du coin de l'œil qu'il n'était pas regardé, et sa lecture de l'instruction ministérielle fut moins majestueuse. Leuwen le vit recommencer la lecture avec l'attention d'un homme d'affaires grognon.

— Vos pouvoirs sont très grands, mon-

sieur, ils sont faits pour donner une haute
idée des missions dont, si jeune encore,
vous avez été chargé. Oserai-je vous demander si vous étiez déjà au service sous nos
rois légitimes, avant la fatale...

— Permettez-moi, monsieur, de vous
interrompre. Je serais désolé d'être obligé
de donner des épithètes peu agréables
aux partisans de vos opinions. Quant à
moi, monsieur, mon métier est de respecter
toute opinion professée par un galant
homme, et c'est à ce titre que je me sens
très disposé à honorer les vôtres. Permettez-moi, monsieur, de vous faire observer
que je ne ferai aucune tentative, directement ni indirectement, pour essayer de
changer ou d'altérer en rien vos manières
de voir sur des sujets. Une telle tentative
ne conviendrait point à ma mission, elle
conviendrait encore moins à mon âge, monsieur, et à mon respect personnel pour
vous. Mais mon devoir est de vous supplier
d'oublier mon âge et toute la respectueuse
attention qu'en toute autre circonstance
je serais prêt à donner à vos sages avis.
Je viens tout simplement, monsieur l'abbé,
vous proposer [ce] que je crois avantageux
à mon maître et au vôtre : vous avez peu
de députés dans la Chambre, un organe
de plus ne me semble pas à dédaigner
pour votre opinion. Quant à la nôtre,

nous craignons que M. Mairobert ne propose des mesures extrêmes, et entre autres celle de laisser aux fidèles le soin de payer le médecin de l'âme comme ils paient le médecin du corps. Nous nous tenons assurés dans cette session de faire repousser cette mesure, mais si elle réunissait une minorité imposante, il faudrait peut-être, par compensation, admettre la réduction des sièges épiscopaux, ou du moins la faire par un traité, afin d'éviter que la Chambre ne la fît par une loi.

Les raisonnements furent infinis, ainsi que Leuwen s'y attendait bien.

« Mon âge me nuit, pensait-il. Je suis comme un général de cavalerie qui, dans une bataille perdue, oubliant son intérêt propre, essaie de faire mettre pied à terre à sa cavalerie et de la faire battre comme de l'infanterie. S'il ne réussit pas, tous les sots, et surtout les généraux de cavalerie, se moquent de lui, mais, s'il a du cœur, la conscience d'avoir entrepris, pour ramener la victoire, une chose crue impossible, le console de tout. »

Sept fois de suite (Leuwen les compta) M. l'abbé Le Canu chercha à ne pas répondre et à donner le change à son jeune antagoniste.

« Apparemment, il veut me mettre à l'épreuve avant de me répondre. »

Sept fois de suite, Leuwen sut le rappeler à la question, mais toujours en termes
extrêmement polis, et qui même impli-
quaient le respect de lui, Leuwen, pour
l'âge de M. l'abbé Le Canu, qu'il semblait
séparer entièrement des doctrines, des
croyances et des prétentions de son parti.
Une fois, Leuwen laissa prendre un petit
avantage sur lui, mais il sut réparer cette
faute sans se fâcher.

« Il faut que je sois attentif, ici, comme
dans un duel à l'épée. »

Enfin, après cinquante minutes de discussion, l'abbé Le Canu prit un air extrêmement hautain et impertinent.

« Mon homme va conclure, » pensa
Leuwen. En effet, l'abbé dit :

— Il est trop tard.

Mais, au lieu de rompre la conférence
il chercha à convertir Leuwen. Notre héros
se sentit fort à son aise.

« Maintenant, je suis sur la défensive.
Tâchons d'amener l'idée d'argent et de
séduction personnelle. »

Leuwen ne se défendit pas avec trop
d'obstination. Il lui arriva de parler des
millions de son père ; il remarqua que ce
fut la seule et unique chose qui fit impression sur l'abbé Le Canu.

— Vous êtes jeune, mon fils ; permettez-
moi ce nom, qui emporte l'expression de

tant d'estime. Songez à votre avenir.
Je croirais bien que vous n'avez pas vingt-
cinq ans encore.

— J'en ai vingt-six sonnés.

— Eh ! bien, mon fils, sans vouloir
médire le moins du monde de la bannière
sous laquelle vous combattez et en me
réduisant à ce qui est absolument nécessaire pour l'expression de ma pensée, d'ailleurs toute de bienveillance pour vos intérêts dans ce monde et dans l'autre, croyez-
vous que cette bannière flottera encore
la même dans quatorze ans d'ici, quand
vous serez parvenu à quarante ans, à cet
âge de maturité qu'un homme sage doit
toujours avoir devant les yeux comme le
point décisif de la carrière d'un homme,
et avant lequel il est bien rare d'entrer
dans les grandes affaires de la société ?

Jusqu'à cet âge, le vulgaire des hommes
cherche de l'argent. Vous êtes au-dessus
de ces considérations. Remarquez que je
ne vous entretiens jamais des intérêts de
votre âme, tellement supérieurs aux intérêts mondains. Si vous daignez venir revoir
un pauvre vieillard, ma porte sera toujours
ouverte pour vous. Je quitterai tout pour
ramener au bercail un homme de votre
importance dans le monde et qui, si
jeune, développe une telle maturité de
talent ; car moins je partage vos illusions

sur le compte d'un roi élevé par la révolution, plus j'ai été bien placé pour juger
du talent que vous avez employé pour
amener une coopération, bien singulière
à la vérité : David serait uni avec l'Ama-
lécite. Je vous supplie de fixer quelquefois
cette question devant vos yeux : « Qui
possédera en France l'influence domi-
nante quand j'aurai quarante ans ? » La
religion ne défend point une juste ambition.

Le dialogue se termina en forme de
sermon, mais l'abbé Le Canu engagea
presque Leuwen à revenir le voir.

Leuwen n'était point découragé.

CHAPITRE LIII

Lucien alla rendre compte de tout au général Fari, qui était cloué à son hôtel par les rapports qu'il recevait de toutes parts. Leuwen avait l'idée d'expédier une dépêche télégraphique. Le général et ensuite Coffe l'approuvèrent fort.

— Vous essayez une saignée sur un homme qui va mourir dans deux heures. Sur quoi les sots pourront dire que la saignée l'a tué.

Leuwen monta au bureau du télégraphe et le fit parler ainsi :

« La nomination de M. Mairobert est regardée comme certaine. Voulez-vous dépenser 100.000 francs et avoir un légitimiste au lieu de Mairobert ? En ce cas, adressez une dépêche au receveur général pour qu'il remette au général et à moi 100.000 francs. Les élections commencent dans dix-neuf heures. »

En sortant du bureau du télégraphe, Leuwen eut l'idée de retourner chez M. l'abbé Disjonval. Le difficile était de retrouver la rue. Il se perdit en effet dans les rues de Caen et finit par entrer dans une église. Il trouva une sorte de bedeau mal vêtu, auquel il donna cinq francs en lui adressant la prière de le conduire chez l'abbé Disjonval. Cet homme sortit, lui fit prendre deux ou trois *allées* qui traversaient différents massifs de maisons, et en quatre minutes Leuwen se retrouva en face de cet abbé, dont les traits étaient si dénués d'expression la veille.

L'abbé Disjonval venait de faire un second déjeuner, une bouteille de vin blanc était encore sur sa table. C'était un tout autre homme.

Après moins de dix minutes de phrases préparatoires, Leuwen put, sans trop d'indécence, lui faire entendre qu'il donnerait cent mille francs pour que M. Mairobert ne fût pas élu. Cette idée n'étant point repoussée avec trop d'énergie, après quelques minutes l'abbé lui dit en riant :

— Avez-vous les 100.000 francs sur vous ?

— Non, mais une dépêche télégraphique, qui peut arriver ce soir, qui certainement arrivera demain avant midi, m'ouvrira un crédit de 100.000 francs chez le receveur général, qui me paiera en billets de banque.

— On les reçoit avec méfiance ici.

Ce mot illumina Leuwen.

« Grand Dieu ! Pourrais-je réussir ? » pensa-t-il.

— Aura-t-on la même méfiance pour des lettres de change acceptées par les premiers négociants de la ville, ou enfin pour de l'or et des écus que je prendrai, à mon choix, chez M. le receveur général ?

Leuwen prolongea à dessein cette énumération, pendant laquelle il voyait changer à vue d'œil la figure de l'abbé Disjonval. Enfin, malgré le récent déjeuner, cette figure devint pâle.

« Ah ! si j'avais quarante-huit heures, pensa Leuwen, l'élection serait à moi. »

Leuwen profita largement de tous ses avantages et ce fut, à son inexprimable plaisir, M. l'abbé Disjonval lui-même qui, en termes un peu entortillés il est vrai, exprima l'idée autour de laquelle Leuwen tournait depuis trois quarts d'heure : « En l'absence du crédit de 100.000 francs que le télégraphe doit apporter, votre négociation ne peut faire un pas de plus. »

— J'espère que ces messieurs, dit l'abbé Disjonval, auront réfléchi sur l'avantage d'avoir un organe de plus dans la Chambre. Surtout si le gouvernement a la faiblesse de laisser reparaître la fatale discussion sur la réduction des sièges épiscopaux... A demain, à sept heures du matin, et, en définitive, si rien n'est survenu, à deux heures. L'élection du président du collège électoral commence à neuf heures, le scrutin sera fermé à trois.

— Il serait bien essentiel que vos amis n'allassent voter qu'après [que] j'aurai eu l'honneur de vous voir à deux heures.

— Ce n'est pas peu de chose que vous me demandez là. Il faudrait pouvoir les parquer dans une salle et les enfermer à clef.

Coffe attendait Leuwen dans la rue. Ils coururent faire une lettre au ministre, dans laquelle Leuwen disait :

« Je sens combien je m'expose en me mêlant aussi activement d'une affaire désespérée. Si le ministre voulait me donner tous les torts, rien ne serait plus facile ; mais enfin je n'ai pas voulu laisser perdre une bataille à ma barbe sans faire donner nos troupes. Mes moyens sont ridicules par le peu d'importance que leur donne l'étranglement du temps. A huit heures trois quarts, j'ai été chez le cousin de M. le président Donis, à neuf heures chez M. l'abbé Le Canu. Je n'en suis sorti qu'à onze heures. A onze heures un quart, je suis allé chez M. l'abbé Donis-Disjonval, à midi chez le général Fari. A midi et demi, je vous ai adressé ma dépêche télégraphique n° 2. A une heure et demie, je vous écris. A deux heures, je passerai chez

Mgr l'évêque pour mettre de l'huile dans
les roues. Je n'ai plus le temps de recevoir
de réponse à cette lettre. Quand Votre
Excellence la verra, tout sera terminé,
et, il y a dix à parier contre un, M. Mairobert sera élu. Mais jusqu'au dernier
moment j'offrirai mes cent mille francs,
si vous jugez que l'absence de M. Mairobert vaille cette somme.

Je regarderai comme un très grand
bonheur que votre dépêche télégraphique
en réponse à ma n° 2 arrive demain 17
avant deux heures. L'élection du président du collège aura commencé à neuf
heures. M. l'abbé Disjonval m'a l'air
disposé à retarder jusqu'à ce moment le
vote de ses amis. Le scrutin ne sera fermé,
j'espère, qu'à quatre heures. »

Leuwen vola chez Mgr l'évêque ; il fut
reçu avec une hauteur, un dédain, une
insolence même qui l'amusèrent. Il se
disait en riant à soi-même, et parodiant
la phrase favorite du saint prélat : « Je
mettrai ceci au pied de la Croix. »

Il ne traita nullement d'affaires avec
Mgr l'évêque. « Ceci est une goutte d'huile
dans les rouages, rien de plus. »

A une heure et demie, Leuwen était à
déjeuner chez le général, avec lequel il
continua les visites dont la liste avait
été arrêtée la veille. A cinq heures, Leuwen

était mort de fatigue, cette journée avait
été la plus active de sa vie. Il lui restait
encore la corvée du dîner du préfet, qui
peut-être serait peu civil. Le petit capitaine
Ménière avait averti Leuwen que les deux
meilleurs espions du préfet étaient attachés
à ses pas.

Leuwen avait un fond de contentement
parfait ; il sentait qu'il avait fait tout ce qui
était en lui pour une cause dont, à la vérité,
la justice était fort disputable. Mais cette
objection au plaisir était plus que compensée par la conscience d'avoir eu le
courage de hasarder imprudemment la
considération naissante dont il commençait à jouir au ministre de l'Intérieur.
Coffe lui avait dit une ou deux fois :

— Aux yeux de nos vieux chefs de
bureau et de division du ministère, votre
conduite, même couronnée par l'exclusion
du terrible M. Mairobert, ne sera qu'un
péché splendide. Dans la discussion sur les
enfants trouvés vous les avez appelés des
hommes-fauteuils incarnés avec leur fauteuil d'acajou, ils vont saisir l'occasion
de se venger.

— Que fallait-il faire ?

— Rien, et écrire trois ou quatre lettres
de six pages chacune, c'est ce qu'on appelle
administrer dans les bureaux. Ils vous
regarderont toujours comme fou à cause

du danger que vous avez fait courir à votre
position personnelle. Et puis, à votre âge
demander cent mille francs pour une
corruption ! Ils vont répandre que vous en
mettez au moins le tiers dans votre poche.

— Ça été ma première pensée. Il m'en
vient une seconde : quand quelqu'un agit
pour des ministres, ce n'est pas de l'adver-
saire qu'il a peur, mais des gens qu'il
sert. C'est ainsi que les choses marchaient
à Constantinople dans le bas empire.
Si je n'avais rien fait et écrit de belles
lettres, j'aurais encore sur le cœur la boue
de Blois. Vous m'avez vu faible.

— Eh ! bien, vous devriez me haïr et
m'éloigner du ministère. J'y songeais.

— Je trouve au contraire la douceur de
pouvoir maintenant tout vous dire, et
je vous supplie de ne pas m'épargner.

— Je vous prends au mot. Ce petit
ergoteur de Séranville doit être bouffi de
rage contre vous, car enfin vous faites
son métier depuis deux jours, et lui écrit
des centaines de lettres et dans la réalité
ne fait rien. J'en conclus qu'à Paris il
sera loué et vous blâmé. Mais quoi qu'il
vous fasse ce soir, ne vous mettez pas en
colère. Si nous étions au moyen-âge, je
craindrais pour vous le poison, car je vois
dans ce petit sophiste la rage de l'auteur
sifflé.

La voiture s'arrêta à la porte de l'hôtel de la préfecture. Il y avait huit ou dix gendarmes stationnés sur le premier et sur le second repos de l'escalier.

— Au moyen-âge, ces gens-ci seraient disposés pour vous assassiner.

Ils se levèrent comme Leuwen passa.

— Votre mission est connue, dit Coffe ; le gendarme est poli avec vous. Jugez de la rage de M. le préfet.

Ce fonctionnaire était fort pâle et reçut ces messieurs avec une politesse contrainte et qui ne fut pas assouplie par l'accueil empressé que chacun fit à Leuwen.

Le dîner fut froid et triste. Tous ces ministériels prévoyaient la défaite du lendemain. Chacun d'eux se disait : « Le préfet sera destitué ou envoyé ailleurs, et je dirai que c'est lui qui a fait tout le mal. Ce jeune blanc-bec est fils du banquier du ministre, il est déjà maître des requêtes, ce pourrait bien être le successeur en herbe. »

Leuwen mangeait comme un loup et était fort gai.

« Et moi, se disait M. de Séranville, je renvoie tout ce qui paraît sur mon assiette, je ne puis pas avaler un seul morceau. »

Comme Leuwen et Coffe parlaient assez, peu à peu la conversation de messieurs

les directeurs des Domaines, des Contributions et autres employés supérieurs qui
formaient ce dîner fut entièrement enga-
gée avec les nouveaux venus.

« Et moi, je suis délaissé, se dit le
préfet. Je suis déjà comme étranger
chez moi, ma destitution est sûre, et, ce
qui n'est jamais arrivé à personne, je
me vois forcé de faire les honneurs de la
préfecture à mon successeur. »

Vers le milieu du second service, Coffe,
à qui rien n'échappait, remarqua que le
préfet s'essuyait le front à chaque instant.
Tout à coup, on entendit un grand bruit,
c'était un courrier qui arrivait de Paris.
Cet homme entra avec fracas dans la salle.
Machinalement, le directeur des Impositions indirectes, placé près de la porte,
dit au courrier :

— Voilà M. le préfet.

Le préfet se leva.

— Ce n'est pas au préfet de Séranville
que j'ai affaire, dit [le] courrier d'un ton
emphatique et grossier, c'est à M. Leuwen,
maître des requêtes.

« Quelle humiliation ! Je ne suis plus
préfet. » pensa M. de Séranville. Et il
retomba sur sa chaise. Il appuya les deux
mains sur la table, et cacha sa tête dans
ses mains.

— M. le préfet se trouve mal, s'écria le

secrétaire général. Et il regarda Leuwen comme pour lui demander pardon de l'acte d'humanité qu'il exerçait en faisant attention à l'état du préfet. En effet, ce fonctionnaire était évanoui ; on le porta près d'une fenêtre qu'on ouvrit.

Pendant ce temps, Leuwen s'étonnait du peu d'intérêt de la dépêche qu'apportait le courrier. C'était une grande lettre du ministre sur sa belle conduite à Blois ; le ministre ajoutait de sa main qu'on rechercherait et punirait sévèrement les auteurs de l'émeute, que lui ministre avait lu en conseil au roi la lettre de Leuwen, qui avait été trouvée fort bien.

« Et de l'élection d'ici, pas un mot, se dit Leuwen. C'était bien la peine d'envoyer un courrier. »

Il s'approcha de la fenêtre ouverte près de laquelle était le préfet, auquel on frottait les tempes d'eau de Cologne. On répétait beaucoup : les fatigues de l'élection. Leuwen dit un mot honnête, et ensuite demanda la permission de passer pour un moment dans une chambre voisine avec M. Coffe.

— Concevez-vous, dit-il à Coffe en lui donnant la dépêche du ministre, qu'on envoie un courrier pour une telle lettre ?

Il se mit à lire une lettre de sa mère qui altéra rapidement sa physionomie

riante. Madame Leuwen voyait la vie de
son fils [en danger], et « *pour une cause
si sale*, ajoutait-elle. Quitte tout et reviens...
Je suis seule, ton père a eu une velléité
d'ambition, il est allé dans le département de l'Aveyron, à deux cents lieues
de Paris, pour tâcher de se faire élire
député. »

Leuwen donna cette nouvelle à Coffe.

— Voici la lettre qui a fait envoyer
le courrier. Madame Leuwen aura exigé
que sa lettre vous parvînt rapidement.
Au total, il n'y a pas là de quoi vous distraire. Il me semble que votre rôle vous
rappelle auprès de ce petit jésuite qui
meurt de haine rentrée. Moi, je vais
achever de l'assommer par mon air important.

Coffe fut en effet parfait en rentrant
dans la salle à manger. Il avait tiré de sa
poche huit ou dix rapports d'élections
qu'il avait fourrés dans la dépêche, et la
portait *comme un saint-sacrement*. M. de
Séranville avait repris connaissance, il
avait eu le mal de mer, et au milieu de ses
angoisses regardait Leuwen et Coffe d'un
air mourant. L'état de ce méchant homme
toucha Leuwen, il vit en lui un homme
souffrant.

« Il faut le soulager de notre présence, »
et après quelques mots polis [il] se retira.

Le courrier lui courut après sur l'escalier pour lui demander ses ordres.

— M. le maître des requêtes vous réexpédiera demain, dit Coffe avec une gravité parfaite.

Le lendemain 17 était le grand jour.

Dès sept heures, le 17, le grand jour des élections, Leuwen était chez M. l'abbé Disjonval. Il fut frappé du changement de manières du bon vieillard, il était tout empressement ; la moindre insinuation de Leuwen ne passait pas sans réponse.

« Les cent mille francs font effet, » se dit Leuwen.

Mais l'abbé Disjonval lui fit entendre plusieurs fois, avec une finesse et une politesse qui l'étonna, que tout ce qu'on pouvait dire en l'absence de la condition principale n'était qu'un futur contingent.

— C'est bien ainsi que je l'entends, répondait Leuwen. Si je n'ai pas aujourd'hui, et de bonne heure, un crédit de 100 000 francs sur M le receveur général, j'aurai eu l'honneur de vous être présenté, j'aurai eu avec le respectable abbé Le Canu une conférence qui a fait sur mon cœur une profonde impression, j'aurai appris à redoubler l'estime que j'avais déjà pour des hommes qui voient le bonheur de notre chère patrie dans une autre route que celle que je crois la plus sûre, et...

Nous ferons grâce au lecteur de toutes les phrases polies qu'inspirait à Leuwen le vif désir de voir ces messieurs prendre patience jusqu'à l'arrivée de la dépêche diplomatique. Le bruit insolite que le grand événement du jour causait dans la rue et que Leuwen entendait de l'appartement de M l'abbé Disjonval, quoique situé au fond d'une cour, retentissait dans sa poitrine. Que n'eût-il pas donné pour que l'élection pût être retardée d'un jour !

A neuf heures, il rentra à son auberge, où Coffe avait préparé deux immenses lettres narratives et explicatives

— Quel drôle de style ! dit Leuwen en les signant.

— Emphatique et plat, et surtout jamais simple, c'est ce qu'il faut pour les bureaux.

Le courrier fut renvoyé à Paris.

— Monsieur, dit le courrier, seriez-vous assez bon pour me permettre de me charger des dépêches du préfet, je veux dire de M. de Séranville. Je ne cacherai pas à monsieur qu'il m'a fait offrir un cadeau assez joli si je veux prendre ses lettres Mais je suis expédié et je connais trop les convenances..

— Allez de ma part chez M le préfet, demandez-lui ses lettres et paquets, atten-

dez-les une demi-heure s'il le faut. M. le
préfet est la première autorité administrative du département. etc., etc.

« Le plus souvent que j'irai chez le
préfet par son ordre ! Et mon cadeau,
donc ! On dit ce préfet cancre... etc., etc. »

CHAPITRE LIV

L E général Fari avait fait louer depuis un mois par son petit aide de camp, M. Ménière, un appartement au premier étage en face de la salle des Ursulines, où se faisait l'élection. Là, il s'établit avec Leuwen dès dix heures du matin. Ces messieurs avaient des nouvelles de quart d'heure en quart d'heure par des affidés du général. Quelques affidés de la préfecture, ayant su le courrier de la veille et voyant dans Leuwen le préfet futur si M. de Séranville manquait son élection, faisaient passer tous les quarts d'heure à Leuwen des cartes avec des mots au crayon rouge. Les avis donnés par ces cartes se trouvèrent fort justes.

Les opérations électorales, commencées à dix heures et demie, suivaient un cours régulier. Le président d'âge était dévoué au préfet, qui avait eu soin de faire retarder aux portes la lourde berline d'un M. de Marconnes, plus âgé que son président d'âge dévoué, et qui n'arriva à

Caen qu'à onze heures. Trente minis
tériels qui avaient déjeuné à la préfecture
furent hués en entrant dans la salle des
élections.

Un petit imprimé avait été distribué
avec profusion aux électeurs :

« Honnêtes gens de tous les partis,
qui voulez le bien du pays dans lequel
vous êtes nés, éloignez M. le préfet de
Séranville. Si M. Mairobert est élu député,
M. le préfet sera destitué ou nommé
ailleurs. Qu'importe, après tout, le député
nommé ? Chassons un préfet tracassier
et menteur. A qui n'a-t-il pas manqué
de parole ? »

Vers midi, l'élection du président dé-
définitif prenait la plus mauvaise tournure. Tous les électeurs du canton de ...,
arrivés de bonne heure, votaient en faveur
de M. Mairobert.

— Il est à craindre, s'il est président,
dit le général à Leuwen, que quinze ou
vingt de nos ministériels, gens timides,
et que dix ou quinze électeurs de campagne
imbéciles, le voyant placé au bureau dans la
position la plus en vue, n'osent pas écrire
un autre nom que le sien sur leur bulletin.

Tous les quarts d'heure, Leuwen en-
voyait Coffe regarder le télégraphe ; il
grillait de voir arriver la réponse à sa
dépêche n° 2.

— Le préfet est bien capable de retarder cette réponse, dit le général ; il serait bien digne de lui d'avoir envoyé un de ses commis à la station du télégraphe, à quatre lieues d'ici, de l'autre côté de la colline, pour tout arrêter. C'est par des traits de cette espèce qu'il croit être un nouveau cardinal de Mazarin, car il sait l'histoire de France, notre préfet.

Et le bon général voulait prouver par ce mot qu'il la savait aussi. Le petit capitaine Ménière offrit de monter à cheval et d'aller en un temps de galop sur la montagne observer le mouvement de la seconde station du télégraphe, mais M. Coffe demanda son cheval au capitaine et courut à sa place.

Il y avait mille personnes au moins devant la salle des Ursulines. Leuwen descendit dans la place pour juger un peu de l'esprit général des conversations ; il fut reconnu. Le peuple, quand il se voit en masse, est fort insolent :

— Regarde ! Regarde ! Voilà ce petit commissaire de police freluquet envoyé de Paris pour espionner le préfet !

Il n'y fut presque pas sensible.

Deux heures sonnèrent, deux heures et demie ; le télégraphe ne remuait pas.

Leuwen séchait d'impatience. Il alla voir l'abbé Disjonval.

— Je n'ai pas pu différer plus longtemps le vote de mes amis, lui dit cet abbé,
auquel Leuwen trouva l'air piqué, mais
il était évident qu'il l'avait différé.

« Voilà un homme qui croira que je
me suis moqué de lui, et il y va de franc
jeu avec moi. Je jurerais qu'il a retardé
le vote de ses amis, à la vérité bien peu
nombreux. »

Au moment où Leuwen cherchait à
prouver à l'abbé Disjonval, par des discours chaleureux, qu'il n'avait pas voulu
le tromper, Coffe accourut tout haletant :

— Le télégraphe marche !

— Daignez m'attendre chez vous encore
un quart d'heure, dit Leuwen à l'abbé
Disjonval ; je vole au bureau du télégraphe.

Leuwen revint tout courant vingt
minutes après.

— Voilà la dépêche originale, dit-il
à l'abbé Disjonval :

« Le ministre des Finances à M. le receveur général.

» Remettez cent mille francs à M. le
général Fari et à M. Leuwen. »

— Le télégraphe marche encore, dit
Leuwen à l'abbé Disjonval.

— Je vais au collège, dit l'abbé Disjonval, qui paraissait persuadé. Je ferai ce
que je pourrai pour la nomination du

président. Nous portons M. de Crémieux. De
là je cours chez M. Le Canu. Je vous enga-
gerais à y aller sans délai.

La porte de l'appartement de l'abbé
était ouverte, il y avait grand monde
dans l'antichambre, que Leuwen et Coffe
traversèrent en volant.

— Monsieur, voici la dépêche originale.

— Il est trois heures dix minutes, dit
l'abbé Le Canu J'ose espérer que vous
n'avez aucune objection à M. de Crémieux :
cinquante-cinq ans, vingt mille francs de
rente, abonné aux *Débats*, n'a pas émigré.

— M. le général Fari et moi approu-
vons M. de Crémieux. S'il est élu au lieu
de M. Mairobert, le général et moi vous
remettrons les cent mille francs. En
attendant l'événement, en quelles mains
voulez-vous, monsieur, que je dépose les
cent mille francs ?

— La calomnie veille autour de nous,
monsieur. C'est déjà beaucoup que quatre
personnes, quelque honorables qu'elles
soient, sachent un secret dont la calomnie
peut tellement abuser. Je compte, monsieur
dit l'abbé Le Canu en montrant Coffe,
vous, monsieur, l'abbé Disjonval et moi.
A quoi bon faire voir le détail à M. le général Fari, d'ailleurs si digne de toute considération ?

Leuwen fut charmé de ces paroles, qui étaient *ad rem*.

— Monsieur, je suis trop jeune pour me charger seul de la responsabilité d'une dépense secrète aussi forte. Etc., etc.

Leuwen fit consentir M. l'abbé Le Canu à l'intervention du général.

— Mais je tiens expressément, et j'en fais une condition *sine qua non*, je tiens à ce que le préfet n'intervienne nullement.

« Belle récompense de son assiduité à entendre la messe », pensa Leuwen.

Leuwen fit consentir M. l'abbé Le Canu a ce que la somme de cent mille francs fût déposée dans une cassette dont le général Fari et un M. Ledoyen, ami de M. Le Canu, auraient chacun une clef.

A son retour à l'appartement vis-à-vis la salle d'élection, Leuwen trouva le général extrêmement rouge. L'heure approchait où le général avait résolu d'aller déposer son vote, et il avoua franchement à Leuwen qu'il craignait fort d'être hué. Malgré ce souci personnel, le général fut extrêmement sensible à l'air de *ad rem* qu'avaient pris les réponses de M. l'abbé Le Canu.

Leuwen reçut un mot de l'abbé Disjonval qui le priait de lui envoyer M. Coffe. Coffe rentra une demi-heure après ; Leu-

wen appela le général, et Coffe dit à ces
messieurs :

— J'ai vu, ce qu'on appelle vu, quinze
hommes qui montent à cheval et vont
battre la campagne pour faire arriver
ce soir ou demain avant midi cent cinquante électeurs légitimistes. M. l'abbé
Disjonval est un jeune homme, vous ne lui
donneriez pas quarante ans. « Il nous
aurait fallu le temps d'avoir quatre articles de la *Gazette de France*, » m'a-t-il
répété trois fois. Je crois qu'ils y vont bon
jeu bon argent.

Le directeur du télégraphe envoya à
Leuwen une seconde dépêche télégraphique adressée à lui-même :

« J'approuve vos projets. Donnez cent
mille francs. Un légitimiste quelconque,
même M. B[erryer] ou F[itz-James],
vaut mieux que M. Hampden. »

— Je ne comprends pas, dit le général ;
qu'est-ce que M. Hampden ?

— Hampden veut dire Mairobert, c'est le
nom dont je suis convenu avec le ministre.

— Voilà l'heure, dit le général fort
ému. Il prit son uniforme et quitta l'appartement d'observation fort ému pour
aller donner son vote. La foule s'ouvrit
pour lui laisser faire les cent pas qui le
séparaient de la porte de la salle. Le général entra ; au moment où il s'approchait

du bureau, il fut applaudi par tous les électeurs mairobertistes.

— Ce n'est pas un plat coquin comme le préfet, disait-on tout haut, il n'a que ses appointements, et il a une famille à nourrir.

Leuwen expédia cette dépêche télégraphique n° 3 : « Caen, quatre heures.

» Les chefs légitimistes paraissent de bonne foi. Des observateurs militaires placés aux portes ont vu sortir dix-neuf ou vingt agents qui vont chercher dans la campagne cent soixante électeurs légitimistes. Si quatre-vingts ou cent arrivent le 18 avant trois heures, Hampden ne sera pas élu. Dans ce moment, Hampden a la majorité pour la présidence. Le scrutin sera dépouillé à cinq heures. »

Le scrutin dépouillé donna :

Electeurs présents...................	873
Majorité	437
Voix à M. Mairobert.................	451
A M. Gonin, le candidat du préfet	389
A M. de Crémieux, le candidat de M. Le Canu depuis qu'il avait accepté les cent mille francs......	19
Voix perdues.........................	14

Ces dix-neuf voix à M. de Crémieux

firent beaucoup de plaisir au général et
à Leuwen ; c'était une demi-preuve
que M. Le Canu ne se jouait pas d'eux.

A six heures, des valeurs sans reproche
s'élevant à cent mille francs furent remises
par M. le receveur général lui-même
entre les mains du général Fari et de
Leuwen, qui lui en donnèrent reçu.

M. Ledoyen se présenta. C'était un
fort riche propriétaire, généralement estimé. La cérémonie de la cassette fut
effectuée, il y eut parole d'honneur réci-
proque de remettre la cassette et son conte-
nu à M Ledoyen si tout autre que M Mairobert était élu, et à M. le général Fari
si M. Mairobert était député.

M. Ledoyen parti, on dîna.

— Maintenant, la grande affaire est
le préfet, dit le général, extraordinairement gai ce soir-là. Prenons courage, et
montons à l'assaut.

Il y aura bien 900 votants demain.

M. Gonin a eu........................ 389
M. de Crémieux..................... 19
                                   ———
                                   408

Nous voilà avec 408 voix sur 873.
Supposons que les vingt-sept voix arri-
vées demain matin donnent dix-sept

voix à Mairobert et dix à nous, nous
sommes :

Crémieux 418
Mairobert 468

Cinquante et une voix de M. Le
Canu donnent l'avantage à M. de Crémieux.

Ces chiffres furent retournés de cent
façons par le général, Leuwen, Coffe et l'aide
de camp Ménière, les seuls convives de
ce dîner.

— Appelons nos deux meilleurs agents,
dit le général.

Ces messieurs parurent et, après une
assez longue discussion, dirent d'eux-mêmes
que la présence de soixante légitimistes
décidait l'affaire.

— Maintenant, à la préfecture, dit
le général.

— Si vous ne trouvez pas d'indiscrétion
à ma demande, dit Leuwen, je vous prie-
rais de porter la parole, je suis odieux à
ce petit préfet.

— Cela est un peu contre nos conven-
tions ; je m'étais réservé un rôle tout à
fait secondaire. Mais enfin, j'ouvrirai le
débat, *comme on dit en Angleterre.*

Le général tenait beaucoup à montrer
qu'il avait des lettres. Il avait bien mieux :
un rare bon sens, et de la bonté. A peine
eut-il expliqué au préfet qu'on le suppliait

de donner les 389 voix dont il avait disposé
la veille lors de la nomination du président
à M. de Crémieux, qui de son côté se faisait fort de réunir soixante voix légitimistes, et peut-être quatre-vingts,... le
préfet l'interrompit d'une voix aigre :

— Je ne m'attendais pas à moins,
après toutes ces communications télégraphiques. Mais enfin, messieurs, il vous
en manque une : je ne suis pas encore
destitué, et M. Leuwen n'est pas encore
préfet de Caen.

Tout ce que la colère peut mettre dans
la bouche d'un petit sophiste sournois
fut adressé par M. de Séranville au général
et à Leuwen. La scène dura cinq heures.
Le général ne perdit un peu patience que
vers la fin. M. de Séranville, toujours
ferme à refuser, changea cinq ou six foix
de système quant aux raisons de refuser.

— Mais, monsieur, même en vous
réduisant aux raisons égoïstes, votre
élection est évidemment perdue. Laissez-la
mourir entre les mains de M. Leuwen.
Comme les médecins appelés trop tard,
M. Leuwen aura tout l'odieux de la mort
du malade.

— Il aura ce qu'il voudra ou ce qu'il
pourra, mais jusqu'à ma destitution, il
n'aura pas la préfecture de Caen.

Ce fut sur cette réponse de M. de Séran-

ville que Leuwen fut obligé de retenir
le général.

— Un homme qui trahirait le gouvernement, dit le général, ne pourrait pas
faire mieux que vous, monsieur le préfet,
et c'est ce que je vais écrire aux ministres.
Adieu, monsieur.[1]

A minuit et demi, en sortant, Leuwen
dit au général :

— Je vais écrire ce beau résultat à
M. l'abbé Le Canu.

— Si vous m'en croyez, voyons un peu
agir ces alliés suspects ; attendons demain
matin, après votre dépêche télégraphique.
D'ailleurs, ce petit animal de préfet peut
se raviser.

A cinq heures et demie du matin, Leuwen
atttendait le jour dans le bureau du télégraphe. Dès qu'on put y voir, la dépêche
suivante fut expédiée (no 4) :

« Le préfet a refusé ses 389 voix d'hier
à M. de Crémieux. Le concours des 70
à 80 voix que le général Fari et M. Leuwen attendaient des légitimistes devient
inutile, et M. Hampden va être élu. »

Leuwen, mieux avisé, n'écrivit pas à
MM. Disjonval et Le Canu, mais alla
les voir. Il leur expliqua le malheur nou-

1. Mettre M. Rollet, maire de Caen, sot, ami de M. de
Séranville, et qui a pris Leuwen en grippe.

veau avec tant de simplicité et de sincérité évidente que ces messieurs, qui con-
naissaient le génie du préfet, finirent par
croire que Leuwen n'avait pas voulu leur
tendre un piège.

— L'esprit de ce petit préfet des Grandes
Journées, dit M. Le Canu, est comme les
cornes des boucs de mon pays : noir, dur
et tortu.

Le pauvre Leuwen était tellement
emporté par l'envie de ne pas passer pour
un coquin, qu'il supplia M. Disjonval
d'accepter de sa bourse le remboursement
des frais de messager et autres qu'avait
pu entraîner la convocation extraordinaire
des électeurs légitimistes. M. Disjonval
refusa, mais, avant de quitter la ville de
Caen, Leuwen lui fit remettre cinq cents
francs par M. le président Donis d'Angel.

Le grand jour de l'élection, à dix heures,
le courrier de Paris apporta cinq lettres
annonçant que M. Mairobert était mis en
accusation à Paris comme fauteur du
grand mouvement insurrectionnel et républicain dont l'on parlait alors. Aussitôt,
douze des négociants les plus riches décla-
rèrent qu'ils ne donneraient pas leurs voix
à Mairobert.

— Voilà qui est bien digne du préfet,
dit le général à Leuwen, avec lequel il
avait repris son poste d'observation vis-

à-vis la salle des Ursulines. Il serait plaisant, après tout, que ce petit sophiste réussît. C'est bien alors, monsieur, ajouta le général avec la gaieté et la générosité d'un homme de cœur, que, pour peu que le ministre soit votre ennemi et ait besoin d'un bouc émissaire, vous jouerez un joli rôle.

— Je recommencerais mille fois. Quoique la bataille fût perdue, j'ai fait donner mon régiment.

— Vous êtes un brave garçon... Permettez-moi cette locution familière, ajouta bien vite le bon général, craignant d'avoir manqué à la politesse, qui était pour lui comme une langue étrangère apprise tard. Leuwen lui serra la main avec émotion et laissa parler son cœur.

A onze heures, on constata la présence de 948 électeurs. Au moment où un émissaire du général venait lui donner ce chiffre, M. le président Donis voulut forcer toutes les consignes pour pénétrer dans l'appartement, mais n'y réussit pas.

— Recevons-le un instant, dit Leuwen.

— Ah ! que non. Ce pourrait être la base d'une calomnie de la part du préfet, de la part de M. Le Canu, ou de la part de ces pauvres républicains plus fous que méchants. Allez recevoir le digne président et ne vous laissez pas trahir par votre honnêteté naturelle.

— Il me portait l'assurance que, malgré les contre-ordres de ce matin, il y a quarante-neuf légitimistes et onze partisans du préfet gagnés en faveur de M. de Crémieux dans la salle des Ursulines.

L'élection suivit un cours paisible ; les figures étaient plus sombres que la veille. La fausse nouvelle du préfet sur la mise en accusation de M. Mairobert avait mis en colère cet homme si sage jusque-là, et surtout ses partisans. Deux ou trois fois, on fut sur le point d'éclater. On voulait envoyer trois députés à Paris pour interroger les cinq personnes qui avaient donné la nouvelle du mandat d'arrêt lancé contre M. Mairobert. Mais enfin un beau-frère de M. Mairobert monta sur une charrette arrêtée à cinquante pas de la salle des Ursulines et dit :

— Renvoyons notre vengeance à quarante-huit heures après l'élection, autrement la majorité vendue à la Chambre des députés l'annulera.

Ce bref discours fut bientôt imprimé à vingt mille exemplaires. On eut même l'idée d'apporter une presse sur la place voisine de la salle d'élection. Les agents de la préfecture n'osèrent approcher de la presse ni tenter de mettre obstacle à la circulation du bref discours. Ce spectacle frappa les esprits et contribua à les calmer.

Leuwen qui se promenait hardiment
partout, ne fut point insulté ce jour-là ;
il remarqua que cette foule sentait sa
force. A moins de la mitrailler à distance,
aucune force ne pouvait agir sur elle.

« Voilà le peuple vraiment souverain, »
se dit-il.

Il revenait de temps à autre à l'appartement d'observation. L'avis du capitaine
Ménière était que personne n'aurait la
majorité ce jour-là.

A quatre heures, il arriva une dépêche
télégraphique au préfet, qui lui ordonnait,
de porter ses votes au légitimiste désigné
par le général Fari et par Leuwen. Le
préfet ne fit rien dire au général ni à Leuwen. A quatre heures un quart, Leuwen
eut une dépêche télégraphique dans le
même sens. Sur quoi Coffe s'écria :

« Un peu moins de fortune, et plus tôt survenue [1]...»
Polyeucte.

Le général fut charmé de la citation
et se la fit répéter.

A ce moment, ces messieurs furent
étourdis par un vivat général et assourdissant.

— Est-ce joie, est-ce révolte ? s'écria

1. A son ordinaire Stendhal cite le vers de Corneille un
peu inexactement. N. D. L. E.

le général en courant à la fenêtre.

— C'est joie dit-il, avec un soupir, et nous sommes f.....

En effet, un émissaire qui arriva son habit déchiré tant il avait eu de peine à traverser la foule apporta le bulletin de dépouillement du scrutin.

Electeurs présents.........	948
Majorité	475
M. Mairobert	475
M. Gonin, candidat du préfet...................	401
M. de Crémieux	61
M. Sauvage, républicain, voulant retremper le caractère des Français par des lois draconiennes...	9
Voix perdues	2

Le soir, la ville fut entièrement illuminée.

— Mais où sont donc les fenêtres des quatre cent un partisans du préfet ? disait Leuwen à Coffe.

La réponse fut un bruit effroyable de vitres cassées ; on brisait les fenêtres du président Donis d'Angel.

Le lendemain, Leuwen s'éveilla à onze heures du matin et alla seul [se] promener dans toute la ville. Une singulière pensée s'était rendue maîtresse de son esprit.

« Que dirait madame de Chasteller si je lui racontais ma conduite ? »

Il fut bien une heure avant de trouver la réponse à cette question, et cette heure fut bien douce.

« Pourquoi ne lui écrirais-je pas ? » se dit Leuwen. Et cette question s'empara de son âme pour huit jours.

En approchant de Paris, il vint par hasard à penser à la rue où logeait madame Grandet, et ensuite à elle. Il partit d'un éclat de rire.

— Qu'avez-vous donc ? lui dit Coffe.

— Rien. J'avais oublié le nom d'une belle dame pour qui j'ai une grande passion.

— Je croyais que vous pensiez à l'accueil que va vous faire votre ministre.

— Le diable l'emporte !... Il me recevra froidement, me demandera l'état de mes déboursés, et trouvera que c'est bien cher.

— Tout dépend du rapport que les espions du ministre lui auront fait sur votre mission. Votre conduite a été furieusement imprudente, vous avez donné pleinement dans cette folie de la première jeunesse qu'on appelle zèle.

CHAPITRE LV

L EUWEN avait à peu près deviné. Le comte de Vaize le reçut avec sa politesse ordinaire, mais ne lui fit aucune question sur les élections, aucun compliment sur son voyage ; il le traita absolument comme s'il l'avait vu la veille [1].

« Il a de meilleures façons qu'à lui n'appartient ; depuis qu'il est ministre il voit bonne compagnie au Château. »

Mais après cette lueur de raisonnement juste, Leuwen retomba bientôt dans cette sottise de l'amour du bien, au moins dans les détails. Il avait fait quelques phrases qui résumaient les observations utiles faites pendant son voyage ; il eut besoin de faire effort sur soi-même pour ne pas dire au ministre des choses si évidemment mal et si faciles à faire aller bien. Il n'avait aucun intérêt de vanité, il savait quel juge c'était que M. de Vaize dans tout ce qui, de près ou de loin, tenait à la

1. Modèle : Dominique reçu par M. de Sainte-Aulaire après Ancône.

logique ou à la clarté de la narration.
Par ce sot amour du bien, qui n'est guère
pardonnable à un homme dont le père
a un carrosse, Leuwen aurait voulu corriger trois ou quatre abus qui ne rappor-
taient pas un sou au ministre. Leuwen
était cependant assez civilisé pour ressentir
une crainte mortelle que son amour pour
le bien ne le fît sortir des bornes que le ton
du ministre semblait vouloir mettre à ses
rapports avec lui.

« Quelle honte n'aurai-je pas si avec
un fonctionnaire tellement au-dessus de
moi je viens à parler de choses utiles,
tandis qu'il ne me parle que de détails ! »

Leuwen laissa tomber l'entretien et
prit la fuite. Son bureau était occupé par
le petit Desbacs, qui durant son absence
avait rempli sa place. Ce petit homme
fut très froid en lui faisant la remise des
affaires courantes, lui qui, avant le voyage,
était à ses pieds.

Leuwen ne dit rien à Coffe, qui travail-
lait dans une pièce voisine et de son côté
éprouvait un accueil encore plus significatif.
A cinq heures et demie, il l'appela pour aller
dîner. Dès qu'ils furent seuls dans un
cabinet de restaurateur :

— Eh ! bien ? dit Leuwen en riant.

— Eh ! bien, tout ce que vous avez
fait de bien et d'admirable pour tâcher

de sauver une cause perdue n'est qu'un
péché splendide. Vous serez bien heureux si
vous échappez au reproche de jacobinisme
ou de carlisme. On en est encore, dans les
bureaux, à trouver un nom pour votre
crime, on n'est d'accord que sur son
énormité. Tout le monde en est à épier
la façon dont le ministre vous traite, vous
vous êtes cassé le cou.

— La France est bien heureuse, dit
Leuwen gaiement, que ces coquins de
ministres ne sachent pas profiter de cette
folie de jeunesse qu'on appelle *zèle.*
Je serais curieux de savoir si un général
en chef traiterait de même un officier
qui, dans une déroute, aurait fait mettre
pied à terre à un régiment de dragons pour
marcher à l'assaut d'une batterie qui
enfile la grand'route et tue horriblement
de monde ?

Après de longs discours, Leuwen apprit
à Coffe qu'il ne voulait point épouser une
parente du ministre et qu'il n'avait
rien à demander.

— Mais alors, dit Coffe étonné, d'où
venait, avant votre mission, la bonté
marquée du ministre ? Maintenant, après
les lettres de M. de Séranville, pourquoi
ne vous brise-t-il pas ?

— Il a peur du salon de mon père. Si
je n'avais pas pour père l'homme d'esprit

le plus redouté de Paris, j'aurais été comme
vous, jamais je ne me relevais de la profonde disgrâce où nous a jetés notre répu-
blicanisme de l'Ecole polytechnique...
Mais dites-moi, croyez-vous qu'un gouvernement républicain fût aussi absurde
que celui-ci ?

— Il serait moins absurde, mais plus
violent ; ce serait souvent un loup enragé.
En voulez-vous la preuve ? Elle n'est
pas loin de vous. Quelles mesures pren-
driez-vous dans les deux départements de
MM. Riquebourg et de Séranville, si demain vous étiez un ministre de l'Intérieur
tout-puissant ?

— Je nommerais M. Mairobert préfet,
je donnerais au général Fari le commandement des deux départements.

— Songez au contrecoup de ces mesu
res et à l'exaltation que prendraient dans
les deux départements Riquebourg et
Séranville tous les partisans du bons sens
et de la justice. M. Mairobert serait roi de
son département ; et si ce département
s'avisait d'avoir une opinion sur ce qui
se fait à Paris ? Et pour parler de ce que
nous connaissons, si ce département s'avisait de jeter un œil raisonnable sur ces
quatre cent trente nigauds emphatiques
qui grattent du papier dans la rue de
Grenelle et parmi lesquels vous et moi

nous comptons ? Si les départements
voulaient à l'Intérieur six hommes de
métier à 30.000 francs d'appointements
et 10.000 francs de frais de bureau, signant
tout ce qui est d'un intérêt secondaire,
que deviendraient trois cent cinquante
au moins de ces commis chargés de faire
au bon sens une guerre si acharnée ?
Et, de proche en proche, que deviendrait
le Roi ? Tout gouvernement est un mal,
mais un mal qui préserve d'un plus grand...
etc.

— C'est ce que me disait M. Gauthier,
l'homme le plus sage que j'ai connu, un
républicain de Nancy. Que n'est-il ici,
à raisonner avec nous ? Du reste, c'est un
homme qui lit la *Théorie des fonctions* de
Lagrange aussi bien que vous et cent fois
mieux que moi etc., etc.

Le discours fut infini entre les deux
amis, car Coffe, en sachant résister à
Leuwen, s'en était fait aimer et, par
reconnaissance, se croyait obligé à lui
répondre. Coffe ne revenait pas de son
étonnement qu'étant riche il ne fût pas
plus absurde. Entraîné par cette idée,
Coffe lui dit :

— Etes-vous né à Paris ?
— Oui, sans doute.
— Et monsieur votre père avait un
hôtel magnifique à cette époque, et vous,

vous alliez promener en voiture à trois
ans ?

— Mais sans doute, dit Leuwen en
riant. Pourquoi ces questions ?

— C'est que je suis étonné de ne
vous trouver ni absurde, ni sec ; mais il
faut espérer que cela viendra. Vous devez
voir par le succès de votre mission que
la société repousse vos qualités actuelles.
Si vous vous étiez borné à vous faire couvrir
de boue à Blois, le ministre vous eût
donné la croix en arrivant.

— Du diable si je resonge jamais à
cette mission ! dit Leuwen.

— Vous auriez le plus grand tort, c'est
la plus belle et la plus curieuse expérience
de votre vie. Jamais, quoi que vous fassiez,
vous n'oublierez le général Fari, M. de
Séranville, l'abbé Le Canu, M. de Riquebourg, M. le maire Rollet.

— Jamais.

— Eh bien, le plus ennuyeux de l'expérience morale est fait. C'est le commencement, l'exposition des faits. Suivez dans
les bureaux le sort des hommes et des
choses, qui sont tellement présents à
votre imagination. Pressez-vous, car il
est possible que le ministre ait déjà inventé
quelque coup de Jarnac pour vous éloigner
tout doucement sans fâcher monsieur votre
père.

— A propos, mon père est député de l'Aveyron, après trois ballottages et à la flatteuse majorité de deux voix.

— Vous ne m'aviez pas parlé de sa candidature.

— Je la trouvais ridicule, et d'ailleurs je n'eus pas le temps d'y trop songer. Je la sus par ce courrier extraordinaire qui donna une pâmoison à M. de Séranville.

Deux jours après, le comte de Vaize dit à Leuwen :

— J'ai à vous faire lire ce papier.

C'était une première liste de gratifications à propos des élections. Le ministre, en la lui donnant, souriait d'un air de bonté qui semblait dire : « Vous n'avez rien fait qui vaille, et cependant voyez comment je vous traite. » Leuwen lisait la liste, il y avait trois gratifications de dix mille francs, et à côté des noms des gratifiés le mot *succès* ; la quatrième ligne portait : « M. Leuwen, maîtres des requêtes, non succès, M. Mairobert nommé à une majorité d'une voix, mais un zèle remarquable, sujet précieux, 8.000 francs. »

— Eh bien, dit le ministre, tient-on la parole que l'on vous donna à l'Opéra ?

Leuwen vit sur la liste que le petit nombre d'agents qui n'avaient pas réussi n'avaient que des gratifications de 2.500

francs. Il exprima toute sa reconnaissance, puis ajouta :

— J'ai une prière à faire à votre
Excellence, c'est que mon nom ne paraisse
pas sur cette liste.

— J'entends, dit le ministre, dont la
figure prit sur-le-champ l'expression la
plus sévère. Vous voulez la croix ; mais en
vérité, après tant de folies je ne puis la
demander pour vous. Vous êtes plus jeune
de caractère que d'âge. Demandez à Desbacs l'étonnement que causaient vos
dépêches télégraphiques arrivant coup
sur coup, et ensuite vos lettres.

— C'est parce que je sens tout cela
que je prie Votre Excellence de ne pas
songer à moi pour la croix, et encore
moins pour la gratification.

— Prenez garde, monsieur, dit le ministre tout à fait en colère, je suis homme
à vous prendre au mot. Et, parbleu,
voilà une plume, à côté de votre nom
mettez ce que vous voudrez,

Leuwen écrivit à côté de son nom les
mots : *ni croix, ni gratification, élection
manquée* ; puis raya le tout. Au bas de la
liste, il écrivit : M. Coffe, 2.500 francs.

— Prenez garde, dit le ministre en lisant
ce que Leuwen avait écrit. Je porte ce papier
au Château. Il serait inutile que, par la suite,
monsieur votre père me parlât à ce sujet.

— Les hautes occupations de Votre
Excellence l'empêchent de garder le souvenir de la conversation à l'Opéra. J'ex-
primai le vœu le plus précis que mon père
n'eût plus à s'occuper de ma fortune politique.

— Eh ! bien, expliquez à mon ami monsieur Leuwen comment s'est passée
l'affaire de la gratification. Vous étiez
porté pour 8.000 francs, vous avez effacé
ce chiffre. Adieu, monsieur.

A peine la voiture de Son Excellence
eut-elle quitté l'hôtel, que madame la
comtesse de Vaize fit appeler Leuwen.

« Diable, se dit Leuwen en l'apercevant,
elle est fort jolie aujourd'hui. Elle n'a
point l'air timide et ses yeux ont du feu.
Que signifie ce changement ? »

— Vous nous tenez rigueur depuis
votre retour ; j'attendais une occasion
de vous parler en détail. Je puis vous
assurer que personne au ministère n'a
défendu vos dépêches télégraphiques avec
plus de suite. J'ai empêché avec le plus
grand courage qu'on en dît du mal devant
moi à table. Mais enfin, tout le monde
peut se tromper, et j'ai une bonne nouvelle à vous annoncer. Vos ennemis, par
la suite, pourraient vous calomnier à
propos de votre mission ; je sais bien que
les intérêts d'argent ne vous touchent que

médiocrement, mais il faut fermer la
bouche sur cette affaire à vos ennemis,
et ce matin j'ai obtenu de mon mari que
vous soyez présenté au roi pour une gratification de 8.000 francs. Je voulais 10.000,
mais M. de Vaize m'a fait voir que cette
somme était réservée aux plus grands
succès, et les lettres reçues hier de M. de
Séranville et de M. Rollet le maire de Caen
sont affreuses pour vous. J'ai opposé à
ces lettres la nomination de M. votre père,
et enfin je viens de l'emporter au moment
même. M. de Vaize a fait recopier la liste,
où vous étiez placé à la fin et pour 4.000
francs, et votre nom est le quatrième
avec 8.000 francs.

Tout cela fut dit avec beaucoup plus
de paroles, et par conséquent avec plus
de mesure et de retenue féminine, mais
aussi avec plus de marques de bonté et
d'intérêt que nous n'avons la place de le
noter ici. Aussi Leuwen y fut-il très
sensible : depuis quinze jours, il n'avait
pas vu beaucoup de visages amis, il commençait à prendre un peu d'usage du monde ; il était temps, à vingt-six ans.

« Je devrais faire la cour à cette femme
timide ; les grandeurs l'ennuient et lui
pèsent, je serais sa consolation. Mon
bureau n'est guère qu'à cinquante pas de
sa chambre. »

Leuwen lui raconta qu'il venait d'effacer son nom.

— Mon Dieu ! s'écria-t-elle, seriez-vous piqué ? Vous aurez la croix à la première occasion, je vous le promets.

Ce qui voulait dire : « Allez-vous nous quitter ? »

L'accent de ce mot toucha profondément Leuwen, il fut sur le point de lui baiser la main. Madame de Vaize était fort émue, lui était touché de reconnaissance.

Lucien n'avait vu que des figures haineuses dans sa mission, cette figure douce et si remplie d'amitié le toucha.

« Mais si je m'attachais à elle, que de dîners ennuyeux il faudrait supporter, et avec cette figure du mari de l'autre côté de la table et souvent ce petit coquin de Desbacs, son cousin ! »

Toutes ces réflexions ne prirent pas une demi-seconde.

— Je viens d'effacer mon nom, reprit Leuwen ; mais puisque vous daignez témoigner de l'intérêt pour mon avenir, je vous dirai la vraie cause de mon refus. Ces listes de gratifications peuvent être imprimées un jour. Alors, elles donneront peut-être une célébrité fâcheuse, et je suis trop jeune pour m'exposer à ce danger. Et 8.000 francs n'est pas un objet pour moi.

— Oh ! mon Dieu, dit madame de

Vaize avec l'accent de la terreur, êtes-vous
comme M. Crapart ? Croyez-vous la république si près de nous ?

La figure de madame de Vaize n'exprima plus que la crainte et le soupçon,
Leuwen y lut une sécheresse d'âme parfaite.

« La peur, pensa Leuwen, lui a fait
oublier sa velléité d'intérêt et d'amitié.
Les privilèges sont chèrement achetés
dans ce siècle, et Gauthier avait raison
d'avoir pitié d'un homme qui s'appelle
prince. J'avoue cette opinion à peu de
personnes, ajoutait Gauthier, on y verrait
l'envie la plus plate. Voici ses paroles :
en 1834, le titre de prince ou de duc chez
un jeune homme moins âgé que le siècle
emporte un coin de folie. A cause de son
nom, le pauvre jeune homme a peur, et
se croit obligé d'être plus heureux qu'un
autre. Cette pauvre petite femme serait
bien plus heureuse de s'appeler madame
Le Roux... Ces sortes d'idées de danger
donnaient au contraire un accès de courage charmant à madame de Chasteller...
Ce soir où je fus entraîné à lui dire : « Je
me battrais donc contre vous, » quel
regard !... Et moi, que fais-je à Paris ?
Pourquoi ne pas voler à Nancy ? Je lui
demanderai pardon à genoux de m'être
mis en colère parce qu'elle m'a fait un

secret. Quel aveu pénible à faire à un jeune
homme et que peut-être on aime ! Et à
quoi bon ? Je n'avais jamais parlé de
lier nos existences sociales. »

— Vous êtes fâché ? dit madame de
Vaize d'un ton de voix timide.

Le son de cette voix réveilla Leuwen.

« Elle n'a plus de peur, se dit-il. Oh !
mon Dieu, il faut que je me sois tu au
moins pendant une minute ! »

— Y a-t-il longtemps que je suis tombé
dans cette rêverie ?

— Trois minutes au moins, dit madame
de Vaize avec l'air de l'extrême bonté ;
mais dans cette bonté qu'elle voulait marquer il y avait par cela même un peu du
reproche de la femme d'un ministre
puissant et qui n'est pas accoutumée à
de telles distractions, et en tête à tête,
encore.

— C'est que je suis sur le point d'é-
prouver pour vous, madame, un sentiment que je me reprochais.

Après cette petite coquinerie, Leuwen
n'avait plus rien à dire à madame de
Vaize. Il ajouta quelques mots polis, la
laissa rouge comme du feu, et courut
s'enfermer dans son bureau.

« J'oublie de vivre, se dit-il. Ces sottises
d'ambition me distraient de la seule chose
au monde qui ait de la réalité pour moi.

Il est drôle de sacrifier son cœur à l'ambition, et pourtant de n'être pas ambitieux...
Je ne suis pas non plus si ridicule. J'ai
voulu marquer de la reconnaissance à mon
père. Mais c'en est assez ainsi... Ils vont
croire que je suis piqué de ne pas avoir un
grade ou la croix! Mes ennemis au
ministère diront peut-être que je suis
allé voir des républicains à Nancy. Après
avoir fait parler le télégraphe, le télégraphe parlera contre moi... Pourquoi toucher à cette machine diabolique? » dit
Leuwen en riant presque.

Après la résolution de faire un voyage
à Nancy, Leuwen se sentit un homme.

« Il faut attendre mon père, qui revient
un de ces jours ; c'est un devoir, et je
suis bien aise d'avoir son opinion sur ma
conduite à Caen, qui est tellement sifflée
au ministère. »

Le soir, l'envie de ne pas paraître piqué
le rendit extrêmement brillant chez madame Grandet. Dans le petit salon ovale,
au milieu de trente personnes peut-être,
il fut le centre de la conversation et fit
cesser toutes les conversations particulières pendant vingt minutes au moins.

Ce succès électrisa madame Grandet.

« Avec deux ou trois moments comme
celui-ci à chaque soirée, bientôt mon salon
serait le premier de Paris. »

Comme on passait au billard, elle se trouva à côté de Leuwen et séparée du reste de la société ; les hommes étaient occupés à choisir des queues, elle se trouva seule à côté de Lucien.

— Que faisiez-vous les soirs, pendant cette course en province ?

— Je pensais à une jeune femme de Paris pour laquelle j'ai une grande passion.

Ce fut le premier mot de ce genre qu'il eût jamais dit à madame Grandet, il arrivait à propos. Elle jouit de ce mot pendant cinq minutes au moins avant de songer au rôle qu'elle s'était imposé dans le monde. L'ambition réagit avec force, et sans avoir besoin de se l'ordonner, elle regarda Leuwen avec fureur. Les paroles de tendresse ne coûtaient rien à Leuwen, il en était rempli, depuis son parti pris pour le voyage à Nancy. Pendant toute la soirée, Leuwen fut du dernier tendre pour madame Grandet[1].

[On peut penser comme Lucien fut reçu quand il parla d'absence.

— Je te renie à jamais, s'écria son père avec une vivacité gaie. Redouble d'assiduité et d'attention pour ton mi-

---

1. Il est bien temps de sortir des idées d'élection et d'intérêt d'ambition. Elles durent depuis la page 14 ; celle-ci est 278, donc 264 pages d'élection.

nistre. Si tu as du cœur, campe un enfant
à sa femme.

L'avant-veille de l'ouverture des Chambres, Lucien fut bien surpris de se sentir
embrassé dans la rue par un homme âgé
qu'il ne reconnut pas. C'était Du Poirier
en habit neuf. Bottes neuves, chapeau neuf,
rien ne manquait.

— Quel miracle ! pensa Lucien... [1]]

---

1. Ce fragment indique bien l'intention qu'eut Stendhal
d'amener le docteur Du Poirier à Paris. On trouvera plus
loin, sous une autre forme, également à l'état de simple
ébauche, la poursuite de ce plan. N. D. L. E.

CHAPITRE LVI

M. Leuwen revint tout joyeux de son
élection dans le département de
l'Aveyron.

— L'air est chaud, les perdrix excel-
lentes, pleines de goût, et les hommes
plaisants. Un de mes honorables commet-
tants m'a chargé de lui envoyer quatre
paires de bottes bien confectionnées ; je
dois commencer par étudier le mérite des
bottiers de Paris, il faut un *ouvrage*
élégant, mais qui pourtant ne soit pas
dépourvu de solidité. Quand enfin j'aurai
trouvé ce bottier parfait, je lui remettrai
la vieille botte que M. de Malpas a bien
voulu me confier. J'ai aussi un embran-
chement de route royale de cinq quarts
de lieue de longueur pour conduire à la
maison de campagne de M. Castanet, que
j'ai juré d'obtenir de M. le ministre de
l'Intérieur; en tout cinquante-trois com-
missions, outre celles qu'on m'a promises
par lettre.

M. Leuwen continua à raconter à
madame Leuwen et à son fils les moyens

adroits par lesquels il avait obtenu une
majorité triomphante de sept voix. [1]

— Enfin, je ne me suis pas ennuyé un
instant dans ce département, et si j'y
avais eu ma femme, j'aurais été parfaitement heureux. Il y a bien des années
que je n'avais parlé aussi longtemps à
un aussi grand nombre d'ennuyeux, aussi
suis-je saturé d'ennui officiel et de platitudes à dire ou à entendre sur le gouvernement. Aucun de ces benêts du juste
milieu, répétant sans les comprendre les
phrases de Guizot ou de Thiers, ne peut
me donner en écus le prix de l'ennui
mortel que sa présence m'inspire. Quand
je quitte ces gens-là, je suis encore bête
pour une heure ou deux, je m'ennuie
moi-même.

— S'ils étaient plus coquins ou au moins
fanatiques, dit madame Leuwen, ils ne
seraient pas si ennuyeux.

— Maintenant, conte-moi tes aventures
de Champagnier et de Caen, dit M. Leuwen
à son fils.

— Voulez-vous mon histoire longue ou
courte ?

— Longue, dit madame Leuwen. Elle
m'a fort amusée, je l'entendrai une seconde

---

1. Un peu plus haut Stendhal avait indiqué une majorité de deux voix seulement. N. D. L. E.

fois avec plaisir. Je suis curieuse, dit-elle
à son mari, de voir ce que vous en penserez.

— Eh ! bien, dit M. Leuwen d'un air
plaisamment résigné, il est dix heures
trois quarts, qu'on fasse du punch, et
raconte.

Madame Leuwen fit un signe au valet
de chambre, et la porte fut fermée. Lucien
expédia en cinq minutes l'avanie de Blois
et l'élection de Champagnier (« C'est à
Caen que j'aurais eu besoin de vos conseils »), et il raconta longuement tout ce
que nous avons longuement raconté aux
lecteurs.

Vers le milieu du récit, M. Leuwen commença à faire des questions.

— Plus de détails, plus de détails, disait-
il à son fils, il n'y a d'originalité et de
vérité que dans les détails...

— Et voilà comment ton ministre t'a
traité à ton retour ! dit M. Leuwen à
minuit et demi. Il paraissait vivement
piqué.

— Ai-je bien ou mal agi ? dit Lucien.
En vérité, je l'ignore. Sur le champ de
bataille, dans la vivacité de l'action je
croyais avoir mille fois raison, mais ici
les doutes se présentent en foule.

— Et moi, je n'en ai pas, dit madame
Leuwen. Tu t'es conduit comme le plus
brave homme aurait pu faire. A quarante

ans, tu eusses mis plus de mesure dans ta
conduite avec ce petit homme de lettres
de préfet, car la haine de l'homme de lettres
est presque aussi dangereuse que celle
du prêtre, mais aussi à quarante ans tu
eusses été moins vif et moins hardi dans
tes démarches auprès de MM. Disjonval
et Le Canu..., etc., etc...

Madame Leuwen avait l'air de solliciter l'approbation de M. Leuwen qui ne
disait rien, et de plaider en faveur de son
fils.

— Je vais m'insurger contre mon avocat, dit Lucien. Ce qui est fait est fait, et
je me moque parfaitement du Brid'oison
de la rue de Grenelle. Mais mon orgueil
est alarmé ; quelle opinion dois-je avoir
de moi-même ? Ai-je quelque valeur, voilà
ce que je vous demande, dit-il à son père.
Je ne vous demande pas si vous avez
de l'amitié pour moi, et ce que vous direz
dans le monde. J'ai pu altérer les faits
en ma faveur en vous les racontant, et
alors les mesures que j'ai prises d'après
ces faits seraient justifiées à mon insu. Je
vous assure que M. Coffe n'est point
ennuyeux.

— Il me fait l'effet d'un méchant.

— Maman, vous vous trompez ; ce n'est
qu'un homme découragé. S'il avait quatre
cents francs de rente, il se retirerait dans

les roches de la Sainte-Baume, à quelques
lieues de Marseille.

— Que ne se fait-il moine ?

— Il croit qu'il n'y a pas de Dieu, ou
que s'il y en a un, il est méchant.

— Cela n'est pas si bête, dit M. Leuwen.

— Mais cela est plus méchant, dit
madame Leuwen, et me confirme dans mon
horreur pour lui.

— C'est bien maladroit à moi, dit
Lucien, car je voulais obtenir de mon
père qu'il entendît le récit de ma campagne
fait par ce fidèle aide de camp, qui souvent n'a pas été de la même opinion que
moi. Et jamais je n'obtiendrai une seconde
séance de mon père si vous ne sollicitez
avec moi, dit-il en se tournant vers sa
mère.

— Pas du tout, cela m'intéresse, cela
me ramène sur mes lauriers de l'Aveyron,
où j'ai eu cinq voix de légitimistes, dont
deux au moins croient s'être damnés en
prêtant serment, mais je leur ai juré de
parler contre ce serment, et ainsi ferai-je,
car c'est un vol.

— Oh ! mon ami, c'est tout ce que je
crains, dit madame Leuwen. Et votre
poitrine ?

— Je m'immolerai pour la patrie et
pour mes deux ultra, à qui j'ai fait commander par leur confesseur de prêter ser-

ment et de me donner leurs voix. Si votre
Coffe veut dîner demain avec nous,...
sommes-nous seuls ? dit-il à sa femme.

— Nous avions un demi-engagement chez
madame de Thémines.

— Nous dînerons ici, nous trois et
M. Coffe. S'il est du genre ennuyeux,
comme je le crains, il sera moins ennuyeux
à table. La porte sera fermée, et nous serons
servis par Anselme.

Lucien amena Coffe, non sans peine.

— Vous verrez un dîner qui coûterait
quarante francs par tête chez Baleine, du
Rocher de Cancale, et même à ce prix
Baleine ne serait pas sûr de réussir.

— Va pour le dîner de quarante francs,
c'est à peu près le taux de ma pension pour
un mois.

Coffe, par la froideur et la simplicité
de son récit, fit la conquête de M. Leuwen.

— Ah ! que je vous remercie, monsieur,
de n'être pas gascon, lui dit le député de
l'Aveyron. J'ai une indigestion des gens
avantageux, des hâbleurs, de ces gens qui
sont toujours sûrs du succès du lendemain,
sauf à vous répondre une platitude quand,
le lendemain, vous leur reprochez la défaite.

M. Leuwen fit beaucoup de questions
à Coffe. Madame Leuwen fut enchantée
d'une troisième édition des prouesses de
son fils. Et à neuf heures, comme Coffe

voulait se retirer, M. Leuwen insista pour
le conduire dans sa loge à l'Opéra. Avant
la fin de la soirée, M. Leuwen lui dit :

— Je suis bien fâché que vous soyez
au ministère. Je vous aurais offert une
place de quatre mille francs chez moi.
Depuis la mort de ce pauvre Van Peters,
je ne travaille pas assez, et depuis la
sotte conduite du comte de Vaize à l'égard
de ce héros-là, je me sens une velléité de
faire six semaines de demi-opposition. Je
suis bien loin d'être sûr de réussir, ma
réputation d'esprit ébouriffera mes collègues, et je ne puis réussir qu'en me
faisant une escouade de quinze ou vingt
députés... Il est vrai que, d'un autre côté,
mes opinions ne gêneront pas les leurs...
Quelques sottises qu'ils veuillent, je pen-
serai comme eux et je les dirai... Mais,
morbleu, monsieur de Vaize, vous me
paierez votre sottise envers ce jeune héros.
Et il serait indigne de moi de me venger
comme votre banquier... Toute vengeance
coûte à qui se venge, ajouta M. Leuwen
se parlant tout haut à soi-même, mais
comme banquier je ne puis pas sacrifier
un iota sur la probité. Ainsi, de belles
affaires s'il y a lieu, comme si nous étions
amis intimes...

Et il tomba dans la rêverie. Lucien, qui
trouvait la séance de politique un peu

longue, aperçut mademoiselle Raimonde
dans une loge au cinquième et disparut.

— Aux armes ! dit tout à coup M. Leuwen à Coffe en sortant de sa rêverie. Il
faut agir.

— Je n'ai pas de montre, dit Coffe
froidement. M. votre fils m'a tiré de Sainte-
Pélagie... Il ne résista pas à la vanité
d'ajouter : Dans ma faillite j'ai placé
ma montre dans mon bilan.

— Parfaitement honnête, parfaitement
honnête, mon cher Coffe, dit M. Leuwen
d'un air distrait. Il ajouta plus sérieusement : Puis-je compter sur un silence
éternel ? Je vous demande de ne prononcer
jamais ni mon nom, ni celui de mon fils.

— C'est ma coutume, je vous le promets.

— Faites-moi l'honneur de venir dîner
demain chez moi. S'il y a du monde,
je ferai servir dans ma chambre ; nous ne
serons que trois, mon fils et vous, monsieur. Votre raison sage et ferme me plaît
beaucoup, et je désire vivement trouver
grâce devant votre misanthropie, si toutefois vous êtes misanthrope.

— Oui, monsieur, par trop aimer les
hommes.

Quinze jours après, le changement opéré
chez M. Leuwen étonnait ses amis : il

faisait sa société habituelle de trente ou
quarante députés nouvellement élus et
les plus sots. L'incroyable, c'est qu'il ne
les persifflait jamais. Un des diplomates
amis de Leuwen eut des inquiétudes
sérieuses : il n'est plus insolent envers les
sots, il leur parle sérieusement, son caractère change, nous allons le perdre.

M. Leuwen allait assidûment chez M. de
Vaize, les jours où le ministre recevait
les députés. Trois ou quatre affaires de
télégraphe se présentèrent, et il servit
admirablement les intérêts du ministre.

« Enfin, je suis venu à bout de ce caractère de fer, disait M. de Vaize. Je l'ai
maté, se disait-il en se frottant les mains,
il ne fallait qu'oser. Je n'ai pas fait son
fils lieutenant, et il est à mes pieds. »

Le résultat de ce beau raisonnement fut
un petit air de supériorité pris par le ministre à l'égard de M. Leuwen qui n'échappa
point à ce dernier et fit ses délices. Comme
M. de Vaize ne faisait pas sa société de gens
d'esprit, et pour cause, il ne sut point
l'étonnement que causait le changement
d'habitudes de M. Leuwen parmi ces
hommes actifs et fins qui font leur fortune
par le gouvernement régnant.

Ces gens d'esprit qui dînaient habi-
tuellement chez lui ne furent plus invités ;
il leur donna un dîner ou deux chez le

restaurateur. Il n'invita plus de femmes,
et chaque jour il avait cinq ou six députés
à dîner. Madame Leuwen ne revenait pas
de son étonnement. Il leur disait d'étranges
choses, comme :

— Ce dîner, que je vous prie d'accepter
toutes les fois que vous ne serez pas
invité chez les ministres ou chez le roi,
coûterait mieux de vingt francs par tête
chez le meilleur restaurateur. Par exemple,
voilà un turbot...

Et là-dessus l'histoire du turbot, l'énon-
ciation du prix qu'il avait coûté (et qu'il
inventait, car il ne savait pas ces choses-
là).

— Mais lundi passé, ce même turbot,
ajoutait M. Leuwen, quand je dis le même,
non, celui-ci s'agitait dans la mer de la
Manche, mais enfin un turbot de même
poids et aussi frais, eût coûté dix francs
de moins.

Il évitait d'arrêter les yeux sur ceux
de sa femme quand il débitait de ces belles
choses.

M. Leuwen ménageait avec beaucoup
d'art l'attention de ses députés. Presque
toujours il leur faisait part de réflexions
comme celle sur le turbot, ou, s'il racontait
des anecdotes, c'étaient des cochers de
fiacre qui, à minuit, emmenaient dans la
campagne des imprudents qui, ne connais-

sant pas les rues de Paris, hasardent de se
retirer à cette heure [1].

L'étonnement de madame Leuwen était
extrême, mais elle n'osait interroger son
mari. La réponse eût été une plaisanterie.

M. Leuwen réservait toutes les forces de
l'esprit de ses députés pour cette idée
difficile qu'il leur faisait conclure de mille
faits différents ou que quelquefois il osait
leur présenter directement :

— L'union fait la force. Si ce principe
est vrai partout, il l'est surtout dans les
assemblées délibérantes. Il n'y a d'exception que quand on a un Mirabeau, mais
qui est-ce qui est Mirabeau ? Pas moi
pour un. Nous compterons pour quelque
chose si aucun de nous ne tient avec
opiniâtreté à sa façon de voir. Nous
sommes vingt amis, eh ! bien, il faut que
chacun de nous pense comme pense la
majorité, qui est de onze. Demain, on
mettra un article de loi en délibération
dans la Chambre ; eh ! bien, après dîner,
ici, entre nous, mettons en délibération
cet article de loi. Pour moi, je n'ai d'avantage sur vous que d'étudier les *roueries*
de Paris depuis quarante-cinq ans. Je
sacrifierai toujours mon opinion à celle
de la majorité de mes amis, car enfin,

1. Modèle : me figurer M. Gérard donnant à dîner à Che-
navaz.

quatre yeux y voient mieux que deux.
Nous mettrons en délibération l'opinion
qu'il faudra avoir demain ; si nous sommes
vingt, comme je l'espère, et que onze se
déclarent pour *oui*, il faut absolument
que les neuf autres disent *oui*, quand
même ils seraient passionnément attachés
au *non*. C'est là le secret de notre force.
Si jamais nous arrivons à réunir trente
voix sûres sur tous les sujets, les ministres
n'auront plus aucune grâce à vous refuser.
Nous ferons un petit mémorandum de
la chose que chacun de nous désire le plus
obtenir pour sa famille (je parle de choses
faisables). Quand chacun de nous aura
obtenu de la peur des ministres une grâce
à peu près de la même valeur, nous passerons à une seconde liste. Que dites-vous,
messieurs, de ce plan de campagne législative ?

M. Leuwen avait choisi les vingt députés
les plus dénués d'amis et de relations,
les plus étonnés du séjour de Paris, les
plus lourds de génie, pour leur expliquer
cette théorie et pour les inviter à dîner.
Ils étaient presque tous du Midi, Auvergnats ou gens habitant sur la ligne de
Perpignan à Bordeaux. Il n'y avait d'exception que pour M. ..., de Nancy, que
son fils lui avait présenté. La grande
affaire de M. Leuwen était de ne pas

offenser leur amour-propre; quoique cédant
en tout et partout, il n'y réussissait pas
toujours. Il avait un coin de bouche
moqueur qui les effarouchait, deux ou
trois trouvèrent qu'il avait l'air de se
moquer d'eux et s'éloignèrent de ses
dîners. Il les remplaça heureusement par
ces députés à trois fils et quatre filles,
et qui prétendent bien placer leurs fils
et leurs gendres.

Un mois à peu près après l'ouverture
de la session et après une vingtaine de
dîners, il jugea sa troupe assez aguerrie
pour la mener au feu. Un jour, après un
excellent dîner, il les fit passer dans une
chambre à part et voter gravement sur
une question de peu d'importance que l'on
devait discuter le lendemain. Malgré toute
la peine qu'il se donna, à la vérité d'une
façon fort indirecte et avec beaucoup de
prudence, pour faire comprendre de quoi
il s'agissait à ses députés, au nombre de
dix-neuf, douze votèrent pour le côté
absurde de la question. M. Leuwen leur
avait promis d'avance de parler en faveur
de l'opinion de la majorité. A la vue de
cette absurdité, il eut une faiblesse
humaine, il chercha à éclairer sa majorité
par des explications qui durèrent une bonne
heure et demie ; il fut repoussé avec perte,
ses députés lui parlèrent conscience. Le

lendemain, intrépidement, et pour son
début à la Chambre, il soutint une sottise
palpable ; il fut tympanisé dans tous les
journaux à peu près sans exception, mais
sa petite troupe lui sut un gré infini.

Nous supprimons les détails, infinis
aussi, des soins que lui coûtait la conscience
de ce troupeau de fidèles Périgourdins,
Auvergnats, etc. Il ne voulut pas qu'on
les lui séduisit, et il allait quelquefois avec
eux chercher une chambre garnie ou mar-
chander chez les tailleurs qui vendent des
pantalons tout faits dans les passages.
S'il eût osé, il les eût logés comme il les
nourrissait à peu près.

Avec des soins de tous les jours, mais
qui par leur extrême nouveauté l'amusaient, il arriva rapidement à vingt-neuf
voix. Alors, M. Leuwen prit le parti de
n'inviter jamais à dîner un député qui
ne fût pas des vingt-neuf, et presque
chaque jour de séance il en ramenait de
la Chambre une grande berline pleine.
Un journaliste, son ami, feignit de l'attaquer et proclama l'existence de la *Légion
du midi*, forte de vingt-neuf voix. Mais
le ministère paie-t-il cette nouvelle réunion Piet ? se demandait le journaliste.

La seconde fois que la *Légion du midi*
eut l'occasion de se montrer, *révéler son
existence*, comme leur disait M. Leuwen,

la veille, après dîner, M. Leuwen les fit
délibérer. Fidèles à leur instinct, sur vingt-
neuf voix présentes dix-neuf furent pour
le côté absurde de la question. Le lendemain, M. Leuwen monta à la tribune, et
le parti absurde l'emporta dans la Chambre
à une majorité de huit voix. Le lendemain,
nouvelles diatribes contre la *Légion du
midi*.

M. Leuwen les conjurait en vain depuis
un mois de prendre la parole, aucun
n'osait, et en vérité ne pouvait. M. Leuwen
avait des amis aux Finances, il distribua
parmi ses vingt-huit fidèles une direction
de postes dans un village du Languedoc
et deux distributions de tabac. Trois jours
après, il essaya de ne pas mettre en délibération, apparemment faute de temps,
une question à laquelle un ministre mettait un intérêt personnel. Ce ministre
arrive à la Chambre en grand uniforme,
radieux et sûr de son fait ; il va serrer
la main à ses amis principaux, reçoit les
autres à son banc et, se retournant vers
ses bancs fidèles, les caresse du regard.
Le rapporteur paraît, et conclut en faveur
du ministre. Un juste milieu furibond lui
succède, et appuie le rapporteur. La
Chambre s'ennuyait et allait approuver le
rapport à une forte majorité. Les députés
amis de M. Leuwen le regardaient à sa

place, tout près des ministres, ne sachant
que penser. M. Leuwen monte à la tribune, libre de son opinion. Malgré la faiblesse de sa voix, il obtient une attention
religieuse. Il est vrai que, dès le début de
son discours, il trouve trois ou quatre traits
fins et méchants. Le premier fit sourire
quinze ou vingt députés voisins de la tribune ; le second fit rire d'une façon sensible
et produisit un murmure de plaisir, la
Chambre se réveillait ; le troisième, à la
vérité fort méchant, fit rire aux éclats.
Le ministre intéressé demanda la parole
et parla sans succès. M. le comte de Vaize,
accoutumé à l'attention de la Chambre,
vint au secours de son collègue. C'était
ce que M. Leuwen souhaitait avec passion
depuis deux mois ; il alla supplier un
collègue de lui céder son tour. Comme
le ministre comte de Vaize avait répondu
assez bien à une des plaisanteries de
M. Leuwen, celui-ci demande la parole
pour un fait personnel. Le président la
lui refuse. M. Leuwen se récrie, et la
Chambre lui accorde la parole au lieu
d'un autre député qui cède son tour.

Ce second discours fut un triomphe
pour M. Leuwen ; il se livra à toute sa
méchanceté et trouva contre M. de Vaize
des traits d'autant plus cruels qu'ils étaient
inattaquables dans la forme. Huit ou dix

fois, toute la Chambre éclata de rire,
trois ou quatre fois, elle le couvrit de
bravos. Comme la voix de M. Leuwen
était très faible, on eût entendu, pendant
qu'il parlait, voler une mouche dans la
salle. Ce fut un succès comme ceux que
l'aimable Andrieux obtenait jadis aux
séances publiques de l'Académie. M. de
Vaize s'agitait sur son banc et faisait signe
tour à tour aux riches banquiers membres
de la Chambre et amis de M. Leuwen. Il
était furieux, il parla de duel à ses collègues.

— Contre une telle voix ? lui dit le
ministre de la Guerre. L'odieux serait si
exorbitant, si vous tuiez ce petit vieillard,
qu'il retomberait sur le ministère tout
entier.

Le succès de M. Leuwen passa toutes
ses espérances. Son discours était le débon-
dement d'un cœur ulcéré qui s'est retenu
deux mois de suite et qui, pour parvenir
à la vengeance, s'est dévoué à l'ennui le
plus plat. Son discours, si l'on peut appeler
ainsi une diatribe méchante, piquante,
charmante, mais qui n'avait guère le sens
commun, marqua la séance la plus agréable que la session eût offerte jusque-là.
Personne ne put se faire écouter après
qu'il fut descendu de la tribune.

Il n'était que quatre heures et demie ;

après un moment de conversation, tous
les députés s'en allèrent et laissèrent seul
avec le président le lourd juste milieu qui
essayait de combattre avec des raisons la
brillante improvisation de M. Leuwen.
Il alla se mettre au lit, il était horriblement
fatigué. Mais il fut un peu ranimé le soir,
vers les neuf heures, quand il eut ouvert
sa porte. Les compliments pleuvaient, des
députés qui ne lui avaient jamais parlé
venaient le féliciter et lui serrer la main.

— Demain, si vous m'accordez la parole,
leur disait-il, je coulerai à fond le sujet.

— Mais, mon ami, vous voulez donc vous
tuer ! répétait madame Leuwen, fort
inquiète.

La plupart des journalistes vinrent dans
la soirée lui demander son discours, il
leur montra une carte à jouer sur laquelle
il avait écrit cinq idées à développer.
Quand les journalistes virent que le discours était réellement improvisé, leur admiration fut sans bornes. Le nom de Mirabeau
fut prononcé sans rire.

M. Leuwen répondit à cette louange,
qu'il prétendait être une injure, avec un
esprit charmant.

— Vous parlez encore à la Chambre !
s'écria un journaliste homme d'esprit. Et,
parbleu, cela ne sera pas perdu : j'ai bonne
mémoire.

Et il se mit à griffonner sur une table
ce que M. Leuwen venait d'ajouter. M. Leuwen, se voyant imprimé tout vif, lui dit
trois ou quatre beaux sarcasmes sur M. le
comte de Vaize qui lui étaient venus
depuis la séance.

A dix heures, le sténographe du *Moniteur* vint apporter à M. Leuwen son discours à corriger.

— Nous faisions comme cela pour le
général Foy.

Ce mot enchanta l'auteur.

« Cela me dispense de reparler demain,»
pensa-t-il ; et il ajouta à son discours
cinq ou six phrases de bon sens profond,
dessinant clairement l'opinion qu'il voulait
faire prévaloir.

Ce qu'il y avait de plaisant, c'était
l'enchantement des députés de sa réunion
qui assistèrent à ce triomphe toute la
soirée. Ils croyaient tous avoir parlé, ils
lui fournissaient des raisonnements qu'il
aurait pu faire valoir, et il admirait ces
arguments avec sérieux.

— D'ici à un mois, M. votre fils sera
commis à cheval, dit-il à l'oreille de l'un
d'eux. Et le vôtre chef de bureau à la
sous-préfecture, dit-il à un autre.

Le lendemain matin, Lucien faisait une
drôle de mine dans son bureau, à vingt
pas de la table où écrivait le comte de

Vaize, sans doute furibond. Son Excellence put entendre le bruit que faisaient en entrant dans le couloir les vingt ou trente commis qui vinrent voir Lucien et lui parler du talent de son père.

Le comte de Vaize était hors de lui. Quoique les affaires l'exigeassent, il ne put prendre sur soi de voir Lucien. Vers les deux heures, il partit pour le Château. A peine fut-il sorti que la jeune comtesse fit appeler Lucien.

— Ah ! monsieur, vous voulez donc nous perdre ? Le ministre est hors de lui, il n'a pu fermer l'œil. Vous serez lieutenant, vous aurez la croix, mais donnez-nous du temps.

La comtesse de Vaize était elle-même fort pâle. Lucien fut charmant pour elle, presque tendre, il la consola de son mieux et lui persuada ce qui était vrai, c'est qu'il n'avait pas la moindre idée de l'attaque projetée par son père.

— Je puis vous jurer, madame, que depuis six semaines mon père ne m'a pas parlé une seule fois sur un ton sérieux. Depuis le long récit de mes aventures à Caen, nous n'avons parlé de rien.

— Ah ! Caen, nom fatal ! M. de Vaize sent bien tous ses torts. Il devait vous récompenser autrement. Mais aujourd'hui, il dit que c'est impossible, après une levée de boucliers aussi atroce.

— Madame la comtesse, dit Lucien d'un air très doux, le fils d'un député opposant peut-être désagréable à voir. Si ma démission pouvait être agréable au ministre...

— Ah ! monsieur, s'écria la comtesse en l'interrompant, ne croyez point cela. Mon mari ne me pardonnerait jamais s'il savait que ma conversation avec vous a été maladroite au point de vous faire prononcer ce mot, désolant pour lui et pour moi. Ah ! c'est bien plutôt de conciliation qu'il s'agit. Ah ! quoique puisse dire M. votre père, ne nous abandonnez jamais.

Et cette jolie femme se mit à pleurer tout à fait.

« Il n'est jamais de victoire, même celle de tribune, pensa Lucien, qui ne fasse répandre des larmes. »

Lucien consola de son mieux la jeune comtesse, mais en séparant avec soin ce qu'il devait à une jolie femme de ce qui devait être répété à l'homme qui l'avait maltraité à son retour de Caen. Car, évidemment, cette jeune femme lui parlait par ordre de son mari. Il revint sur cette idée :

— Mon père est amoureux de politique et passe sa vie avec des députés ennuyeux, il ne m'a pas adressé la parole d'un ton sérieux depuis six semaines.

Après ce succès, M. Leuwen passa huit jours au lit. Un jour de repos aurait suffi, mais il connaissait son pays, où le charlatanisme à côté du mérite est comme le zéro à la droite d'un chiffre et décuple sa valeur. Ce fut au lit que M. Leuwen reçut les félicitations de plus de cent membres de la Chambre. Il refusa huit ou dix membres non dépourvus de talent qui voulaient s'enrôler dans la *Légion du midi.*

— Nous sommes plutôt une réunion d'amis qu'une société de politique... Votez avec nous, secondez-nous pendant la session, et si cette fantaisie, qui nous honore, vous dure encore l'année prochaine, ces messieurs, accoutumés à vous voir partager nos manières de voir, toutes de conscience, iront eux-mêmes vous engager à venir à nos dîners de bons garçons.

« Il faut déjà le comble de l'abnégation et de l'adresse pour mener vingt-huit de ces oisons-là, pensait M. Leuwen, que serait-ce s'ils étaient quarante ou cinquante, et encore des gens d'esprit, dont chacun voudrait être mon lieutenant, et bientôt évincer son capitaine ? »

[Les justes milieux un peu fins même accouraient. Ils ne pouvaient se figurer qu'un banquier riche fît sérieusement de l'opposition.

M. de Vaize était allé voir M. de Beau-

sobre, et je ne voudrais pas jurer qu'il ne
fut pas question entre ces deux ministres
irrités de susciter un duel fatal à Lucien.]

Ce qui faisait la nouveauté et le succès
de la position de M. Leuwen, c'est qu'il
donnait à dîner à ses collègues avec son
argent, ce qui, de mémoire de Chambre,
n'était encore arrivé à personne. M. Piet,
jadis, avait eu un dîner célèbre, mais l'Etat
payait.

Le surlendemain du succès de M. Leuwen, le télégraphe apporta d'Espagne
une nouvelle qui devait probablement
faire baisser les fonds. Le ministre hésita
beaucoup à faire donner l'avis ordinaire
à son banquier.

« Ce serait un nouveau triomphe pour
lui, se dit M. de Vaize, que de me voir
piqué au point de négliger mes intérêts...
Mais halte-là ! Serait-il capable de me trahir ? Il n'y a pas d'apparence. »

Il fit appeler Lucien et, sans presque
oser le regarder en face, lui donna l'avis à
transmettre à son père. L'affaire se fit
comme à l'ordinaire, et M. Leuwen en
profita pour envoyer à M. de Vaize, le
surlendemain, après le rachat des rentes,
le bénéfice de cette dernière opération et
le restant de bénéfice des trois ou quatre
opérations précédentes, de telle sorte qu'à
quelques centaines de francs près, la

maison Leuwen ne dut rien au comte de Vaize.

Les discours de M. Leuwen ne méritaient point ce nom, ils n'étaient pas élevés, n'affectaient point de gravité, c'était du bavardage de société piquant et rapide, et M. Leuwen n'admettait jamais la périphrase parlementaire.

— Le style noble me tuerait, disait-il un jour à son fils. D'abord, je ne pourrais plus improviser, je serais obligé de travailler, et je ne travaillerais pas dans le genre littéraire pour un empire... Je ne croyais pas qu'il fût si facile d'avoir du succès.

Coffe était en grande faveur auprès de l'illustre député, faveur basée sur cette grande qualité : il n'est pas gascon. M. Leuwen l'employait à faire des recherches. M. de Vaize destitua Coffe de son petit emploi de cent louis.

— Voilà qui est de bien mauvais goût, s'écria M. Leuwen ; il envoya quatre mille francs à Coffe.

A sa seconde sortie, il alla chez le ministre des Finances, qu'il connaissait de longue main.

— Eh ! bien, parlerez-vous contre moi ? dit ce ministre en riant.

— Certainement, à moins que vous ne répariez la sottise de votre collègue le comte de Vaize.

Et il raconta au ministre des Finances l'histoire de cet homme de mérite.

Le ministre, homme de sens et tout positif, ne fit pas de questions sur M. Coffe.

— On dit que le comte de Vaize a employé M. votre fils dans nos élections, et que ce fut M. Leuwen fils qui fut attaqué par l'émeute à Blois.

— Il a eu cet honneur-là.

— Et je n'ai point vu son nom sur la liste des gratifications apportée au Conseil.

— Mon fils avait effacé son nom et porté celui de M. Coffe pour cent louis, je crois. Mais ce pauvre Coffe n'est pas heureux au ministère de l'Intérieur.

— Ce pauvre de Vaize a du talent et parle bien à la Chambre, mais il manque tout à fait de tact. Voilà une belle économie qu'il a faite là aux dépens de M. Coffe !

Huit jours après, M. Coffe était souschef aux Finances avec six mille francs d'appointements et la condition expresse de ne jamais paraître au ministère.

— Etes-vous content ? dit le ministre des Finances, à la Chambre, à M. Leuwen.

— Oui, de vous.

Quinze jours après, dans une discussion où le ministre de l'Intérieur venait d'avoir un beau succès, au moment où l'on allait

voter, la Chambre était toute en conversations, et l'on disait de toutes parts
autour de M. Leuwen :

— Majorité de quatre-vingts ou cent
voix !

Il monta à la tribune et débuta par
parler de son âge et de sa faible voix.
Le silence le plus profond régna à l'instant.

M. Leuwen fit un discours de dix minutes, serré, raisonné, après quoi, pendant
cinq minutes, il se moqua des raisonnements du comte de Vaize, et la Chambre,
si silencieuse, murmura de plaisir cinq ou six
fois.

— Aux voix ! aux voix ! crièrent en
interrompant M. Leuwen trois ou quatre
juste milieu imbéciles, empressés comme
aboyeurs.

— Eh ! bien oui, aux voix ! messieurs
les interrupteurs. Je vous en défie ! Et,
pour vous laisser le temps de voter, je
descends de la tribune. Aux voix, messieurs ! cria-t-il avec sa petite voix en
passant devant les ministres.

La Chambre tout entière et les tribunes éclatèrent de rire. En vain le président prétendait-il qu'il était trop tard
pour aller aux voix.

— *Il n'est pas cinq heures*, cria M. Leuwen de sa place. D'ailleurs, si vous ne

voulez pas nous laisser voter, je remonte
à la tribune demain. *Aux voix!*

Le président fut forcé de laisser voter,
et le ministère l'emporta à la majorité de
une voix.

Le soir, les ministres dînèrent ensemble,
pour laver la tête à M. de Vaize. Le ministre
des Finances se chargea de l'exécuter. Il
raconta à ses collègues l'aventure de Coffe,
l'émeute de Blois... M. Leuwen et son
fils occupèrent tout le dîner de ces graves
personnages. Le ministre des Affaires
étrangères et M. de Vaize s'opposèrent
fortement à toute réconciliation. On se
moqua d'eux, on les força de tout avouer,
l'aventure Kortis avec M. de Beausobre,
l'élection de Caen mal payée par M. de
Vaize, et enfin malgré leur colère, à leur
massimo dispetto, le ministre de la Guerre
alla le soir même chez le Roi et fit signer
deux ordonnances, la première nommant
Lucien Leuwen lieutenant d'état-major,
la seconde lui accordant la croix pour
blessure reçue à Blois dans l'exercice
d'une mission à lui confiée.

A onze heures, les ordonnances furent
signées, avant minuit M. Leuwen en avait
une expédition avec un billet aimable
du ministre des Finances.

A une heure du matin, ce ministre
avait un mot de M. Leuwen qui deman-

dait huit petites places et remerciait
très fraîchement des grâces incroyables
accordées à son fils.

Le lendemain, à la Chambre, le ministre des Finances lui dit :

— Cher ami, il ne faut pas être insatiable.

— En ce cas, cher ami, il faut être pa-
tient.

Et M. Leuwen se fit inscrire pour avoir
la parole le lendemain. Il invita à dîner
tous ses amis pour le soir même.

— Messieurs, dit-il en se mettant à
table, voici une petite liste de places que
j'ai demandées à M. le ministre des Finances, qui a cru me fermer la bouche en
donnant la croix à mon fils. Mais si avant
quatre heures, demain, nous n'avons pas
cinq au moins de ces emplois qui vous
sont dûs si justement, nous compterons
nos vingt-neuf boules noires et onze
autres qui me sont promises dans la salle,
ce qui fait quarante, et de plus je m'égaye-
rai sur notre bon ministre de l'Intérieur
qui, avec M. de Beausobre, s'oppose seul
à nos demandes. Qu'en pensez-vous,
messieurs ?

Et, sous prétexte d'interroger ces messieurs sur la question en discussion le lendemain, il la leur apprit.

A dix heures il alla à l'Opéra. Il avait

engagé son fils à attacher sa croix à son
habit d'uniforme, qu'il ne portait jamais.
A l'Opéra, il fit avertir le ministre, sans
qu'il parût y être pour rien, de son projet de parler le lendemain et des quarante
voix déjà sûres.

A quatre heures, à la Chambre, un
quart d'heure avant que l'objet à l'ordre
du jour ne fût proposé, le ministre des
Finances lui annonça que cinq des places
étaient accordées.

— La parole de Votre Excellence est
de l'or en barre pour moi, mais les cinq
députés pères de famille dont j'ai épousé
les intérêts savent qu'ils ont pour ennemis
MM. de Beausobre et de Vaize. Ils dési-
reraient un avis officiel, et seront incré-
dules jusque-là.

— Leuwen, ceci est trop fort ! dit le
ministre ; et il rougit jusqu'au blanc des
yeux. De Vaize a raison, vous irriteriez
des...

— Eh ! bien, la guerre ! dit Leuwen. Et un
quart d'heure après il était à la tribune.

On alla aux voix, le ministère eut une
majorité de trente-sept voix, laquelle
fut jugée fort alarmante, et enfin M. Leuwen eut cet honneur que le conseil des
ministres, présidé par le roi, délibéra sur
son compte, et longuement. Le comte de
Beausobre proposa de lui faire peur.

— C'est un homme d'humeur, dit le
ministre des Finances ; son associé Van
Peters me l'a souvent dit. Quelquefois il
a les vues les plus nettes des choses, en
d'autres moments, pour satisfaire un
caprice, il sacrifierait sa fortune et lui
avec. Si nous l'irritons, sa faconde épi-
grammatique prendra une nouvelle vigueur, et à force de dire cent mauvaises
pointes il en trouvera une bonne, ou du
moins qui sera adoptée pour telle par les
ennemis du roi.

— On peut l'attaquer dans son fils, dit
le comte de Beausobre, ce petit sot grave
que l'on vient de faire lieutenant.

— Ce n'est pas *on*, monsieur le comte,
dit le ministre de la Guerre ; c'est moi qui,
par métier, dois me connaître en bravoure,
qui l'ai fait lieutenant. Quand il était
sous-lieutenant de lanciers, il a pu être
peu poli, un soir, chez vous, en cherchant
le comte de Vaize pour lui rendre compte
de l'affaire Kortis par lui fort bien arran-
gée.

— Comment ! peu poli ! dit le comte.
Un polisson...

— *On* dit : peu poli, dit le ministre de
la Guerre en pesant sur le *on* ; *on* ajoute
même des détails, des offres de démission,
on a raconté toute la scène, et à gens qui
s'en souviennent !

Et le vieux guerrier élevait la voix.

— Il me semble, dit le roi, qu'il y a des lieux et des moments où il vaudrait mieux discuter raisonnablement, ne pas tomber dans des personnalités, et surtout ne point élever la voix.

— Sire, dit le comte de Beausobre, le respect que je dois à Votre Majesté me ferme la bouche. Mais partout ailleurs...

— Votre Excellence trouvera mon adresse dans l'Almanach royal, dit le ministre de la Guerre.

De telles scènes se renouvelaient tous les mois dans le conseil. La réunion des trois lettres R, O, I a perdu tout son talisman à Paris.

Une foule de demi-sots, qu'on appelait alors l'opposition dynastique et qui se laissait guider par quelques hommes d'une ambition indécise qui avaient pu et n'avaient pas voulu être ministres de Louis-Philippe, firent faire des ouvertures à M. Leuwen. Il fut profondément étonné.

« Il y a donc quelqu'un qui prend au sérieux mon bavardage parlementaire ? J'ai donc de l'influence, de la consistance ? Il le faut bien, puisqu'un grand parti, ou, pour parler plus vrai, une grande fraction de la Chambre me propose un traité d'alliance. »

M. Leuwen eut de l'ambition parlementaire pour la première fois de sa vie.
Mais cela lui parut si ridicule qu'il n'osa
pas en parler même à sa femme, qui,
jusque-là, avait eu jusqu'à ses moindres
pensées.

CHAPITRE LVII[1]

EN arrivant à Paris, Du Poirier fut jeté dans une profonde admiration par le luxe étonnant. Il lui vint bientôt une envie désordonnée, terrible, de jouir de ce luxe. Il voyait M. Berryer en possession de l'admiration de la noblesse et des grands propriétaires, M. Passy était profond dans les affaires et les chiffres du bugdet ; l'immense majorité de la France, celle qui veut un roi soliveau et peu payé ou un président, n'était pas représentée.

« Elle ne le sera pas de longtemps, car elle ne peut pas nommer un député. Me voici ici pour cinq ans... Je veux être l'O'Connell et le Corbett de la France. Je ne ménagerai rien, et je me ferai une place originale et grande. Je ne pourrai me voir arriver un rival que quand tous les officiers de la

1. Du Poirier.
Ce chapitre et les deux suivants que je maintiens ici en suivant l'ordre du manuscrit, relatent quelques épisodes que Stendhal voulait introduire dans son roman, mais auxquels il n'a pas eu le temps de donner leur complet développement. N. D. L. E.

garde nationale seront électeurs..., dans
dix ans peut-être. J'en ai cinquante-deux,
alors comme alors... Je dirai qu'ils vont
trop loin, je me vendrai pour une belle
place inamovible, et je me reposerai sur
mes lauriers [1]. »

En deux jours, la conversion de ce
nouveau saint Paul fut arrêtée, mais le
comment était difficile ; il y rêva plus de
huit jours. L'essentiel était de ne pas
sacrifier la religion.

A la fin, il trouva un drapeau facile-
ment compris du public : les *Paroles
d'un croyant* venaient d'avoir un très
grand succès l'année précédente, il en fit
son évangile, se fit présenter à M. de
Lamennais, et joua l'enthousiasme le plus
vif. Je ne sais si ce disciple de mauvais ton
ne fit pas déplorer sa célébrité à l'illustre
Breton, mais enfin lui aussi d'adorateur
du pape s'était fait amant de la liberté.
Elle a une grande âme, et un peu étourdie,
et oublie souvent de dire aux gens : « *D'où
venez-vous?* »

La veille, attaqué à la Chambre par les
rires de tout le côté droit et les sarcasmes
lourds de toute l'aristocratie bourgeoise,
il avait eu l'adresse de faire passer par ses

---

1. Pilotis. — Il compte sans la *peur*. Il faut du *courage
personnel* pour ce rôle, de là le comique.

gestes et ses mines cet étonnant morceau
d'égotisme :

« J'entends qu'on m'attaque sur mes
façons de dire ma pensée, de gesticuler,
de monter à cette tribune. Tout cela est
de mauvaise guerre. Oui, messieurs, j'ai
vu Paris pour la première fois à l'âge de
cinquante-deux ans. Mais où avais-je
passé ces cinquante-deux ans ? Dans le
fond d'un château en province, flatté par
mes laquais, par mon notaire, et donnant
à dîner au curé du lieu ? Non, messieurs,
j'ai passé ces longues années à connaître
les hommes de tous les rangs et à secourir
le pauvre. Né avec quelques mille francs,
je les ai sacrifiés hardiment pour faire
mon éducation.

» En quittant l'Université à vingt-
deux ans, j'étais docteur, mais je n'avais
pas cinq cents francs de capital. Aujour-
d'hui, je suis riche, mais j'ai disputé
cette fortune à des rivaux pleins de mérite
et d'activité. J'ai gagné cette fortune, messieurs, non pas en me donnant la peine
de naître, comme mes jolis adversaires,
mais à force de visites, payées trente
sous d'abord, puis trois francs, puis dix
francs, et, je l'avoue à ma honte, je n'ai
pas eu le temps d'apprendre à danser.
Maintenant, que messieurs les orateurs
beaux danseurs attaquent le manque

de grâces du pauvre docteur de campagne.
En vérité, ce sera là une belle victoire !
Pendant qu'ils prenaient des leçons de
beau langage et d'art de parler sans rien
dire à l'Athénée ou à l'Académie française,
moi je visitais des chaumières dans la
montagne couverte de neige, et j'apprenais
à connaître les besoins et les vœux du
peuple. Je suis ici le représentant de
cent mille Français non électeurs auxquels
j'ai parlé dans ma vie, mais ces Français
ont grand tort, ils sont peu sensibles aux
grâces. »

....

Un jour, Lucien fut bien surpris en
voyant entrer dans son bureau M. Du
Poirier, dont il avait remarqué le nom
parmi les députés élus. Lucien lui sauta
au cou et les larmes lui vinrent aux yeux.

Du Poirier était décontenancé. Il avait
hésité pendant trois jours à venir au bureau
de Lucien ; il avait peur, le cœur lui avait
battu violemment avant de se faire annoncer chez Leuwen. Il tremblait que le jeune
officier ne sût l'étrange tour qu'il lui avait
joué pour le faire déguerpir de Nancy.

« S'il le sait, il me tue. » Du Poirier avait
de l'esprit, de la conduite, du talent pour
l'intrigue, mais il avait le malheur de
manquer de courage de la façon la plus

pitoyable. Sa profonde science médicale
s'était mise au service d'une lâcheté rare
en France, son imagination lui représen-
tait les suites chirurgicalement tragiques
d'un coup de poing ou d'un coup de pied
au cul bien assénés. Or, c'est précisément
le traitement qu'il redoutait de la part
de Lucien. C'est pour cela que, depuis
dix jours qu'il était à Paris, il n'avait pas
osé venir le chercher. C'est pour cela
qu'il se présentait à lui plutôt dans son
bureau, dans une sorte de lieu public, et
où il était entouré de garçons de bureau
et d'huissiers, que chez lui. L'avant-veille,
il avait cru apercevoir Lucien dans une
rue et avait à l'instant rebroussé chemin
et pris une rue transversale.

« Enfin, lui avait suggéré son esprit, il
vaut mieux, si un malheur doit arriver
(il entendait un soufflet ou un coup de
pied), qu'il arrive sans témoins et dans
une chambre, qu'au milieu de la rue.
Je ne puis, étant à Paris, ne pas le ren-
contrer tôt ou tard. »

Pour tout dire, malgré son avarice et
la peur qu'il avait des armes à feu, le
malin Du Poirier avait acheté une paire
de pistolets, qu'il avait actuellement dans
ses poches.

« Il est fort possible, se disait-il, qu'à
l'époque des élections, où tant de haines

se sont soulevées, M. Leuwen ait reçu une lettre anonyme, et alors... »

Mais Lucien l'embrassait les larmes aux yeux.

« Ah ! il est bien toujours le même, » pensa Du Poirier ; et dans ce moment il éprouva pour notre héros un sentiment de mépris inexprimable.

En le voyant, Lucien crut être à Nancy, à deux cents pas de la rue habitée par madame de Chasteller. Du Poirier lui avait peut-être parlé depuis peu. Il le regarda avec une attention tendre.

« Mais quoi ! se dit Lucien, il n'est plus sale ! Un habit neuf, des pantalons, un chapeau neufs, des bottes neuves ! cela ne s'est jamais vu ! Quel changement ! Mais comment a-t-il pu se résoudre à cette dépense effroyable ? »

....

Comme les provinciaux, Du Poirier s'exagérait la pénétration et les crimes de la police.

— Voilà une rue bien solitaire. Si le ministre dont je me suis moqué ce matin me faisait saisir par quatre hommes et jeter dans la rivière ? Je ne sais pas nager, d'ailleurs une fluxion de poitrine est bientôt prise.

— Mais ces quatre hommes ont des

femmes, des maîtresses, des camarades s'ils
sont soldats ; ils bavarderaient. D'ailleurs,
croyez-vous les ministres assez coquins ?...

— Ils sont capables de tout, reprit
Du Poirier avec chaleur.

« On ne guérit pas de la peur, » pensa
Lucien ; et il accompagna le docteur.

Quand ils furent le long du mur d'un
grand jardin, la peur du docteur redoubla.
Lucien sentait trembler son bras.

— Avez-vous des armes ? dit Du Poirier.

« Si je lui dis que je n'ai que ma petite
canne, il est capable de tomber de peur
et de me tenir ici une heure. »

— Rien que des pistolets et un poignard,
répondit Lucien avec la brusquerie militaire.

La peur du docteur redoubla, Lucien
entendit ses dents claquer.

« Si ce jeune officier sait le tour que je
lui ai joué dans l'antichambre de madame
de Chasteller, lors de l'affaire du faux
enfant, quelle vengeance il peut prendre
ici ! »

En passant un fossé un peu large à
cause de la pluie récente, Lucien fit un
mouvement un peu brusque.

— Ah ! monsieur, s'écria le docteur
d'un ton déchirant, pas de vengeance
contre un vieillard !

« Décidément, il devient fou. »

— Mon cher docteur, vous aimez bien l'argent, mais à votre place je prendrais une voiture, ou je me priverais d'être éloquent.

— Je me le suis dit cent fois, reprit le docteur, mais c'est plus fort que moi ; quand une idée me vient, je me sens comme amoureux de la tribune, je lui fais les yeux doux, je suis furieux de jalousie contre celui qui l'occupe. Quand ils font silence, quand les tribunes, toutes ces jolies femmes surtout, sont attentives, je me sens un courage de lion, je dirais son fait à Dieu le Père. C'est le soir, après dîner, que les transes me prennent. Je veux louer une chambre dans le Palais-Royal. Pour la voiture, j'y ai pensé : ils séduiraient mon cocher pour me faire verser. J'en ferais bien venir un de Nancy, mais M. Rey, en partant, ou M. de Vassignies, lui promettront vingt-cinq louis pour me casser le cou...

Un homme ivre s'approcha d'eux, le docteur serra le bras de Lucien outre mesure.

— Ah ! mon cher ami, lui dit-il un instant après, que vous êtes heureux d'avoir du courage !

. . . .

CHAPITRE LVIII[1]

Un jour, Lucien entra tout ému dans le cabinet du ministre : il venait de voir dans un rapport mensuel de police communiqué par le ministre de l'Intérieur à M. le maréchal ministre de la Guerre que le général Fari avait fait de la propagande à Sercey, où il avait été envoyé, par le ministre de la Guerre, huit ou dix jours avant les élections de ***, pour calmer un commencement de mouvement libéral.

— Rien au monde ne peut être plus faux. Le général est dévoué de cœur à son devoir, il a encore tout l'honneur que l'on a à vingt-cinq ans, le monde ne l'a point corrompu. Etre envoyé par le gouvernement dans un pays pour faire une chose, et faire le contraire, lui ferait horreur.

— Etiez-vous présent, monsieur, à l'évènement au sujet duquel a été fait le rapport que vous accusez d'inexactitude ?

— Non, monsieur le comte, mais je

1. Le général Fari calomnié.

suis sûr que le rapport a été fait par un homme de mauvaise foi.

Le ministre était prêt à partir pour le Château ; il sortit avec humeur et, dans la pièce voisine, dit des injures à son chasseur qui lui passait sa pelisse.

« S'il gagnait un écu à cette calomnie, je le comprendrais, se dit Lucien ; mais à quoi bon mentir d'une façon si nuisible ? Le pauvre Fari approche de soixante-cinq ans, il ne faut à la Guerre qu'un chef de bureau qui ne l'aime pas, il profite de ce rapport et fait mettre à la retraite un des meilleurs officiers de l'armée, un homme honnête par excellence... »

L'ancien secrétaire général de M. le comte de Vaize dans la dernière préfecture qu'il avait occupée avant que Louis XVIII l'appelât à la Chambre des Pairs était à Paris. Lucien, le trouvant le lendemain dans les bureaux de la rue de Grenelle, lui parla du général Fari.

— Qu'est-ce que le patron peut avoir contre lui ?

— Le ministre a cru dans un temps que Fari faisait la cour à sa femme.

— Quoi ! à l'âge du général ?

— Il amusait la jeune comtesse, qui mourait d'ennui à ***. Mais je parierais qu'il n'y a jamais eu un mot de galanterie prononcé entre eux.

— Et vous croyez que pour une cause aussi légère ?...

— Ah ! que vous ne connaissez pas le patron ! C'est un amour-propre qui se pique d'un rien, et il n'oublie jamais. Le cœur de cet homme, s'il a un cœur, est un trésor de haines. S'il avait le pouvoir d'un Carrier ou d'un Joseph Le Bon, il ferait guillotiner cinq cents personnes pour des offenses personnelles, dont les trois quarts peut-être auraient oublié jusqu'à son nom, s'il n'était pas ministre. Vous-même, qui le voyez tous les jours et qui peut-être lui tenez tête quelquefois s'il avait le pouvoir suprême je vous conseillerais de passer le Rhin au plus vite.

Lucien courut chez M. Crapart aîné, directeur de la police du royaume sous le ministre.

« Quelle raison donnerai-je à ce coquin ? se disait Lucien en traversant la cour et les passages qui conduisent à la direction de la police. La vérité, l'innocence du général, sa probité, mon amitié pour lui, toutes choses également ridicules aux yeux d'un Crapart. Il me prendra pour un enfant. »

L'huissier, qui respectait beaucoup M. le secrétaire intime, lui dit à mi-voix que Crapart était avec deux ou trois observateurs de très bonne compagnie.

Lucien regardait par la fenêtre les équi-

pages de ces messieurs. Rien ne lui venait.
Il les vit monter en voiture.

« De charmants espions, ma foi ! se
dit-il ; on n'a pas l'air plus distingué. »

L'huissier vint l'avertir, Lucien le suivait tout pensif. Il était fort gai en entrant
dans le bureau de M. Crapart.

Après les premiers compliments :

— Il y a de par le monde un maréchal
de camp Fari.

Crapart prit l'air grave et sec.

— Cet homme est un pauvre diable,
mais ne manque pas d'une certaine probité. Il paie chaque année deux mille francs
à mon père sur sa solde. Autrefois, dans un
moment d'imprudence, mon père lui a prêté
mille louis, sur lesquels le Fari doit bien
encore neuf ou dix mille francs. Nous
avons donc un intérêt direct à ce qu'il
soit employé encore quatre ou cinq ans.

Crapart restait pensif.

— Je ne vais point par deux chemins
avec vous, mon cher collègue. Vous allez
voir l'écriture du patron.

Crapart chercha un papier pendant sept
à huit minutes, ensuite se mit à jurer.

— Est-ce qu'on m'égare mes minutes ?
F..... !

Un commis à mine atroce entra, il fut
fort maltraité. Pendant qu'on l'injuriait,
cet homme se mit à revoir les dossiers que

Crapart avait parcourus et dit enfin :

—Voici le rapport n° 5 du mois de...

— Laissez-nous, lui dit Crapart avec la dernière malhonnêteté. Voici votre affaire, dit-il à Lucien d'un air tranquille.

Il se mit à lire à demi-bas :

« Hé... Hé... Hé... Ah ! voici. » Et il dit, en pesant sur les mots :

« La conduite du général Fari a été ferme, modérée, il a parlé aux jeunes gens d'une façon persuasive. Sa réputation d'honnête homme a beaucoup fait. »

— Voyez-vous cela ? dit Crapart. Eh, bien, mon cher, biffé ! biffé ! Et, de la main de Son Excellence :

« Tout serait allé mieux encore, mais chose déplorable ! le général Fari a fait de la propagande tout le temps qu'il a été à *** et n'a parlé que des Trois Journées. »

— Cela vu, mon cher collègue, je ne puis rien faire pour la rentrée de vos dix mille francs. La phrase que vous venez de lire a été portée ce matin au ministère de la Guerre. Gare la bombe ! dit Crapart avec un gros rire commun.

Lucien lui fit mille remerciements et alla au ministère de la Guerre, au bureau de la police militaire.

— Le ministre de l'Intérieur m'envoie

en toute hâte : on a inséré dans la dernière lettre une feuille du brouillon biffée
par le ministre.

— Voici votre lettre, dit le chef de
bureau ; je ne l'ai pas encore lue. Rempor-
tez-la si vous voulez, mais rendez-la-moi
avant mon travail de demain, à dix heures.

— Si c'est une page du milieu, j'aime,
mieux l'enlever ici, dit Lucien.

— Voici des grattoirs, de la sandaraque,
faites à votre aise.

Lucien se mit à une table.

— Eh ! bien, votre grand travail sur
les préfectures après les élections avance-
t-il ? J'ai un cousin de ma femme sous-
préfet à *** pour lequel on nous a promis
Le Havre ou Toulon depuis deux ans...

Lucien répondit avec le plus grand
intérêt et de façon à obliger le chef de bureau de la police militaire. Pendant ce
temps, il recopiait la feuille du milieu de
la lettre signée *comte de Vaize*. La phrase
relative au général Fari était l'avant-der-
nière du verso à droite. Leuwen eut soin
de ne pas serrer ses mots et ses lignes,
et fit si bien qu'il supprima les sept lignes
relatives au général Fari sans qu'il y
parût.

— J'emporte notre feuille, dit-il au chef
de bureau après un travail de trois quarts
d'heure.

— A votre aise, monsieur, et dans l'occasion je vous recommande notre petit sous-préfet.

— Je vais voir son dossier et y mettre ma recommandation.

« Me voilà faisant pour le général Fari ce que Brutus n'aurait pas fait pour sa patrie ! »

Un commis de la maison Van Peters, Leuwen et Cie, qui partait pour l'Angleterre huit jours après, mit à la poste, à vingt lieues de la résidence du général Fari, une lettre qui lui donnait l'éveil sur la haine toujours vivante que le ministre de l'Intérieur avait pour lui. Sans signer, Leuwen cita deux ou trois phrases de leurs conversations sans témoins, qui nommaient au bon général l'auteur de l'avis salutaire.

CHAPITRE LIX[1]

Depuis le commencement de la session, le métier de Lucien était fort amusant. M. des Ramiers, le plus moral, le plus *fénelonien* des rédacteurs du journal ministériel par excellence, récemment nommé député à Escorbiac, dans le Midi, à une majorité de deux voix, faisait une cour assidue au ministre et à madame la comtesse de Vaize. Sa morale douce et conciliante avait fait la conquête de M. de Vaize et presque celle de Leuwen.

« C'est un homme sans vues politiques, se disait celui-ci, qui prétend des choses incompatibles. Si les hommes étaient aussi bons qu'il les fait, la gendarmerie et les tribunaux seraient inutiles, mais son erreur est celle d'un bon cœur. »

Lucien le reçut donc très bien quand il vint, un matin, lui parler d'affaires.

Après un préambule du plus beau style et qui occuperait bien huit pages s'il était transcrit ici, M. des Ramiers exposa qu'il

1. Tourte.

y avait des devoirs bien pénibles attachés
aux fonctions publiques. Par exemple, il
se trouvait dans la nécessité morale la
plus étroite de réclamer la destitution de
M. Tourte, commis à cheval des droits
réunis, dont le frère s'était opposé de la
façon la plus scandaleuse à la nomination
de lui, M. des Ramiers [1]. Cela même fut
dit avec des précautions savantes qui
furent fort utiles à Leuwen pour le préserver d'un rire fou qui l'avait saisi à la première appréhension.

« De Fénelon réclamant une destitution ! »

Lucien s'amusa à répondre à M. des
Ramiers en son propre style, il affecta
de ne pas comprendre la question, saisit
de quoi il s'agissait, et força barbarement
le moderne Fénelon à demander la destitution d'un pauvre diable demi-artisan
qui, moyennant un salaire de onze cents
francs, vivait, lui, sa femme, sa belle-
mère et cinq enfants.

Quand il eut assez joui de l'embarras
de M. des Ramiers, que le manque d'intelligence de Leuwen força à employer les
façons de parler les plus claires, et, par là,
les plus odieuses et les plus contrastantes

1. Modèle : M. Saint-Marc Girardin et l'Inspecteur des
Poids et Mesures

avec sa morale si douce, Lucien le renvoya
au ministre et essaya de lui faire entendre
que la présente conversation devait avoir
un terme. Alors, M. des Ramiers insista
et Lucien, ennuyé de la figure doucereuse
de ce coquin, se trouva très disposé à
le traiter durement.

— Mais ne pourriez-vous pas, monsieur,
avoir l'extrême bonté d'exposer vous-même
à Son Excellence la cruelle nécessité où
je me trouve ? Mes mandataires me repro-
chent sérieusement d'être infidèle aux promesses que je leur ai faites. Mais d'un autre
côté, réclamer moi-même auprès de Son
Excellence la destitution d'un père de
famille !... Cependant, j'ai des devoirs à
remplir envers ma propre famille. La confiance du gouvernement pourrait m'appeler
à la Cour des Comptes, par exemple,
en ce cas il faudrait une réélection. Et
comment me présenter devant mes mandataires étonnés si la conduite de M. Tourte
n'a pas reçu une marque éclatante de
désapprobation ?

— Je conçois : la majorité ayant été
de deux voix, la moindre prépondérance
acquise par le parti contraire peut être
funeste à la future députation. Mais, monsieur, je ne me mêle d'élections que le
moins possible. Je vous avouerai que je
vois dans le mécanisme social beaucoup

d'actions nécessaires, indispensables même,
j'en conviens, auxquelles, pour rien au
monde, je ne voudrais m'astreindre. Les
arrêts des tribunaux doivent être exécu-
tés, mais pour rien au monde je ne voudrais
me charger de ce soin.

M. des Ramiers rougit beaucoup, et
comprit enfin qu'il fallait se retirer.

« M. Tourte sera destitué, mais j'ai
appelé bourreau ce nouveau Fénelon. »

Moins de quatre jours après, [il] trouva
dans le portefeuille de la première division
une grande lettre du ministre de l'Intérieur
au ministre des Finances pour ordonner
au directeur des Impositions indirectes de
proposer la destitution de M. Tourte.
Lucien appela un commis extrêmement
adroit pour gratter et fit mettre partout
Tarle au lieu de Tourte.

Il fallut quinze jours de démarches à
M. des Ramiers pour trouver la cause qui
arrêtait la destitution. Pendant ce temps,
Leuwen avait trouvé l'occasion de raconter toute la scène renouvelée du *Tartuffe*
que M. des Ramiers était venu faire dans
son bureau. La bonne madame de Vaize
ne voyait le mal que lorsqu'il était bien
clairement expliqué et prouvé. Elle reparla
sept à huit fois à Lucien du pauvre commis
Tourte, dont le nom l'avait frappée, et
deux ou trois fois elle oublia d'inviter

M. des Ramiers aux dîners donnés aux
députés du second ordre.

M. des Ramiers comprit d'où venait
le coup et se mit à s'insinuer doucement
dans la très bonne compagnie, où il passait
pour un philosophe hardi et pour un nova-
teur trop libéral.

Lucien avait oublié le coquin lorsque
le petit Desbacs, qui lui faisait la cour
et qui enviait la fortune de M. des Ramiers
vint lui conter les propos de celui-ci. Cela
parut bien fort à Lucien.

« Voici un coquin qui en calomnie un
autre. »

Il alla voir M. Crapart, le chef de la police
du ministère, et le pria de faire vérifier
le propos. M. Crapart, un peu nouveau
dans les salons de bonne compagnie ne
doutait pas que Leuwen ne fût bien avec
madame la comtesse de Vaize, ou du
moins bien près d'atteindre à ce poste
si envié par les jeunes commis : amant
de la femme du ministre. Il servit Lucien
avec un zèle parfait, et huit jours après
lui apporta les rapports originaux portant
les propos tenus par M. des Ramiers sur
madame de Vaize.

— Attendez-moi un instant, dit Lucien
à M. Crapart.

Et il porta les rapports sans orthographe
des observateurs de bonne compagnie à

madame de Vaize, qui rougit beaucoup.
Elle avait pour Lucien une confiance et
une ouverture de cœur bien voisines d'un
sentiment plus tendre ; Lucien le voyait
un peu, mais il était si excédé de son amour
pour madame Grandet que toute relation
de ce genre lui faisait horreur. Une heure
de promenade tranquille et sombre au pas
de son cheval dans les bois de Meudon
était ce qu'il avait trouvé de plus semblable
au bonheur depuis qu'il avait quitté
Nancy.

Lucien trouva les jours suivants madame
de Vaize réellement irritée contre M. des
Ramiers, et, comme elle avait plus de
sensibilité que d'usage du monde, elle fit
sentir sa colère au député journaliste d'une
façon humiliante. Cet esprit si doux trouva,
je ne sais comment, des mots cruels pour
le moderne Fénelon, et ces mots, dits sans
précaution au milieu de toute la cour
qui entoure la femme d'un ministre puissant, furent cruels pour l'auréole de vertu
et de philanthropie du député journaliste.
Ses amis lui parlèrent, il y eut une allusion
assez claire dans le *Charivari*, journal qui
exploitait avec assez de bonheur la tar-
tuferie de MM. du juste milieu.

Lucien avait vu passer une lettre du
ministre des Finances annonçant que le
directeur des Contributions indirectes

répondait qu'il n'y avait point de M. *Tarle*
parmi les commis à pied attachés aux
Contributions indirectes. Mais M. des
Ramiers avait eu le crédit de faire ajouter
un post-scriptum à cette lettre par le
ministre des Finances. On lisait, de la
main même du ministre :

« *Ne s'agirait-il point de M. Tourte,
commis à Escorbiac?* »

Huit jours après, réponse de M. le comte
de Vaize à son collègue :

« Oui, c'est précisément M. Tourte qui
s'est mal conduit et dont je propose la
destitution. »

Lucien vola la lettre et courut la montrer
à Madame de Vaize, que cette affaire
intéressait au plus haut point.

— Que faisons-nous ? dit-elle à Lucien
avec un air soucieux qui lui parut charmant. Il lui prit la main, qu'il baisa avec
transport.

— Que faites-vous ? lui dit-on d'une
voix éteinte.

— Je vais me tromper d'adresse, et
faire mettre sur l'enveloppe de cette lettre
l'adresse du ministre de la Guerre.

Onze jours après arriva la réponse du
ministre de la Guerre annonçant l'erreur
commise sur l'adresse. Lucien porta cette
réponse à M. de Vaize. Le commis déca-
cheteur avait placé trois lettres reçues

du ministère de la Guerre ce jour-là dans
une feuille de grand papier d'enveloppe,
dont il avait fait ce qu'on appelle dans les
bureaux *une chemise*, et sur cette feuille
avait écrit : « Trois lettres de M. le ministre
de la Guerre. »

Leuwen avait depuis huit jours en réserve
une lettre du ministre de la Guerre réclamant son autorité sur la garde municipale
à cheval de Paris. Lucien la substitua à
la lettre qui renvoyait celle sur M. Tourte.
M. des Ramiers n'avait pas de relations
directes avec le ministère de la Guerre,
il fut obligé d'avoir recours au fameux
général Barbaut, et enfin ce ne fut que
six mois après sa demande que M. des
Ramiers put obtenir la destitution de
M. Tourte, et quand madame de Vaize
l'apprit elle remit à Leuwen cinq cents
francs destinés à ce pauvre commis.

Lucien eut une vingtaine d'affaires de
ce genre ; mais, comme on voit, ces détails
de basse intrigue exigent huit pages d'impression pour être rendus intelligibles, c'est
trop cher.

La douce madame de Vaize, poussée
à son insu par un sentiment nouveau pour
elle, avait déclaré à son mari avec une fermeté qui le surprit infiniment qu'elle aurait
mal à la tête et dînerait dans sa chambre
toutes les fois que M. des Ramiers dînerait

au ministère. Après deux ou trois essais,
le comte de Vaize finit par effacer le nom
de M. des Ramiers sur la liste des députés
invités. Au su de cet évènement, une
grande moitié du centre cessa de serrer
la main au doucereux rédacteur du journal
ministériel. Pour comble de misère, M. Leuwen père, qui ne sut l'anecdote que fort
tard, par une indiscrétion de Desbacs, se
la fit raconter avec détails par son fils,
et, le nom de M. Tourte lui paraissant
excellent, bientôt cette anecdote brilla
dans les salons de la haute diplomatie.
M. des Ramiers, qui se fourrait partout
ayant obtenu, je ne sais comment, d'être
présenté à M. l'ambassadeur de Russie, le
célèbre prince de N. dit tout haut, en
recevant le salut de M. des Ramiers :

— Ah ! le des Ramiers de Tourte !

Sur quoi le Fénelon moderne devint
pourpre, et le lendemain M. Leuwen père
mit l'anecdote en circulation dans tout
Paris.

CHAPITRE LX [1]

L E roi fit appeler M. Leuwen à l'insu de ses ministres. En recevant cette communication de M. de N..., officier d'ordonnance du roi, le vieux banquier rougit de plaisir. (Il avait déjà vingt ans quand la royauté tomba, en 1793). Toutefois, s'apercevoir de son trouble et le dominer ne fut qu'un instant pour cet homme vieilli dans les salons de Paris. Il fut avec l'officier d'ordonnance d'une froideur qui pouvait passer également pour du respect profond ou pour un manque complet d'empressement.

En effet, l'officier se disait en remontant en cabriolet :

« Cet homme, malgré tout son esprit, est-il un jacobin, ou un nigaud ébahi devant un serrement de main ? »

M. Leuwen regarda le cabriolet s'éloigner ; au même instant le sang-froid lui revint.

« Je vais jouer le rôle si connu de Samuel

1. Marche au ministère.

Bernard promené par Louis XIV dans les
jardins de Versailles. »

Cette idée suffit pour rendre à M. Leuwen
tout le feu de la première jeunesse. Il
ne se dissimula point le petit moment de
trouble qu'avait causé le message de Sa
Majesté, et moins encore le ridicule que
lui eût donné ce trouble s'il eût été *coté*
au foyer de l'Opéra.

Jusque-là, il n'y avait eu entre le roi
et M. Leuwen que des phrases polies au
bal ou à dîner. Il avait dîné deux ou trois
fois avec le roi dans les premiers temps
qui suivirent la révolte de Juillet. Elle
portait alors un autre nom, et Leuwen,
difficile à tromper, avait été un des premiers à discerner la haine qu'inspirait un
exemple aussi pernicieux. Alors, il avait
lu dans ce regard auguste :

« Je vais faire peur aux propriétaires
et leur persuader que c'est la guerre des
gens qui n'ont rien contre ceux qui ont
quelque chose. »

Afin de ne pas passer pour aussi bête
que quelques députés campagnards invités avec lui, Leuwen avait dirigé quelques
plaisanteries enveloppées contre cette idée,
que personne n'exprimait.

Leuwen craignit un instant qu'on ne
voulût compromettre le petit commerce
de Paris en lui faisant répandre du sang.

Il trouva l'idée de mauvais goût et donna sans balancer sa démission de la place de chef de bataillon, où l'avait porté le petit commerce en boutique, auquel il prêtait assez généreusement quelques billets de mille francs que même on lui rendait, et n'avait plus dîné chez les ministres sous prétexte qu'ils étaient ennuyeux.

Le comte de Beausobre, ministre des Affaires étrangères, lui disait pourtant : « *Un homme comme vous...* » et le poursuivait d'invitations à dîner. Mais Leuwen avait résisté à une éloquence aussi adroite.

En 1792, il avait fait une campagne ou deux, et le nom de République française était pour lui le nom d'une maîtresse autrefois aimée, et qui s'est mal conduite. Enfin, son heure n'avait pas sonné.

Le rendez-vous indiqué par le roi bouleversa toutes ses idées, il était d'autant plus attentif sur lui-même qu'il ne se sentait pas de sang-froid.

Au Château, M. Leuwen fut parfaitement convenable, mais d'un sang-froid parfait en apparence , parfaitement pur de trouble et d'engouement. L'esprit cauteleux et fin du premier personnage saisit bientôt cette nuance, et en fut fort mécontent. Il essaya en vain du ton amical, même de l'intérêt particulier, pour donner des ailes à l'ambition de ce bourgeois, rien n'y fit.

Mais n'outrageons point la réputation
de finesse cauteleuse de cet homme célèbre.
Que voulait-on qu'il fût sans victoires
militaires et en présence d'une presse si
méchante et si spirituelle ? Nous faisons
observer d'ailleurs que ce personnage
célèbre voyait Leuwen pour la première
fois, [jusque-là il n'y avait eu que des
phrases polies à dîner].

Le procureur de Basse-Normandie, qui
occupe le trône, commença par dire à
Leuwen, comme son ministre : « *Un
homme tel que vous...* » Mais, trouvant ce
plébéien malin endurci contre ces douces
paroles, voyant qu'il perdait le temps
inutilement et ne voulant pas, par la longueur de l'entrevue, donner à Leuwen une
idée exagérée du service qu'on lui demandait, le roi, en moins d'un quart d'heure,
fut réduit à la bonhomie.

En observant ce changement de ton
chez un homme si adroit, M. Leuwen fut
content de soi, et ce premier succès lui
rendit enfin la confiance en soi-même.

« Voilà, se dit-il, que Sa Majesté renonce
aux finesses bourboniennes. »

On lui disait de l'air le plus paterne et
comme si dans ce qu'on disait de marqué
l'on était poussé et comme contraint par
les évènements :

— J'ai voulu vous voir, mon cher mon-

sieur, à l'insu de mes ministres qui, je
le crains, à l'exception du maréchal (le
ministre de la Guerre) ne vous ont pas
donné, à vous et au lieutenant Leuwen,
de grands sujets d'être contents d'eux.
Demain aura lieu, selon toute apparence,
le scrutin définitif sur la loi de...

Et je vous avouerai, monsieur, que
je prends à cette loi un intérêt tout personnel. Je suis bien sûr qu'elle passera
par assis et levés. N'est-ce pas votre avis ?

— Oui, sire.

— Mais au scrutin j'aurai un bel et
bon rejet par huit ou dix boules noires.
N'est-ce pas ?

— Oui, sire.

— Eh ! bien, rendez-moi un service :
parlez contre (vous le trouverez nécessaire
à votre position), mais donnez-moi vos
trente-cinq voix. C'est un service personnel
que j'ai voulu vous demander moi-même.

— Sire, je n'ai que vingt-sept voix en
ce moment, en comptant la mienne.

— Ces pauvres têtes (le roi parlait de
ses ministres) se sont effrayées, ou plutôt
piquées, parce que vous aviez donné une
liste de huit petites places subalternes.
Je n'ai pas besoin de vous dire que j'approuve d'avance cette liste, et je vous
engage, puisque nous trouvons une occasion, à y joindre quelque chose pour vous,

monsieur, ou pour le lieutenant Leuwen...
etc., etc...

Heureusement pour M. Leuwen, le roi
parla trois ou quatre minutes dans ce sens ;
M. Leuwen reprit presque tout son sang-
froid.

— Sire, lui dit M. Leuwen, je demande
à Votre Majesté de ne rien signer pour
moi ni pour mes amis, et je lui fais hommage de mes vingt-sept voix pour demain.

— Parbleu ! vous êtes un brave
homme ! dit le roi, jouant, et pas trop
mal, la franchise à la Henri IV ; il était
nécessaire de se rappeler de son nom pour
n'y être pas pris.

Sa Majesté parla un bon demi quart
d'heure dans ce sens.

— Sire, il est impossible que M. de
Beausobre pardonne jamais à mon fils. Ce
ministre a peut-être manqué un peu de
fermeté personnelle envers ce jeune homme
plein de feu que Votre Majesté appelle
le lieutenant Leuwen. Je demande à Votre
Majesté de ne jamais croire un mot des
rapports que M. de Beausobre fera faire
sur mon fils par sa police particulière ou
même par celle du bon M. de Vaize, mon
ami.

— *Et que vous servez avec tant de probité*, dit le roi. Son œil brillait de finesse.

M. Leuwen se tut ; le roi répéta la ques-

tion avec l'air étonné du manque de
réponse.

— Sire, je craindrais en répondant de
céder à mes habitudes de franchise.

— Répondez, monsieur, exprimez votre
pensée, quelle qu'elle soit.

L'interlocuteur parlait en roi.

— Sire, personne ne doute des corres-
pondances directes du roi avec les cours
du Nord, mais personne ne lui en parle.

Cette obéissance si prompte et si entière
eut l'air d'étonner un peu ce grand personnage. Il vit que M. Leuwen n'avait
aucune grâce à lui demander. Comme il
n'était pas accoutumé à donner ou à recevoir rien pour rien, il avait calculé que
les vingt-sept voix devaient lui coûter
27.000 francs. « Et ce serait marché donné »,
pensait le barême couronné.

Il reconnut chez M. Leuwen cette physionomie ironique dont les rapports de son
général Rumigny lui avait parlé si souvent.

— Sire, ajouta M. Leuwen, je me suis
fait une position dans le monde en ne
refusant rien à mes amis et ne me refusant
rien contre mes ennemis. C'est une vieille
habitude, je supplie Votre Majesté de ne
pas me demander de changer de caractère
envers vos ministres. Ils ont pris des airs
de hauteur avec moi, même ce bon
M. Bardoux des Finances, qui m'a dit

gravement à la Chambre, en parlant de mes huit places de 1.800 francs : « Cher ami, il ne faut pas être insatiable ». Je promets à Votre Majesté mes voix, qui seront vingt-sept au plus, mais je la supplie de me permettre de me moquer de ses ministres.

C'est ce dont M. Leuwen s'acquitta le lendemain avec une verve et une gaieté admirables. Après tout, son éloquence prétendue n'était qu'une saillie de caractère, c'était un être plus *naturel* qu'il n'est permis de l'être à Paris. Il était excité par l'idée d'avoir réduit le roi à être presque sincère avec lui.

La loi à laquelle le roi prétendait tenir passa à une majorité de treize voix, dont six ministres. Quand on proclama ce résultat, M. Leuwen, placé au second banc de la gauche, à trois pas des ministres, dit tout haut :

— Ce ministère s'en va, bon voyage !

Ce mot fut à l'instant répété par tous les députés voisins du banc. M. Leuwen se trouvant seul dans une chambre avec un laquais était heureux de l'approbation de ce laquais ; on peut juger combien il était sensible au succès de ses mots les plus simples tels que celui-ci.

« Ma réputation jure pour moi, » se dit-il en passant la revue de ces yeux brillants fixés sur les siens.

D'abord, tout le monde voyait bien qu'il n'était passionnément pour aucune opinion. Il n'était peut-être que deux choses auxquelles il n'eût jamais consenti : le sang, et la banqueroute.

Trois jours après cette loi, emportée par treize voix dont six de ministres, M. Bardoux, le ministre des Finances, s'approcha, à la Chambre, de M. Leuwen, et lui dit d'un air fort ému (il avait peur d'une épigramme, et parlait à mi-voix) :

— Les huit places étaient accordées.

— Fort bien, mon cher Bardoux, lui dit-il, mais vous vous devez à vous-même de ne pas contresigner ces grâces-là. Laissez cela à votre successeur aux Finances. J'attendrai, *monseigneur*[1].

M. Leuwen parlait fort clairement, tous les députés voisins furent émerveillés : se moquer d'un ministre des Finances, d'un homme qui peut faire un receveur général !

Il eut bien quelque peine à faire agréer ce succès aux huit membres de sa *Légion du midi* à la famille desquels étaient destinées ces huit places.

— Dans six mois, vous aurez deux places au lieu d'une, il faut savoir faire des sacrifices.

1. Allusion à M. de Bernis. Est-elle bonne ?

— Voilà de belles calembredaines, lui dit un de ses députés plus hardi que les autres.

L'œil de M. Leuwen brilla ; il lui vint deux ou trois réponses, mais il sourit agréablement. « Il n'y a qu'un sot, pensa-t-il, qui coupe la branche de l'arbre sur laquelle il est à cheval. »

Tous les yeux étaient fixés sur M. Leuwen. Un autre député, enhardi, s'écria :

— Notre ami Leuwen nous sacrifie tous à un bon mot !

— Si vous voulez rompre mes relations, vous en êtes bien les maîtres, messieurs, dit Leuwen d'un ton grave. Auquel cas, je serai obligé de faire agrandir ma salle à manger pour recevoir les nouveaux amis qui me demandent chaque jour de voter avec moi.

— Là ! Là ! la paix ! s'écria un député rempli de bon sens. Que serions-nous sans M. Leuwen ? Quant à moi, je l'ai choisi pour général en chef pour toute ma carrière législative, je ne lui serai jamais infidèle.

— Ni moi.

— Ni moi.

Les deux députés qui avaient parlé hésitant, M. Leuwen alla leur prendre la main et voulut bien essayer de leur faire entendre qu'en acceptant ces huit places

la société était ravalée à l'état des Trois-
cents de M. de Villèle.

— Paris est un pays dangereux. Tous
les petits journaux, dans huit jours,
auraient été acharnés après vos noms.

A ces mots, les deux opposants fré-
mirent.

« Le moins épais, se dit l'inexorable
Leuwen, aurait bien pu fournir des articles.»

Et la paix fut faite.

Le roi faisait souvent inviter à dîner
M. Leuwen et après dîner le tenait une
demi-heure ou trois quarts d'heure dans
l'embrasure d'une fenêtre.

« Ma réputation d'esprit est enterrée
si je ménage les ministres. » Et il affectait
de se moquer d'une façon presque sans
retenue de quelqu'un d'entre ces messieurs,
le lendemain de chaque dîner au Château.
Le roi lui en parla.

— Sire, j'ai supplié Votre Majesté de
me laisser carte blanche à cet égard. Je
ne pourrai accorder quelque trève qu'aux
successeurs de ceux-ci. Ce ministère
manque d'esprit, or, c'est ce que dans des
temps tranquilles Paris ne peut pas pardonner. Il faut aux bonnes têtes de ce pays
du prestige, comme Bonaparte revenant
d'Egypte, ou de l'esprit. (A ce nom redouté,
le roi fit la mine d'une jeune femme ner-

veuse devant laquelle on a nommé le bourreau.)

Peu de jours après cette conversation avec le roi, il vint une affaire à la Chambre à l'énoncé de laquelle tous les yeux cherchèrent M. Leuwen. Madame Destrois, ex-directrice de la poste aux lettres à Torville, se plaignait d'avoir été destituée comme accusée et convaincue d'une infidélité qu'elle n'avait pas commise. Elle voulait, en faisant une pétition, justifier son caractère. Quant à avoir justice, elle n'y songerait pas tant que M. Bardoux aurait la confiance du roi. La pétition était piquante, toujours sur le bord de l'insolence, mais point insolente ; on l'eût dite rédigée par feu M. de Martignac.

M. Leuwen parla trois fois, et à la seconde fut littéralement couvert d'applaudissements. Ce jour-là, l'ordre du jour demandé à deux genoux par M. le comte de Vaize fut obtenu à la majorité de deux voix, et encore, par assis et levés, la majorité du ministère avait été de quinze ou vingt voix. M. Leuwen dit à ses voisins, formant groupe autour de lui, comme à l'ordinaire :

— M. de Vaize change les habitudes des gens timides : ordinairement, on se lève pour la justice et l'on vote pour le ministère. Moi, j'ouvre une souscription en faveur de la veuve Destrois, ex-directrice de poste et qui sera toujours *ex*, et je m'inscris pour trois mille francs.

Autant M. Leuwen était tranchant avec les ministres, autant il était attentif à être le très humble serviteur de sa *Légion du midi*. Il n'invitait à dîner chez lui que ses vingt-huit députés ; s'il eût voulu, son parti personnel, car ses opinions étaient fort accommodantes, se fût élevé à cinquante ou soixante.

« Les ministres donneraient bien les cent mille francs qu'ils ont envoyés trop tard à mon fils pour scinder ma bonne petite troupe. »

Assez ordinairement, il avait tous ces messieurs à dîner le lundi pour convenir du plan de la campagne parlementaire pendant la semaine.

— Lequel de vous, messieurs, aurait pour agréable de dîner au Château ?

À ce mot, ces bons députés le virent ministre. Ces messieurs convinrent que M. Chapeau, l'un d'entre eux, devait avoir cet honneur le premier, et que plus tard, avant la fin de la session, on solliciterait le même honneur pour M. Cambray.

— J'ajouterai à ces noms ceux de MM. Lamorte et Debrée, qui ont voulu nous quitter.

Ces messieurs bredouillèrent et firent des excuses.

M. Leuwen alla solliciter l'aide de camp de service de Sa Majesté, et moins de quinze jours après ces quatre députés, plus obscurs qu'aucun de la Chambre, furent engagés à dîner chez le roi. M. Cambray fut tellement comblé de cette faveur inespérée qu'il tomba malade et ne put en profiter.

Le lendemain du dîner chez le roi, M. Leuwen pensa qu'il devait profiter de la faiblesse de ces bonnes gens, auxquels l'esprit seul manquait pour être méchants.

— Messieurs, leur dit-il, si Sa Majesté m'accordait une croix, lequel de vous devrait être l'heureux chevalier ?

Ces messieurs demandèrent huit jours pour se concerter, mais ils ne purent tomber d'accord. On alla au scrutin après dîner, suivant un usage que M. Leuwen laissait exprès tomber un peu en désuétude. On était vingt-sept. M. Cambray, malade et absent, eut treize voix, M. Lamorte quatorze, y compris celle de M. Leuwen. M. Lamorte fut désigné.

Il n'y avait pas la moindre apparence qu'il pût obtenir une croix. « Mais, pensa-t-il, cette idée les empêchera de se révolter. »

M. Leuwen allait assez régulièrement chez le maréchal N..., depuis que ce

ministre avait nommé Lucien lieutenant.
Le maréchal lui témoignait beaucoup de
bienveillance, et ces messieurs finirent par
se voir trois fois la semaine. Le maréchal
finit par lui faire entendre, mais de façon
à ne pas s'attirer de réponse, que si le
ministère tombait et que lui maréchal fût
chargé d'en former un autre, il ne se sépa-
rerait pas de M. Leuwen. M. Leuwen fut
très reconnaissant, mais évita soigneusement de prendre un engagement analogue.

Depuis longtemps, M. Leuwen avait osé
avouer ses lueurs d'ambition à madame
Leuwen.

— Je commence à songer sérieusement
à tout ceci. Le succès est venu me chercher ;
moi être *éloquent*, comme [disent] les
journalistes amis, cela me paraît plaisant :
je parle à la Chambre comme dans un
salon. Mais [si] ce ministère, qui ne bat
plus que d'une aile, vient à tomber, je ne
saurai plus que dire, car enfin je n'ai d'opinion sur rien, et certainement, à mon
âge, je n'irai pas étudier pour m'en
former une.

— Mais, mon père, vous possédez parfaitement les questions de finances ; vous
comprenez le budget avec tous ses leurres,
et il n'y a pas cinquante députés qui

sachent exactement comment le budget
ment, et ces cinquante députés sont achetés avec soin et avant tous les autres.
Avant-hier, vous avez fait frémir M. le
ministre des Finances dans la question
du monopole des tabacs. Vous avez tiré
un parti prodigieux de la lettre du préfet
Noireau, qui refuse la culture à un homme
qui pense mal.

— Ceci n'est que du sarcasme. Un peu
fait bien, mais toujours du sarcasme finira
par révolter la minorité stupide de la
Chambre, qui au fond ne comprend rien
à rien, et est presque la majorité. Mon
éloquence et ma réputation sont comme
une omelette soufflée ; un ouvrier grossier
trouve que c'est viande creuse.

— Vous connaissez parfaitement les
hommes en général, et surtout tout ce
qui a paru dans les affaires à Paris depuis
le consulat de Napoléon en 1800, cela
est immense.

— La *Gazette* vous appelle le Maurepas
de cette époque, dit madame Leuwen.
Je voudrais bien avoir sur vous le crédit
que madame de Maurepas avait sur son
mari. Amusez-vous, mon ami, mais, de
grâce, ne vous faites pas ministre, vous en
mourriez. Vous parlez déjà beaucoup trop
j'ai mal à votre poitrine.

— Il y a un autre inconvénient à être

ministre : je me ruinerais. La perte de
ce pauvre Van Peters se fait vivement
sentir. Nous avons été *pincés* dernièrement dans deux banqueroutes d'Amster-
dam, uniquement parce que depuis qu'il
nous manque je ne suis pas allé en Hol-
lande. Cette maudite Chambre en est la
cause, et le maudit Lucien que voilà est
la cause première de tous mes embarras.
D'abord, il m'a enlevé la moitié de votre
cœur. Ensuite, il devrait connaître le prix
de l'argent et être à la tête de ma maison
de banque. A-t-on jamais vu un homme
né riche qui ne songe pas à doubler sa
fortune ? Il mériterait d'être pauvre. Ses
aventures de Caen lors de la nomination
de M. Mairobert m'ont piqué. Sans la
sotte réception que lui fit le de Vaize,
jamais je n'aurais songé à *me faire une
position* à la Chambre. J'ai pris goût à ce
joujou à la mode. Maintenant, je vais
avoir une bien autre part à la chute de
ce ministère, s'il tombe toutefois, que je
n'en ai eu à sa formation.

Mais une objection terrible se présente : *que puis-je demander?* Si je ne prends
rien de substantiel, au bout de deux mois
le ministère que j'aurai aidé à naître se
moque de moi, et je suis dans une *position ridicule.* Me faire receveur général,
cela ne signifie rien pour moi comme argent

et d'ailleurs c'est un avantage trop subalterne pour ma position actuelle à la Chambre. Faire Lucien préfet malgré lui, c'est ménager à celui de mes amis qui sera ministre de l'Intérieur le moyen de me jeter dans la boue en le destituant, ce qui arriverait avant trois mois.

— Mais ne serait-ce pas un beau rôle que de faire le bien et de ne rien prendre ? dit madame Leuwen.

— C'est ce que notre public ne croira jamais. M. de Lafayette a joué ce rôle pendant quarante ans, et a toujours été sur le point d'être ridicule. Ce peuple-ci est trop gangrené pour comprendre ces choses-là. Pour les trois quarts des gens de Paris, M. de Lafayette eût été un homme admirable s'il eût volé quatre millions. Si je refusais le ministère et montais ma maison de façon à dépenser cent mille écus par an, tout en achetant des terres (ce qui montrerait que je ne me ruine pas), on ajouterait foi à mon génie, et je garderais la supériorité sur tous ces demi-fripons qui vont se disputer le ministère.

Si tu ne me résous pas cette question-ci : *Que puis-je prendre?* dit-il à son fils en riant, je te regarde comme un être sans imagination et je n'ai d'autre parti à suivre que de jouer la petite santé et d'aller passer trois mois en Italie pour laisser faire un ministère sans moi. Au retour, je me trouverai bien effacé, mais je ne serai pas ridicule.

En attendant que je trouve les moyens d'user de cette faveur combinée du roi et de la Chambre qui fait de moi l'un des représentants de la haute banque, il faut constater cette faveur et l'augmenter.

J'ai à vous demander une grande corvée, ma chère amie, ajouta-t-il en s'adressant plus particulièrement à sa femme ; il s'agirait de donner deux bals. Si le premier n'est pas *well attended*, nous nous dispenserons du second, mais je suppose qu'au second nous aurons *toute la France*, comme on disait dans ma jeunesse.

Les deux bals eurent lieu et avec un immense succès, ils furent pleinement favorisés par la mode. Le maréchal vint au premier, où la Chambre des députés afflua en masse, l'on peut dire ; le prince ne manqua pas ; mais, ce qui fut plus réel, le ministre de la Guerre affecta de prendre à part M. Leuwen pendant vingt minutes au moins. Ce qu'il y avait de singulier, c'est que pendant cet aparté, qui faisait ouvrir de grands yeux aux cent quatre-vingts députés présents, le maréchal avait réellement parlé d'affaires à M. Leuwen.

— Je suis bien embarrassé d'une chose, avait dit le ministre de la Guerre. En choses raisonnables, que trouveriez-vous à faire pour M. votre fils ? Le voulez-vous préfet ? Rien de si simple. Le voudriez-vous secrétaire d'ambassade ? Il y a une hiérarchie gênante. Je le ferais second, et dans trois mois premier.

— *Dans trois mois ?* dit M. Leuwen avec un air naturellement dubitatif et bien loin d'être exagéré.

Malgré cet air le maréchal eût pris ce mot pour une insolence dans tout autre. A M. Leuwen il répondit de l'air de la plus grande bonne foi et d'un embarras réel :

— Voilà une difficulté. Donnez-moi un moyen de la lever.

M. Leuwen, ne trouvant rien à répondre, se rejeta dans la reconnaissance, dans l'amitié la plus réelle, la plus simple, la plus... [1].

Ces deux plus grands trompeurs de Paris étaient sincères. Ce fut la réflexion de madame Leuwen quand M. Leuwen lui répéta le dialogue de son aparté avec le maréchal.

Au second bal, tous les ministres furent obligés de paraître. La pauvre petite

---

1. En blanc dans le texte. N. D. L. E.

madame de Vaize pleura presque en disant
à Lucien :

— Aux bals de la saison prochaine,
c'est vous qui serez ministres, et c'est
moi qui viendrai chez vous.

— Je ne vous serai pas plus dévoué
alors qu'aujourd'hui, parce que c'est
impossible. Mais qui serait ministre dans
cette maison ? Ce n'est pas moi, ce serait
encore moins mon père, s'il est possible.

— Vous n'en êtes que plus méchants :
vous nous renversez, et ne savez que mettre
à la place. Tout cela parce que M. de Vaize
ne vous a pas fait assez la cour à vous,
monsieur, quand vous reveniez de Caen.

— Je suis désolé de votre chagrin.
Que ne puis-je vous consoler en vous donnant mon cœur ! Mais vous savez bien
qu'il est *vôtre* depuis longtemps, ce qui
fut dit avec assez de sérieux pour n'être
pas une impertinence.

La pauvre petite madame de Vaize
n'avait pas assez d'esprit pour voir la
réponse à faire, et était encore bien plus
loin d'avoir assez d'esprit pour *faire* cette
réponse. Elle se contenta de la sentir
confusément. C'était à peu près :

« *Si j'étais parfaitement sûre que vous
m'aimez, si j'avais pu prendre sur moi
d'accepter votre hommage, le bonheur d'être
à vous serait peut-être la seule consolation*

possible au malheur de perdre le ministère. »

« Voilà encore un des malheurs de ce ministère que mon père côtoie. Il ne fut point un bonheur pour cette pauvre petite femme quand M. de Vaize y arriva. Le seul sentiment qu'il produisit probablement chez elle, autant que j'ai pu en juger, fut l'embarras, la crainte, etc., et voilà qu'elle va être au désespoir de le perdre, si elle le perd. C'est une âme qui ne demande qu'un prétexte pour être triste. Si le de Vaize est chassé, elle prendra peut-être le parti d'être triste pendant dix ans. Au bout de ces dix ans, elle sera au commencement de l'âge mûr, et si elle ne trouve pas un prêtre pour s'occuper d'elle exclusivement sous prétexte de diriger sa conscience, elle est ennuyée et malheureuse jusqu'à la mort. Il n'est aucune beauté, aucune élégance de manières qui puisse faire passer sur un caractère aussi ennuyeux. *Requiescat in pace.* Je serais bien attrapé si elle me prenait au mot et me donnait son cœur. Les temps sont maussades et tristes ; sous Louis XIV, j'eusse été galant et aimable auprès d'une telle femme, j'eusse essayé du moins. En ce XIXe siècle, je suis platement sentimental, c'est pour elle la seule consolation en mon pouvoir. »

Si nous écrivions les *Mémoires de Wal-*

pole, ou tout autre livre de ce genre également
ment au-dessus de notre génie, nous con-
tinuerions à donner l'histoire anecdotique
de sept demi-coquins, dont deux ou trois
adroits et un ou deux beaux parleurs,
remplacés par le même nombre de fripons.
Un pauvre honnête homme qui, au ministère de l'Intérieur, se fût occupé avec *bonne
foi* de choses utiles eût passé pour un sot ;
toute la Chambre l'eût bafoué. Il fallait
faire sa fortune non pas en volant brutalement ; toutefois, avant tout, pour être
estimé, il fallait mettre du foin dans ses
bottes. Comme ces petites mœurs sont
à la veille d'être remplacées par les vertus
désintéressées de la république qui sau-
ront mourir comme Robespierre, avec
treize livres dix sous dans sa poche, nous
avons voulu en *garder note.*

Mais ce n'est pas même l'histoire des
goûts au moyen desquels cet homme de
plaisir écartait l'ennui que nous avons
promise au lecteur. Ce n'est que l'histoire
de son fils, être fort simple qui, malgré
lui, fut jeté dans des embarras par cette
chute de ministres, autant du moins que
son caractère triste, ou du moins sérieux,
le lui permit.

Lucien avait un grand remords à propos
de son père. Il n'avait pas d'amitié pour
lui, c'est ce qu'il se reprochait souvent

sinon comme un crime, du moins comme
un manquement de cœur. Lucien se disait
quand les affaires dont il était accablé
lui permettaient de réfléchir un peu :

« Quelle reconnaissance ne dois-je pas
à mon père ? Je suis le motif de presque
toutes ses actions ; il est vrai qu'il veut
conduire ma vie à sa manière. Mais au
lieu d'ordonner, il me persuade. Combien
ne dois-je pas être attentif sur moi ! »

Il avait une honte intime et profonde
à s'avouer, mais enfin il fallait bien qu'il
s'avouât, qu'il manquait de tendresse pour
son père. C'était un tourment pour lui,
et un malheur presque plus âpre que ce
qu'il appelait, dans ses jours de *noir,
avoir été trahi par madame de Chasteller.*

Le véritable caractère de Lucien ne
paraissait point encore. Cela est drôle à
vingt-quatre ans. Sous un extérieur qui
avait quelque chose de singulier et de parfaitement noble, ce caractère était naturellement gai et insouciant. Tel il avait
été pendant deux ans après avoir été chassé
de l'Ecole, mais cette gaieté souffrait
actuellement une éclipse totale depuis
l'aventure de Nancy. Son esprit admirait
la vivacité et les grâces de mademoiselle
Raimonde, mais il ne pensait à elle que
lorsqu'il voulait tuer la partie la plus
noble de son âme.

Dans cette crise ministérielle vint se joindre à ce sujet de tristesse le remords cuisant de ne pas avoir d'amitié ou de tendresse pour son père. Le *chasme* [1] entre ces deux êtres était trop profond. Tout ce qui, à tort ou à raison, paraissait sublime, généreux, tendre à Lucien, toutes les choses desquelles il pensait qu'il était noble de mourir pour elles, ou beau de vivre avec elles, étaient des sujets de bonne plaisanterie pour son père et une duperie à ses yeux. Ils n'étaient peut-être d'accord que sur un tel sentiment : l'amitié intime consolidée par trente ans d'épreuves. A la vérité, M. Leuwen était d'une politesse exquise et qui allait presque jusqu'au *sublime* et à la reproduction de la réalité pour les faiblesses de son fils ; mais, ce fils avait assez de tact pour le deviner, c'était le sublime de l'esprit, de la finesse, de l'art d'être poli, délicat, parfait.

1. Séparation.

CHAPITRE LXI

Tout le monde voyait de plus en plus que M. Leuwen allait représenter la Bourse et les intérêts d'argent dans la crise ministérielle que tous les yeux voyaient s'élever rapidement à l'horizon et s'avancer. Les disputes entre le maréchal ministre de la Guerre et ses collègues devenaient journalières et l'on peut dire violentes. Mais ce détail se trouvera dans tous les mémoires contemporains et nous écarterait trop de notre sujet. Il nous suffira de dire qu'à la Chambre M. Leuwen était plus entouré que les ministres actuels.

L'embarras de M. Leuwen croissait de jour en jour. Tandis que tout le monde enviait sa façon d'être, son existence à la Chambre, dont il était fort content aussi, il voyait clairement l'impossibilité de la faire durer. Tandis que les députés instruits, les gros bonnets de la banque, les diplomates en petit nombre qui connaissent le pays où ils sont, admiraient la facilité et l'air de désoccupation avec

lequel M. Leuwen conduisait et ménageait
le grand changement de personnes à la
tête duquel il s'était placé, cet homme
d'esprit était au désespoir de ne point
avoir de projet.

— Je retarde tout, disait-il à sa femme
et à son fils, je fais dire au maréchal qu'il
pousse à bout le ministre des Finances,
qu'il pourrait bien amener une enquête
sur les quatre ou cinq millions d'appointements qu'il se donne, j'empêche le de
Vaize, qui est hors de lui, de faire des
folies, je fais dire à ce gros Bardoux des
Finances que nous ne dévoilerons que
quelques-unes des moindres bourdes de
son budget, etc., etc. Mais au milieu de
tous ces retards il ne me vient pas une
idée. Qui est-ce qui me fera la charité
d'une idée ?

— Vous ne pouvez pas prendre votre
glace et vous avez peur qu'elle ne se
fonde, dit madame Leuwen. Cruelle situa-
ation pour un gourmand !

— Et je meurs de peur de regretter ma
glace quand elle sera fondue.

Ces conversations se renouvelaient tous
les soirs autour de la petite table où madame Leuwen prenait son lichen.

Toute l'attention de M. Leuwen était
appliquée maintenant à retarder la chute
du ministère. Ce fut dans ce sens qu'il

dirigea ses trois ou quatre dernières conversations avec un grand personnage. Il ne
pouvait pas être ministre, ilne savait qui
porter au ministère, et si un ministère
était fait sans lui, il perdait sa position.

Depuis deux mois, M. Leuwen était
extraordinairement ennuyé par M. Grandet
qui, à bon compte, s'était mis à se souvenir
tendrement qu'ils avaient autrefois travaillé ensemble chez M. Perregaux.
M. Grandet lui faisait la cour et semblait
ne pas pouvoir vivre sans le père ou le
fils.

— Ce fat-là voudrait être receveur
général à Paris ou à Rouen, ou vise-t-il à la
pairie ?

— Non, il veut être ministre.

— Ministre, lui ? Grand Dieu ! répondit M. Leuwen en éclatant de rire. Mais
ses chefs de division se moqueraient de
lui !

— Mais il a cette importance épaisse et
sotte qui plaît tant à la Chambre des
députés. Au fond, ces messieurs abhorrent
l'esprit. Ce qui leur déplaisait en MM.
Guizot et Thiers, qu'était-ce, sinon *l'esprit?*
Au fond, ils n'admettent l'esprit que comme
mal nécessaire. C'est l'effet de l'éducation
de l'Empire et des injures que Napoléon
adressa à *l'idéologie* de M. de Tracy à son
retour de Moscou.

— Je croyais que la Chambre ne voudrait pas descendre plus bas que le comte de Vaize. Ce grand homme a juste le degré de grossièreté et d'esprit cauteleux à la Villèle pour être de plain-pied et à deux de jeu avec l'immense majorité de la Chambre. Mais ce M. Grandet, tellement plat, tellement grossier, le supporteront-ils ?

— La vivacité et la délicatesse de l'esprit seraient un défaut certainement mortel pour un ministre, la Chambre de gens de l'ancien régime à laquelle M. de Martignac avait affaire eut bien de la peine à lui pardonner un joli petit esprit de vaudeville, qu'eût-ce été s'il eût joint à ce défaut cette délicatesse qui choque tant les marchands épiciers et les gens à argent ? S'il doit y avoir excès, l'excès de grossièreté est bien moins dangereux ; on peut toujours y remédier.

— Mais ce Grandet ne conçoit pas d'autre vertu que de s'exposer au feu d'un pistolet ou d'une barricade d'insurgés. Dès que, dans une affaire quelconque, un homme ne se rendra pas à un bénéfice d'argent, à une place dans sa famille ou à quelques croix, il criera à l'hypocrisie. Il dit qu'il n'a jamais vu que trois dupes en France : MM. de Lafayette, Dupont de l'Eure et Dupont de Nemours qui entendait

le langage des oiseaux. S'il avait encore
quelque esprit, quelque instruction, quelque vivacité pour ferrailler agréablement
dans la conversation, il pourrait faire
quelque illusion ; mais le moins clairvoyant
aperçoit tout de suite le marchand de
gimgembre enrichi qui veut se faire duc.

C'était un homme bien autrement
commun encore que M. de Vaize.

— M. le comte de Vaize est un Voltaire
pour l'esprit et un Jean-Jacques pour le
sentiment romanesque, si on le compare
à Grandet.

C'était un homme qui, comme le M. de
Castries du siècle de Louis XVI, ne conce-
vait pas que l'on pût tant parler d'un
d'Alembert et d'un Diderot, gens sans voiture. De telles idées étaient de bon ton
en 1780, elles sont aujourd'hui au-dessous
d'une gazette légitimiste de province et
elles compromettent le parti.

Depuis le grand succès que son second
discours à la Chambre avait procuré à
M. Leuwen, Lucien remarqua qu'il était
un tout autre personnage dans le salon
de madame Grandet. Il tâchait de profiter
de cette nouvelle fortune et parlait de
son amour, mais, au milieu de toutes les
recherches du luxe le plus cher, Lucien
n'apercevait que le génie de l'ébéniste ou

du tapissier. La délicatesse de ces artisans ne lui faisait voir que plus clairement les traits moins délicats du caractère de madame Grandet. Il était poursuivi par une image funeste qu'il faisait de vains efforts pour éloigner : la femme d'un marchand mercier qui vient de gagner le gros lot à une de ces loteries de Vienne que les banquiers de Francfort se donnent tant de peine pour faire connaître.

Madame Grandet n'était point ce qu'on appelle une sotte, et elle s'apercevait fort bien de ce peu de succès.

— Vous prétendez avoir pour moi un sentiment invincible, lui dit-elle un jour avec humeur, et vous n'avez pas même ce plaisir à voir les gens qui précède l'amitié !

« Grand Dieu ! Quelle vérité funeste ! se dit Lucien. Est-ce qu'elle va avoir de l'esprit à mes dépens ? »

Il se hâta de répondre :

— Je suis d'un caractère timide, enclin à la mélancolie, et ce malheur est aggravé par celui d'aimer profondément une femme parfaite et qui ne sent rien pour moi.

Jamais il n'avait eu plus grand tort de faire de telles plaintes : c'était désormais madame Grandet qui faisait pour ainsi dire la cour à Lucien. Celui-ci semblait profiter de cette position, mais il y avait cela de cruel qu'il semblait s'en prévaloir surtout quand il y avait beaucoup de monde. S'il trouvait madame Grandet environnée seulement par ses complaisants habituels, il faisait des efforts incroyables pour ne pas les mépriser.

« Ont-ils tort de sentir la vie d'une façon opposée à la mienne ? Ils ont la majorité pour eux ! »

Mais, en dépit de ces raisonnements fort justes, peu à peu il devenait froid, silencieux, sans intérêt pour rien.

« Comment parler de la vraie vertu, de la gloire, du beau, devant des sots qui comprennent tout de travers et cherchent à salir par de basses plaisanteries tout ce qui est délicat ? »

Quelquefois, à son insu, ce dégoût profond le servait et rachetait les mouvements impétueux qu'il avait encore quelquefois et que la société de Nancy avait fortifiés en lui au lieu de les corriger.

« Voilà bien l'homme de bon ton, se disait madame Grandet en le voyant debout devant sa cheminée, tourné vers elle et ne regardant rien. Quelle perfection pour un homme dont le grand-père peut-être n'avait pas de carrosse ! Quel dommage qu'il ne porte pas un nom historique ! Les moments vifs qui forment une sorte de tache dans ses manières seraient de l'héroïsme. Quel dommage qu'il n'arrive pas quelqu'un dans le salon pour jouir de la haute perfection de ses manières !... »

Elle ajoutait cependant :

« Ma présence devrait le tirer de cet état *normal* de l'homme comme il faut, et il semble que c'est surtout quand il est seul avec moi... et avec ces messieurs (madame Grandet eût presque dit en se parlant à soi-même : « avec ma suite ») qu'il étale le plus de désintérêt et de politesse... S'il ne montrait jamais de chaleur pour rien, disait madame Grandet, je ne me plaindrais pas. »

Il est vrai que Lucien, désolé de s'ennuyer autant dans la société d'une femme qu'il devait adorer, eût été encore plus désolé que cet état de son âme parût ; et, comme il supposait ces gens-là très attentifs aux procédés personnels, il redoublait de politesse et d'attentions agréables à leur égard.

Pendant ce temps, la position de Lucien, secrétaire intime d'un ministre turlupiné par son père, était devenue fort délicate. Comme par un accord tacite, M. de Vaize et Lucien ne se parlaient presque plus que pour s'adresser des choses polies ; un garçon de bureau portait les papiers d'un bureau à l'autre. Pour marquer confiance à Lucien, le comte de Vaize l'accablait pour ainsi dire des grandes affaires du ministère.

« Croit-il pouvoir me faire crier grâce ? pensait Lucien, et il travailla au moins autant que trois chefs de bureau. Il était souvent à son bureau dès sept heures du matin, et bien des fois pendant le dîner faisait faire des copies dans le comptoir de son père, et retournait le soir au ministère pour les faire placer sur la table de Son Excellence. Au fond, l'Excellence recevait avec toute l'humeur possible ces preuves de ce qu'on appelle dans les bureaux du talent.

— Ceci est plus hébétant au fond, disait [Lucien] à Coffe, que de calculer le chiffre d'un logarithme qu'on veut pousser à quatorze décimales.

— M. Leuwen et son fils, disait M. de Vaize à sa femme, veulent apparemment me prouver que j'ai mal fait de ne pas lui offrir une préfecture à son retour de Caen. Que peut-il demander ? Il a eu son grade et sa croix, comme je le lui avais promis s'il réussissait, et il n'a pas réussi.

Madame de Vaize faisait appeler Lucien trois ou quatre fois la semaine, et lui volait un temps précieux pour ses paperasses.

Madame Grandet trouvait aussi des prétextes fréquents pour le voir dans la

journée ; et, par amitié et reconnaissance
pour son père, Lucien cherchait à profiter
de ces occasions pour se donner les appa-
rences d'un amour vrai. Il supputait qu'il
voyait madame Grandet au moins douze
fois la semaine.

« Si le public s'occupe de moi, il doit
me croire bien épris et je suis à jamais
lavé du soupçon de saint-simonisme. »

Pour plaire à madame Grandet, il mar-
quait parmi les jeunes gens de Paris qui
mettent le plus de soin à leur toilette [1].

— Tu as tort de te rajeunir, lui disait
son père. Si tu avais trente-six ans, ou du
moins la mine revêche d'un doctrinaire,
je pourrais te donner la position que je
voudrais.

Tout cet ensemble de choses durait
depuis six semaines, et Lucien se consolait
en voyant que cela ne pouvait guère durer
six semaines encore, quand, un beau jour,
madame Grandet écrivit à M. Leuwen
pour lui demander une heure de conversation le lendemain, à dix heures, chez
madame de Thémines.

« On me traite déjà en ministre, ô
position favorable ! » dit M. Leuwen.

Le lendemain, madame Grandet com-

1. Dire : c'est un homme à la mode du jour.

mença par des protestations infinies.
Pendant ces circonlocutions bien longues,
M. Leuwen restait grave et impassible.

« Il faut bien être ministre, pensait-il,
puisqu'on me demande des audiences ! »

Enfin, madame Grandet passa aux
louanges de sa propre sincérité... M. Leuwen comptait les minutes à la pendule
de la cheminée.

« Surtout, et avant tout, il faut me
taire ; pas la moindre plaisanterie sur
cette jeune femme si fraîche, si jeune, et
déjà si ambitieuse. Mais que veut-elle ?
Après tout, cette femme manque de tact,
elle devrait s'apercevoir que je m'ennuie...
Elle a l'habitude de façons plus nobles,
mais moins de véritable esprit, qu'une
de nos demoiselles de l'Opéra. »

Mais il ne s'ennuya plus quand madame
Grandet lui demanda tout ouvertement
un ministère pour M. Grandet.

— Le roi aime beaucoup M. Grandet,
ajoutait-elle, et sera fort content de le
voir arriver aux grandes affaires. Nous
avons de cette bienveillance du Château
des preuves que je vous détaillerai si
vous le souhaitez et m'en accordez le
loisir.

A ces mots, M. Leuwen prit un air
extrêmement froid. La scène commençait
à l'amuser, il valait la peine de jouer la

comédie. Madame Grandet, alarmée et presque déconcertée, malgré la ténacité de son esprit qui ne s'effarouchait pas pour peu de chose, se mit à parler de l'amitié de lui, Leuwen, pour elle...

A ces phrases d'amitié qui demandaient un signe d'assentiment, M. Leuwen restait silencieux et presque absorbé. Madame Grandet vit que sa tentative échouait.

« J'aurai gâté nos affaires, » se dit-elle. Cette idée la prépara aux partis extrêmes et augmenta son degré d'esprit.

Sa position empirait rapidement : M. Leuwen était loin d'être pour elle le même homme qu'au commencement de l'entrevue. D'abord, elle fut inquiète, puis effrayée. Cette expression lui allait bien et lui donnait de la physionomie. M. Leuwen fortifia cette peur.

La chose en vint au point de gravité que madame Grandet prit le parti de lui demander ce qu'il pouvait avoir contre elle. M. Leuwen, qui depuis trois quarts d'heure gardait un silence presque morne, de mauvais présage[1], avait toutes les peines du monde en ce moment à ne pas éclater de rire.

« Si je ris, pensait-il, elle voit l'abomination de ce que je vais lui dire, et tout

_____
1. Dogged.

l'ennui qui m'assomme depuis une heure
est perdu. Je manque l'occasion d'avoir
le vrai *tirant d'eau* de cette vertu célèbre. »

Enfin, comme par grâce, M. Leuwen,
qui était devenu d'une politesse désespérante, commença à laisser entrevoir
que bientôt peut-être il daignerait s'expliquer. Il demanda des pardons infinis
de la communication qu'il avait à dire
et puis du mot cruel qu'il serait forcé
d'employer. Il s'amusa à promener la
terreur de madame Grandet sur les choses
les plus terribles.

« Après tout, elle n'a pas de caractère,
et ce pauvre Lucien aura là une ennuyeuse
maîtresse, s'il l'a. Ces beautés célèbres sont
admirables pour la décoration, pour
l'apparence extérieure, et voilà tout. Il
faut la voir dans un salon magnifique,
au milieu de vingt diplomates garnis de
leurs crachats, croix, rubans. Je serais
curieux de savoir si, après tout, sa madame de Chasteller vaut mieux que cela.
Pour la beauté physique, si j'ose ainsi
parler, la magnificence de la pose, la beauté
réelle de ces bras charmants, c'est impossible. D'un autre côté, il est parfaitement exact que, quoique j'aie le plaisir
de me moquer un peu d'elle, elle m'ennuie,
ou du moins je compte les minutes à la
pendule. Si elle avait le caractère que sa

beauté semble annoncer, elle eût dû me couper la parole vingt fois et me mettre au pied du mur. Elle se laisse traiter comme un conscrit qu'on mène battre en duel. »

Enfin, après plusieurs minutes de propositions directes qui portèrent au plus haut point l'anxiété pénible de madame Grandet, M. Leuwen prononça ces mots d'une voix basse et profondément émue :

— Je vous avouerai, madame, que je ne puis vous aimer, car vous serez cause que mon fils mourra de la poitrine.

« Ma voix m'a bien servi, pensa M. Leuwen. Cela est juste de ton et expressif. »

Mais M. Leuwen n'était pas fait, après tout, pour être un grand politique, un Talleyrand, un ambassadeur auprès de personnages graves. L'ennui lui donnait de l'humeur, et il n'était pas sûr de pouvoir résister à la tentation de se distraire par une sortie plaisante ou insolente.

Après ce grand mot prononcé, M. Leuwen se sentit saisi d'un tel besoin d'éclater de rire qu'il s'enfuit. [1]

Madame Grandet, après avoir remis le

---

1. Il faut laisser le demi-jour. La peine de comprendre ôtera l'indécence pour les sots. Autrement, je dirais : Après avoir fait comprendre en des termes si honnêtes que si elle voulait courir la chance de voir son mari ministre, il fallait commencer par faire le bonheur de Lucien, M. Leuwen n'y put tenir : il s'enfuit.

verrou à la porte, resta immobile près
d'une heure sur son fauteuil. Son air
était pensif, elle avait les yeux tout à
fait ouverts, comme la *Phèdre* de M. Gué-
rin au Luxembourg. Jamais ambitieux
tourmenté par dix ans d'attente n'a
désiré le ministère comme elle le souhaitait en ce moment.

« Quel rôle à jouer que celui de Madame
Roland au milieu de cette société qui se
décompose ! Je ferai toutes les circulaires
de mon mari, car il n'a pas de style.

» Je ne puis arriver à une belle position
sans une passion grande et malheureuse,
dont l'homme le plus distingué du faubourg
Saint-Germain serait la victime. Ce fanal
embrasé m'élèverait bien haut ! Mais je puis
vieillir dans ma position actuelle sans que
je voie cet événement devenir un peu
probable, tandis que les gens de cette
sorte, non pas à la vérité de la nuance
la plus noble, mais d'une couleur encore
fort satisfaisante, [fort suffisante], m'en-
vironneront dès que M. Grandet sera ministre... Madame de Vaize n'est qu'une
petite sotte, et elle en regorge. Les gens sages en reviennent toujours au maître
du budget. »

Les raisons se présentaient en foule
à l'esprit de madame Grandet pour la
confirmer dans le sentiment du bonheur

d'être ministre[1]. Or, c'est ce qui n'était
point en question. Ce n'étaient pas précisément ces pensées-là qui enflammaient
la grande âme de madame Roland à la
veille du ministère de son mari. Mais
c'est ainsi que notre siècle imite les grands
hommes de 93, c'est ainsi que M. de Poli-
gnac a eu du caractère ; on copie le fait
matériel : être ministre, faire un coup
d'Etat, faire une journée, un 4 prairial, un
10 août, un 18 fructidor ; mais les moyens
de succès, mais les motifs d'action, on ne
creuse pas si avant.

Mais quand il s'agissait du prix par lequel
il fallait acheter tous ces avantages, l'imagination de madame Grandet la désertait,
elle n'y voulait pas penser : son esprit
était aride. Elle ne voulait pas y consentir
ouvertement, mais bien moins encore s'y
refuser ; elle avait besoin d'une discussion
oiseuse et longue pour y accoutumer son
imagination. Son âme enflammée d'ambition n'avait plus d'attention à donner
à cette condition désagréable, mais d'un
intérêt secondaire. Elle sentait qu'elle
allait en avoir des remords, non pas de
religion, mais de noblesse.

« Est-ce qu'une grande dame, une duchesse de Longueville, une madame de

---

1. Elle se dit de Lucien : C'est un être bon, fort amoureux,
mais qui a peur de moi.

Chevreuse, eussent donné aussi peu
d'attention à la condition désagréable ? »
se répétait-elle à la hâte. Et elle ne se
répondait pas, tant elle pensait peu à ce
qu'elle se demandait, toute absorbée
qu'elle était dans la contemplation du
ministère. « Combien me faudra-t-il de
valets de pied ? Combien de chevaux ? »

Cette femme d'une si célèbre vertu
avait si peu d'attention au service de
l'habitude de l'âme nommée pudeur,
qu'elle oubliait de répondre aux questions
qu'elle se faisait à cet égard et, il faut
l'avouer, presque pour la forme. Enfin,
après avoir joui pendant trois grands quarts
d'heure de son futur ministère, elle prêta
quelque attention à la demande qu'elle se
répétait pour la cinq ou sixième fois :

« Mesdames de Chevreuse ou de Longueville y eussent-elles consenti ? —
Sans doute, elles y eussent consenti, ces
grandes dames. Ce qui les place au-dessous
de moi sous le rapport moral, c'est qu'elles
consentaient à ces sortes de démarches
par une sorte de demi-passion, quand
encore ce n'était pas par suite d'un pen-
chant moins noble. [Plus physique.] Elles
pouvaient être séduites, moi je ne puis
l'être. (Et elle s'admira beaucoup[1].) Dans

---

1. Elle se glorifie de ce qui fait la pauvreté de son âme.

cette démarche, il n'y a que de la haute
sagesse, de la prudence ; je n'y attache
certes l'idée d'aucun plaisir. »

Après s'être sinon rassérénée tout à
fait, du moins bien rassurée de ce côté
féminin, madame Grandet s'abandonna
de nouveau à la douce contemplation des
suites probables du ministère pour sa position dans le monde...

« Un nom qui a passé par le ministère
est célèbre à jamais. Des milliers de
Français ne connaissent des gens qui forment la première classe de la nation que
les noms qui ont été ministres. »

L'imagination de madame Grandet
pénétrait dans l'avenir. Elle peuplait
sa jeunesse des événements les plus
flatteurs.

« Etre toujours juste, toujours bonne
avec dignité, et avec tout le monde,
multiplier mes rapports de toutes sortes
avec la société, remuer beaucoup, et avant
dix ans tout Paris retentira de mon nom.
Les yeux du public sont déjà accoutumés,
il y a du temps, à mon hôtel et à mes fêtes.
Enfin, une vieillesse comme celle de madame Récamier, et probablement avec
plus de fortune. »

Elle ne se demanda qu'un instant,
et pour la forme :

« Mais M. Leuwen aura-t-il assez d'in-

fluence pour donner un portefeuille à
M. Grandet ? Mais, une fois que j'aurai
payé le prix convenu, ne se moquera-t-il
point de moi ? Sans doute il faut examiner
cela, les premières conditions d'un contrat sont la possibilité de livrer la chose
vendue. »

La démarche de madame Grandet était
combinée avec son mari, mais elle s'abs-
tint de rendre compte de la réponse avec
la dernière exactitude. Elle entrevoyait
bien qu'il n'eût pas été décidément impossible de l'amener à une façon raisonnable,
et philosophique, et politique, de voir
les choses, mais c'est toujours une discussion terrible, pour une femme qui se
respecte. « Et, se dit-elle, il vaut bien
mieux la sauter à pieds joints. »

Tout ne fut pas plaisir quand Lucien
entra le soir chez elle ; elle baissa les yeux
d'embarras. Sa conscience lui disait :
« Voilà l'être par lequel je puis être la
femme du ministre de l'Intérieur. »

Lucien, qui n'était point dans la confidence de la démarche faite par son père,
remarqua bien quelque chose de moins
guindé et de plus naturel, et ensuite
quelques lueurs de plus d'intimité et de
bonté, dans la façon d'être de madame
Grandet avec lui. Il aimait mieux cette
façon d'être, qui rappelait, de bien loin il

est vrai, l'idée de la simplicité et du naturel, que ce que madame Grandet
appelait de l'esprit brillant. Il fut beaucoup auprès d'elle ce soir-là.

Mais décidément sa présence gênait
madame Grandet, car elle avait bien plus
les théories que la pratique de la haute
intrigue politique qui, du temps du cardinal de Retz, faisait la vie de tous les
jours des Chevreuse et des Longueville.
Elle congédia Lucien, mais avec un
petit air d'empire et de bonne amitié
qui augmenta le plaisir que celui-ci trouvait à se voir rendre sa liberté dès onze
heures.

Pendant cette nuit, madame Grandet
ne put presque pas dormir. Ce ne fut qu'au
jour, à cinq ou six heures du matin,
que le bonheur d'être la femme d'un ministre la laissa reposer. Elle eût été dans l'hôtel de la rue de Grenelle que ses sensations de bonheur eussent été à peine
aussi violentes. C'était une femme at-
tentive au réel de la vie.

Pendant cette nuit, elle eut cinq ou six
petites contrariétés, par exemple elle
calculait le nombre et le prix des livrées.
Celle de M. Grandet était composée en
partie de drap scrin, lequel, malgré toutes
ses recommandations, ne pouvait guère
conserver sa fraîcheur plus d'un mois.

Combien cette dépense, combien surtout
cette surveillance allait être augmentée par
grand le nombre d'habits nécessaires ! Elle
comptait : le portier, le cocher, les valets
de pied... Mais elle fut arrêtée dans son
calcul, elle avait des incertitudes sur
le nombre des valets de pied.

« Demain, j'irai faire une visite adroite
à madame de Vaize. Il ne faudrait pas
qu'elle se doutât que je viens relever
l'état de sa maison ; si elle pouvait faire
une anecdote de cette visite, cela serait
du dernier vulgaire. Ne pas savoir quel
doit être l'état de maison d'un ministre !
M. Grandet devrait savoir ces choses-
là, mais il a réellement bien peu de
tête ! »

Ce ne fut qu'en s'éveillant, à onze heures,
que madame Grandet pensa à Leuwen ;
bientôt elle sourit, elle trouva qu'elle
l'aimait, qu'il lui plaisait beaucoup plus
que la veille : c'était par lui que toutes
ces grandeurs qui lui donnaient une nouvelle vie pouvaient lui arriver.

Le soir [1], elle rougit de plaisir à son
arrivée. « Il a des façons parfaites, pensait-
elle. Quel air noble ! Combien peu d'empressement ! Combien cela est différent d'un
grossier député de province ! Même les

---

1. C'est le second soir.

plus jeunes, devant moi ils sont comme des
dévots à l'église. Les laquais dans l'antichambre leur font perdre la raison [1]. »

---

1. Donner quelque chose d'humain, quelques détails
vrais (et les placer près du commencement) aux personnages
odieux, comme le comte de Vaize et Mme Grandet ; autrement, j'en ferai, ils seront, sans que je m'en doute, de simples mannequins à abominations ministérielles, comme les
personnages de *M. le Préfet* de M. Lamothe-Langon.

CHAPITRE LXII

PENDANT que Lucien s'étonnait, à l'hôtel Grandet, de la physionomie singulière de l'accueil qu'il recevait ce jour-là, madame Leuwen avait une grande conversation avec son mari.

— Ah ! mon ami, lui disait-elle, l'ambition vous a tourné la tête, une si bonne tête, grand Dieu ! Votre poitrine va souffrir. Et que peut l'ambition pour vous ? Etc., etc. Est-ce de l'argent ? Est-ce des cordons ?

Ainsi parlait madame Leuwen à son mari, lequel se défendait mal.

Notre lecteur s'étonnera peut-être qu'une femme qui, à quarante-cinq ans, était encore la meilleure amie de son mari, fût sincère avec lui. C'est qu'avec un homme d'un esprit singulier et un peu fou, comme M. Leuwen, il eût été excessivement dangereux de n'être pas parfaitement naïve. Après avoir été dupe un mois ou deux, par étourderie, par laisser-aller, un beau jour toutes les forces

de cet esprit vraiment étonnant se seraient
concentrées, comme le feu dans un four-
neau à réverbère, sur le point à l'égard
duquel on voulait le tromper ; la feinte
eût été découverte, moquée, et le crédit
à jamais perdu.

Par bonheur pour le bonheur des
deux époux, ils pensaient tout haut en
présence l'un de l'autre. Au milieu de ce
monde si menteur, et dans les relations
intimes plus menteuses peut-être que
dans celles de société, ce parfum de sincérité
parfaite avait un charme auquel le temps
n'ôtait rien de sa fraîcheur.

Jamais M. Leuwen n'avait été si près
de mentir que dans ce moment. Comme
son succès à la Chambre ne lui avait coûté
aucun travail, il ne pouvait croire à sa
durée, ni presque à sa réalité. Là était
l'illusion, là était le coin de folie, là était
la preuve du plaisir extrême produit par
ce succès et la position incroyable qu'il
avait créée en trois mois. Si M. Leuwen
eût porté dans cette affaire le sang-froid
qui ne le quittait pas au milieu des plus
grands intérêts d'argent, il se serait dit :

« Ceci est un nouvel emploi d'une force
que je possède déjà depuis longtemps.
C'est une machine à vapeur puissante
que je ne m'étais pas encore avisé de faire
fonctionner en ce sens. »

Les flots de sensations nouvelles produites par un succès si étonnant faisaient un peu perdre terre au bon sens de M. Leuwen, et c'est ce qu'il avait honte d'avouer, même à sa femme. Après des discours infinis, M. Leuwen ne put plus nier la dette.

— Eh ! bien, oui, dit-il enfin, j'ai un accès d'ambition, et ce qu'il y a de plaisant, c'est que je ne sais pas quoi désirer.

— La fortune frappe à votre porte, il faut prendre un parti tout de suite. Si vous ne lui ouvrez pas, elle ira frapper ailleurs.

— Les miracles du Tout-Puissant éclatent surtout quand ils opèrent sur une matière vile et inerte. Je fais Grandet ministre, ou du moins je l'essaie.

— M. Grandet ministre ! dit madame Leuwen en souriant. Mais vous êtes injuste envers Anselme ! Pourquoi ne pas songer à lui ?

(Le lecteur aura peut-être oublié qu'Anselme était le vieux et fidèle valet de chambre de M. Leuwen.)

— Tel qu'il est, répondit M. Leuwen avec ce sérieux plaisant qui lui donnait tant de plaisir [1], avec ses soixante ans

1. Humour.
Définition de l'humour qui me vient le 7 février [1835] le sérieux qui donne du plaisir à qui s'en sert.

Anselme vaut mieux pour les affaires que M. Grandet. Après qu'on lui aura accordé un mois pour se guérir de son étonnement, il décidera mieux les affaires, surtout les grandes, où il faut un vrai bon sens, que M. Grandet. Mais Anselme n'a pas une femme qui soit au moment d'être la maîtresse de mon fils, mais en portant Anselme au ministère de l'Intérieur, tout le monde ne verrait pas que c'est Lucien que je fais ministre en sa personne.

— Ah ! que m'apprenez-vous ? s'écria madame Leuwen. Et le sourire qui avait accueilli l'énumération des mérites d'Anselme disparut à l'instant. Vous allez compromettre mon fils. Lucien va être la victime de cet esprit sans repos, de cette femme qui court après le bonheur comme une âme en peine et ne l'atteint jamais. Elle va le rendre malheureux et inquiet comme elle. Mais comment n'a-t-il pas été choqué par ce que ce caractère a de vulgaire ? C'est une *copie continue* !

— Mais c'est la plus jolie femme de Paris, ou du moins la plus brillante. Elle ne peut pas avoir un amant, elle si sage jusqu'ici, sans que tout Paris ne le sache, et pour peu que cet amant ait déjà un nom un peu connu dans le monde, ce choix le place au premier rang.

Après une longue discussion qui ne fut

pas sans charmes pour madame Leuwen, elle finit par convenir de cette vérité. Elle se borna à soutenir que Lucien était trop jeune pour pouvoir être présenté au public, et surtout aux Chambres, comme un homme d'affaires, un homme politique.

— Il a le tort d'avoir une tournure élégante et d'être vêtu avec grâce. Mais je compte, à la première occasion, faire la leçon là-dessus à madame Grandet... Enfin, ma chère amie, je compte avoir tout à fait chassé madame de Chasteller de ce cœur-là, et, je puis vous l'avouer aujourd'hui, elle me faisait trembler.

Il faut que vous sachiez que Lucien a un travail admirable. J'ai d'admirables nouvelles de lui par le vieux Dubreuil, sous-chef de bureau depuis mon ami Crétet, il y a vingt-neuf ans de cela. Lucien expédie autant d'affaires au ministère que trois chefs de bureau. Il ne s'est laissé gâter par aucune des bêtises de la routine que les demi-sots appellent l'usage, le *trantran* des affaires. Lucien les décide net, avec témérité, de façon à se compromettre peut-être, mais de manière aussi à ne pas avoir à y revenir. Il s'est déclaré l'ennemi du marchand de papier du ministère et veut des lettres en dix lignes. Malgré la leçon qu'il a eue à Caen, il opère toujours de cette façon hardie et ferme.

Et remarquez que, comme nous en étions convenus, je ne lui ai jamais dit mon avis net sur sa conduite dans l'élection de M. Mairobert. Je l'ai bien défendue indirectement à la Chambre, mais il a pu voir dans mes phrases l'accomplissement d'un devoir de famille.

Je le ferai secrétaire général si je puis. Si l'on me refuse ce titre à cause de son âge, il sera du moins secrétaire général en effet, la place restera vacante, et sous le nom de secrétaire intime il en fera les fonctions. Il se cassera le cou en un an, ou il se fera une réputation, et je dirai niaisement :

> J'ai fait pour lui rendre
> Le destin plus doux
> Tout ce qu'on peut attendre
> D'une amitié tendre.

Quant à moi, je tire mon épingle du jeu. On voit que j'ai fait Grandet ministre parce que mon fils n'est pas encore de calibre à le devenir. Si je n'y réussis pas, je n'ai pas de reproches à me faire : la fortune ne frappait donc pas à ma porte. Si j'emporte le Grandet, me voilà hors d'embarras pour six mois.

— M. Grandet pourra-t-il se soutenir ?

— Il y a des raisons pour, il y en a contre. Il aura les sots pour lui, il aura, je n'en

doute pas, un train de maison à dépenser
cent mille francs en sus de ses appointements. Cela est immense. Il ne lui man-
quera absolument que de l'esprit dans
la discussion, et du *bon sens* dans les
affaires.

— Excusez du peu, dit madame Leuwen.

— Au demeurant, le meilleur fils du
monde. A la Chambre, il parlera comme
vous savez. Il lira comme un laquais les
excellents discours que je commanderai
aux meilleurs faiseurs, à cent louis par
discours *réussi*. Je parlerai. Aurai-je du
succès pour la défense comme j'en ai eu
pour l'attaque ? C'est ce que je suis curieux
de voir, et cette incertitude m'amuse.
Mon fils et le petit Coffe me feront les
carcasses de mes discours de défense...
Tout cela peut être fort plat, je crois bien...
....
Mais au fond elle était très choquée de la
partie féminine de cet arrangement.

— Cela est de mauvais goût. Je m'é-
tonne comment vous pouvez donner les
mains à de telles choses.

— Mais, ma chère amie, la moitié de
l'histoire de France est basée sur des
arrangements exactement aussi exemplaires que celui-ci. Les trois quarts des
fortunes des grandes familles que vous

voyez aujourd'hui si collet monté furent
établies autrefois par les mains de l'amour.

— Grand Dieu ! quel amour !

— Allez-vous me disputer ce nom honnête que les historiens de France ont adop-
té ? Si vous me fâchez, je prendrai le mot
exact. De François Ier à Louis XV, le
ministère a été donné par les dames, au
moins aux deux tiers des vacances.
Toutes les fois que notre nation n'a pas
la fièvre, elle revient à ces mœurs qui sont
les siennes. Et y a-t-il du mal à faire ce
qu'on a toujours fait ? (C'était là la vraie
morale de M. Leuwen. Pour sa femme,
née sous l'Empire, elle avait cette morale
sévère qui convient au despotisme nais-
sant.)

Elle eut quelque peine à s'accoutumer
à cette morale.

CHAPITRE LXIII

MADAME Grandet n'avait rien de romanesque dans le caractère ni dans les habitudes, ce qui formait, pour qui avait des yeux et n'était pas ébloui par un port de reine et sa fraîcheur digne d'une jeune fille anglaise, un étrange contraste avec sa façon de parler toute sentimentale et toute d'émotion, comme une nouvelle de M. Nodier. Elle ne disait pas : *Paris*, mais : *cette ville immense*. Madame Grandet, avec cet esprit si romanesque en apparence, portait dans toutes ses affaires une raison parfaite, l'ordre et l'attention d'un petit marchand de fil et de mercerie en détail. [1]]

Quand elle se fut accoutumée au bonheur d'être la femme d'un ministre, elle songea que M. Leuwen pouvait être égaré par la douleur de voir son fils devenir la victime d'un amour sans espoir, ou du moins

1. En note Stendhal indique que ce portrait devra être reporté dans la première partie : Nancy, à la scène du bal ou le lecteur doit voir Mᵐᵉ Grandet pour la première fois On sait que cette présentation n'a pas eu lieu. N. D. L. E

se donner un ridicule, car elle ne mit
jamais en question l'amour de Lucien [1].
Elle ne connaissait de l'amour que les
mauvaises copies chargées que l'on en
voit ordinairement dans le monde, elle
n'avait pas les yeux qu'il faut pour le voir
là où il est et se cache. La grande question
à laquelle madame Grandet revenait
sans cesse était celle-ci :

« M. Leuwen a-t-il le pouvoir de faire
un ministre ? C'est sans doute un orateur
fort à la mode ; malgré sa voix presque
imperceptible, c'est le seul homme que la
Chambre écoute, on ne peut le nier. On dit
que le roi le reçoit en secret. Il est au mieux
avec le maréchal N..., ministre de la
Guerre. La réunion de toutes ces circonstances constitue sans doute une position
brillante, mais de là à porter le roi, cet homme si fin et si habile à tromper, à confier
un ministère à M. Grandet, la distance
est incommensurable ! » Et madame Grandet soupirait profondément.

Tourmentée par cette incertitude qui
peu à peu [en deux jours de temps] minait
tout son bonheur, madame Grandet prit
son parti avec fermeté et demanda hardiment un rendez-vous à M. Leuwen : [« Il
ne faut pas le traiter en homme »], et elle

---

[1]. Pour le comique, examiner si Mme Grandet doit croire
si fermement que Lucien l'aime.

eut l'audace d'indiquer ce rendez-vous
chez elle... [1]

....

— Cette affaire est si importante *pour
nous* que je pense que vous ne trouverez
pas singulier que je vous supplie de me
donner quelques détails sur les espérances
que vous m'avez permis de concevoir.

1. [*Scène à faire.* — Position des deux interlocuteurs
M. Leuwen promet un ministère et veut que Mme Grandet
se donne à Lucien avant que l'Ordonnance ne soit dans le
Moniteur. Mme Grandet, avec toute l'honnêteté de *paroles*
possible (là est la source de comique), dit : « Je me donnerai
bien, la difficulté n'est pas là ; mais me donnerez-vous un
ministère ? Mais ferez-vous mon mari ministre ? Une fois
que je me serai attachée à M. votre fils, le ministère peut
tarder. »
    La forme est tout, et je ne veux pas me donner la peine de
faire le dialogue avant d'être sûr que j'emploierai cette scène.
    Le fond raisonnable est que M. Leuwen lui dit : « Prenez
des informations. Demandez si je puis, oui ou non, disposer
probablement d'un ministère. J'avoue qu'il n'y a de sûr
que ce qui est dans le *Moniteur* ; or, cette certitude, je ne
puis pas vous l'offrir. D'ailleurs, la difficulté serait la même
une fois le nom de M. Grandet dans le *Moniteur*, seulement
elle changerait de côté, vos paroles d'à présent, ce serait
alors à moi à les prononcer. Vous pourriez peut-être oublier
votre pitié pour les souffrances de mon fils. »
    On s'ajourne. Mme Grandet prend des informations ;
il en résulte que dans le cas de dislocation du ministère
actuel M. Leuwen a les plus grandes chances d'être ministre
de l'Intérieur ou de faire nommer qui il voudra à cette place,
car sans lui dans les premiers moments le ministère n'aurait
pas la majorité à la Chambre. Il est bien possible qu'après
deux mois le roi se moque de M. Leuwen et le force, par des
dégoûts, à demander sa démission.
    Elle s'assure que M. Leuwen est de bonne foi avec elle.
(Mais comment ?)
    Enfin, elle consent à prendre Lucien pour amant.
    Scènes de Mme Grandet avec Lucien pendant les cinq jours
que dure la négociation que nous venons d'indiquer. Comique]

« Ainsi, se dit M. Leuwen en souriant intérieurement, on ne discute pas le prix, mais seulement la sûreté de la livraison de la chose vendue. »

M. Leuwen, du ton le plus intime et le plus sincère :

— Je suis trop heureux, madame, de voir se resserrer de plus en plus les liens de notre ancienne et bonne amitié. Ils doivent être intimes dorénavant, et pour les amener bientôt à ce degré de douce franchise et de parfaite ouverture de cœur, je vous prie de me permettre un langage exempt de tout vain déguisement... comme si déjà vous faisiez partie de la famille.

Ici, M. Leuwen retint à grand'peine un coup d'œil malin.

— Ai-je besoin de vous demander une discrétion absolue ? Je ne vous cache pas un fait, que d'ailleurs votre esprit profond autant que juste aura deviné de reste : M. le comte de Vaize est aux écoutes. Une seule donnée, un seul fait que ce ministre pourrait recueillir par un de ses cent espions, par exemple par M. le marquis de G... ou M. R..., que bien vous connaissez, pourrait déranger toutes nos petites affaires. M. de Vaize voit le ministère lui échapper, et l'on ne peut lui refuser beaucoup d'activité : tous les jours il a fait dix visites avant huit heures du matin. Cette heure

insolite pour Paris flatte les députés,
auxquels elle rappelle l'activité qu'ils
avaient autrefois, quand ils étaient clercs
de procureur.

M. Grandet est, ainsi que moi, à la
tête de la banque, et depuis Juillet la
banque est à la tête de l'État. La bourgeoisie a remplacé le faubourg Saint-Germain, et la banque est la noblesse de la
classe bourgeoise. M. Laffite, en se figurant
que tous les hommes étaient des anges,
a fait perdre le ministère à sa classe.
Les circonstances appellent la haute
banque à ressaisir l'empire et à reprendre
le ministère, par elle-même ou par ses
amis... On accusait les banquiers d'être
bêtes, l'indulgence de la Chambre a bien
voulu me mettre à même de prouver
qu'au besoin nous savons affubler nos
adversaires politiques de mots assez difficiles à faire oublier. Je sais mieux que personne que ces mots ne sont pas des raisons ;
mais la Chambre n'aime pas les raisons,
et le roi n'aime que l'argent ; il a besoin
de beaucoup de soldats pour contenir
les ouvriers et les républicains. Le gouvernement a le plus grand intérêt à ménager
la Bourse. Un ministère ne peut pas
défaire la Bourse, et la Bourse peut défaire
un ministère. Le ministère actuel ne
peut aller loin.

— C'est ce que dit M. Grandet.

— Il a des vues assez justes ; mais, puisque vous me permettez le langage de l'amitié la plus intime, je vous avouerai que sans vous, madame, je n'eusse jamais songé à M. Grandet. Je vous le dirai brutalement : vous croyez-vous assez de crédit sur lui pour le diriger dans toutes les actions capitales de son ministère ? Il lui faut toute votre habileté pour ménager le maréchal (le ministre de la Guerre). Le roi veut l'armée, le maréchal peut seul l'administrer et la contenir. Or, il aime l'argent, il veut beaucoup d'argent, c'est au ministre des Finances à fournir cet argent. M. Grandet devra tenir la balance égale entre le maréchal et le ministre de l'argent, autrement il y a rupture. Par exemple, aujourd'hui les différends du maréchal avec le ministre des Finances ont amené vingt brouilles suivies de vingt raccommodements. L'aigreur des deux partis est arrivée au point de ne plus permettre de mettre en délibération les sujets les plus simples.

[L'argent est le nerf non seulement de la guerre, mais encore de l'espèce de paix armée dont nous jouissons depuis Juillet. Outre l'armée, indispensable contre les ouvriers, il faut donner des places à tout l'état-major de la bourgeoisie. Il y a là

six mille bavards qui feront de l'éloquence
contre vous, si vous ne leur fermez la bouche avec une place de six mille francs.]

Le maréchal, voulant toujours de
l'argent, a donc dû jeter les yeux sur un
banquier pour ministre de l'Intérieur ; il
veut, entre nous soit dit, un homme à
opposer, s'il le faut, au ministre des Finances, un homme qui comprenne les
diverses valeurs de l'argent aux différentes
heures de la journée. Ce banquier ministre
de l'Intérieur, cet homme, qui peut
comprendre la Bourse et dominer jusqu'à
un certain point les manœuvres de M.
Rot[hschild] et du ministre des Finances,
s'appellera-t-il Leuwen ou Grandet ? Je
suis bien paresseux, bien vieux, tranchons
le mot. Je ne puis pas encore faire mon
fils ministre, il n'est pas député, je ne
sais pas s'il saura parler, par exemple
depuis six mois vous l'avez rendu muet...
Mais je puis faire ministre l'homme
présentable choisi par la personne qui
sauvera la vie à mon fils.

— Je ne doute pas de la sincérité de
votre bonne intention pour *nous*.

— J'entends, madame ; vous doutez un
peu, et c'est une nouvelle raison pour moi
d'admirer votre sagesse, vous doutez de
mon pouvoir. Dans la discussion des
grands intérêts de la Cour et de la poli-

tique, le doute est le premier des devoirs
et ne se trouve une injure pour aucune des
parties contractantes. On peut se faire
illusion à soi-même et précipiter non
seulement l'intérêt d'un ami, mais son
intérêt propre. Je vous ai dit que je pourrais jeter les yeux sur M. Grandet, vous
doutez un peu de mon pouvoir. Je ne puis
vous donner le portefeuille de l'Intérieur
ou des Finances comme je vous donnerais
ce bouquet de violettes. Le roi lui-même,
dans nos habitudes actuelles, ne peut
vous faire un tel don. Un ministre, au
fond, doit être élu par cinq ou six personnes, dont chacune a plutôt le *veto* sur le
choix des autres que le droit absolu de
faire triompher son candidat ; car enfin
n'oubliez pas, madame, qu'il s'agit de
plaire tout à fait au roi, plaire à peu près
à la Chambre des députés, et enfin ne pas
trop choquer cette pauvre Chambre des
pairs. C'est à vous, ma toute belle, à voir
si vous voulez croire que je veux faire
tout ce qui est en moi pour vous placer
dans l'hôtel de la rue de Grenelle. Avant
d'estimer mon degré de dévouement à
vos intérêts, cherchez à vous faire une
idée nette de cette portion d'influence que
pour deux ou trois fois vingt-quatre
heures le hasard a mise dans mes mains.

— Je crois en vous, et beaucoup, et

admettre avec vous une discussion sur
un pareil sujet n'en est pas une faible
preuve. Mais de la confiance en votre génie
et en votre fortune à faire les sacrifices
que vous semblez exiger, il y a loin.

— Je serais au désespoir de blesser
le moins du monde cette charmante délicatesse de votre sexe, qui sait ajouter
tant de charmes à l'éclat de la jeunesse
et de la beauté la plus achevée. Mais
madame de Chevreuse, la duchesse de
Longueville, toutes les femmes qui ont
laissé un nom dans l'histoire et, ce qui
est plus réel, qui ont établi la fortune de
leur maison, ont eu quelquefois des entretiens avec leur médecin. Eh ! bien, moi
je suis le médecin de l'âme, le donneur
d'avis à la noble ambition que cette admirable position a dû placer dans votre
cœur. Dans un siècle, au milieu d'une
société où tout est sable mouvant, où
rien n'a de la consistance, où tout s'est
écroulé, votre esprit supérieur, votre
grande fortune, la bravoure de M. Grandet
et vos avantages personnels vous ont
créé une position réelle, résistante, indé-
pendante des caprices du pouvoir. Vous
n'avez qu'un ennemi à craindre, c'est la
mode ; vous êtes sa favorite dans ce
moment, mais, quel que soit le mérite
personnel, la mode se lasse. Si d'ici à un

an ou dix-huit mois vous ne présentez
rien de neuf à admirer à ce public qui
vous rend justice en ce moment et vous
place dans une situation si élevée, vous
serez en péril ; la moindre vétille, une
voiture de mauvais goût, une maladie,
un rien, malgré votre âge si jeune vous
placeront au rang des mérites historiques.

— Il y a longtemps que je connais cette
grande vérité, dit madame Grandet avec
l'accent d'humeur d'une reine à laquelle on
rappelle mal à propos une défaite de ses
armées, il y a longtemps que je connais
cette grande vérité : la vogue est un feu
qui s'éteint s'il ne s'augmente.

— Il y a une vérité secondaire non
moins frappante, d'une application non
moins fréquente, c'est qu'un malade qui
se fâche contre son médecin, un plaideur
qui se fâche contre son avocat, au lieu de
réserver son énergie à combattre ses
adversaires, n'est pas à la veille de changer
sa position en bien.

M. Leuwen se leva.

— Ma chère belle, les moments sont
précieux. Voulez-vous me traiter comme
un de vos adorateurs et chercher à me
faire perdre la tête ? Je vous dirai que
je n'ai plus de tête à perdre, et je vais
chercher fortune ailleurs.

— Vous êtes un cruel homme. Eh !
bien, parlez.

Madame Grandet fit bien de ne pas
continuer à faire des phrases ; M. Leuwen,
qui était bien plus un homme de plaisir
et d'humeur qu'un homme d'affaires et
surtout qu'un ambitieux, trouvait déjà
ridicule de faire dépendre ses plans des
caprices d'une femmelette, et cherchait
dans sa tête quelque autre arrangement
pour mettre Lucien en évidence.

« Je ne suis pas fait pour le ministère,
je suis trop paresseux, trop accoutumé
à m'amuser, se disait-il pendant les
phrases de madame Grandet, comptant
trop peu sur le lendemain. Si au lieu d'avoir
à déraisonner et battre la campagne
devant moi, une petite femme de Paris,
j'avais le roi, mon impatience serait la
même, et elle ne me serait jamais pardon-
née. Donc, je dois réunir tous mes efforts
sur mon fils. »

— Madame, dit-il comme revenant de
bien loin, voulez-vous me parler comme à
un vieillard de soixante-cinq ans pour
le moment ambitieux en politique, ou
voulez-vous continuer à me faire l'honneur
de me traiter comme un beau jeune
homme ébloui de vos charmes, comme ils
le sont tous ?

— Parlez, monsieur, parlez ! dit madame

Grandet avec vivacité, car elle était habile
à lire dans les yeux la résolution des gens
avec qui elle parlait, et elle commençait
à avoir peur. M. Leuwen lui paraissait
ce qu'il était, c'est-à-dire sérieusement
impatienté.

— Il faut que l'un de nous deux ait
confiance en la fidélité de l'autre.

— Eh ! bien, je vous répondrai avec
toute la franchise qu'à l'instant même
vous présentiez comme un devoir : pourquoi mon lot doit-il être d'*avoir* confiance ?

— C'est la force des choses qui le
veut ainsi. Ce que je vous demande, ce qui
fait votre *enjeu*, si vous daignez me permettre cette façon de parler si vulgaire,
mais pourtant si claire (et le ton de M. Leuwen perdit beaucoup de sa parfaite urbanité pour se rapprocher de celui d'un
homme qui marchande une terre et qui
[vient] de nommer son dernier prix)[1], ce
qui fait votre enjeu, madame, dans cette
grande intrigue de haute ambition, dépend
entièrement et uniquement de vous, tandis
que la place assez enviée dont je vous offre
l'achat dépend du roi, et de l'opinion de
quatre ou cinq personnes, qui daignent
m'accorder beaucoup de confiance, mais

---

1. M. Leuwen doit-il prendre la petite rouerie de détail
d'employer exprès des mots choquants pour la délicatesse
de M** Grandet ? Je penche pour *oui*.

qui enfin ont leur volonté propre, et qui
d'ailleurs, après un jour ou deux, après
un échec de tribune, par exemple, peuvent
ne plus vouloir de moi. Dans cette haute
combinaison d'Etat et de haute ambition
celui de nous deux qui peut disposer du
prix d'achat, de ce que vous m'avez permis
d'appeler son enjeu, doit le délivrer,
sous peine de voir l'autre partie contrac-
tante avoir plus d'admiration pour sa prudence que pour sa sincérité. Celui de nous
deux qui n'a pas son enjeu en son pouvoir, et c'est moi qui suis cet homme,
doit faire tout ce que l'autre peut humaine-
ment demander pour lui donner des
gages [1].

Madame Grandet était rêveuse et visi-
blement embarrassée, mais plus des mots
à employer pour faire la réponse que de
la réponse même. M. Leuwen, qui ne doutait pas du résultat, eut un instant l'idée
malicieuse de renvoyer au lendemain.
La nuit eût porté conseil. Mais la paresse
de revenir lui donna le désir de finir sur-le
champ. Il ajouta d'un ton tout à fait
familier et en abaissant le son de sa voix
d'un demi-ton, avec la voix basse de
M. de Talleyrand :

1. Ennoblir tout ceci ou le parterre siffle ; c'est le joint de
la cuirasse. Civita-Vecchia, 31 janvier [1835]. — Ne pas
trop ennoblir ; c'est assez bien ainsi. 11 février.

— Ces occasions, ma chère amie, qui font ou défont la fortune d'une maison, se présentent une fois dans la vie, et elles se présentent d'une façon plus ou moins commode. La montée au temple de la Fortune qui se présente à vous est une des moins épineuses que j'aie vues. Mais aurez-vous du caractère ? Car enfin, la question se réduit de votre part à ce dilemme : *Aurai-je confiance en M. Leuwen, que je connais depuis quinze ans?* Pour répondre avec sang-froid et sagesse, dites-vous : « Quelle idée avais-je de M. Leuwen et de la confiance qu'il mérite il y a quinze jours, avant qu'il fût question de ministère et de transaction politique entre lui et moi ?

— Confiance entière ! dit madame Grandet avec soulagement, comme heureuse de devoir rendre à M. Leuwen une justice qui tendait à la faire sortir d'un doute bien pénible, confiance entière !

M. Leuwen dit, de l'air qu'on a en convenant d'une nécessité :

— Il faut que sous deux jours au plus tard je présente M. Grandet au maréchal.

— M. Grandet a dîné chez le maréchal il n'y a pas un mois, dit madame Grandet d'un ton piqué.

« J'ai fait fausse route avec cette vanité

de femme ; je la croyais moins bête. »

— Certainement, je ne puis pas avoir la prétention d'apprendre au maréchal à connaître la personne de M. Grandet. Tout ce qui s'occupe à Paris de grandes affaires connaît M. Grandet, ses talents financiers, son luxe, son hôtel ; avant tout, il est connu par la personne la plus distinguée de Paris, à laquelle il a fait l'honneur de donner son nom. Le roi lui-même a beaucoup de considération pour lui, son courage est connu, etc., etc. Tout ce que j'ai à dire au maréchal, c'est ce traître mot : « Voilà M. Grandet, excellent financier, qui comprend l'argent et ses mouvements, dont Votre Excellence pourrait faire un ministre de l'Intérieur capable de tenir tête au ministre des Finances. Je soutiendrais M. Grandet de toutes les forces de ma petite voix. » Voilà ce que j'appelle *présenter*, ajouta M. Leuwen, toujours d'un ton assez vif. Si sous trois jours je ne dis pas cela, je devrai dire, sous peine de me manquer à moi-même : « Toutes réflexions faites, je me ferai aider par mon fils, si vous voulez lui donner le titre de sous-secrétaire d'Etat, et j'accepte le ministère. » Croyez-vous qu'après avoir présenté M. Grandet au maréchal je sois homme à lui dire en secret :

« N'ayez aucune foi à ce que je viens
de vous dire devant Grandet, c'est moi
qui veux être ministre ? »

— Ce n'est pas de votre bonne foi
qu'il peut être question, et vous appliquez
un emplâtre à côté du trou.

Ce que vous me demandez est étrange.
Vous êtes un libertin, dit madame Grandet
pour adoucir le ton du discours. Votre
opinion bien connue sur ce qui fait toute
la dignité de notre sexe ne vous permet
pas de bien apprécier toute l'étendue du
sacrifice. Que dira madame Leuwen ?
Comment lui cacher ce secret ?

— De mille façons, par un anachronisme, par exemple [1].

— Je vous avouerai que je suis hors
d'état de continuer la discussion. Daignez
renvoyer la conclusion de notre entretien
à demain.

— A la bonne heure ! Mais demain
serai-je encore le favori de la fortune ?
Si vous ne voulez pas de mon idée, il
faut que je m'arrange autrement et que,
par exemple, je cherche à distraire mon
fils, qui fait tout mon intérêt en ceci,
par un grand mariage. Songez que je
n'ai pas de temps à perdre. L'absence de

1. [« Mme Grandet est l'amie de mon fils depuis deux mois
avant que le ministère ne menaçât ruine. »]

réponse demain est un *non* sur lequel je ne
puis plus revenir.

Madame Grandet venait d'avoir l'idée
de consulter son mari.

CHAPITRE LXIV[1]

M. Leuwen est un père passionné. Son principal motif, sa grande inquiétude dans toute cette affaire, c'est le goût que M. Lucien Leuwen montre pour mademoiselle Raimonde, de l'Opéra.

— Ma foi, tel père, tel fils !

— C'est ce que j'ai pensé, dit madame Grandet en riant. Il faut vous charger de ce sujet-là, ajouta-t-elle d'un air plus sérieux, ou bien vous n'aurez pas la voix de M. Leuwen.

— C'est une belle voix que vous me promettez-là.

— Je sais que vous avez de l'esprit ; mais tant que cette petite voix se fera écouter, tant que ses sarcasmes seront de mode à la Chambre, on prétend qu'il peut défaire les ministères et l'on ne se hasardera pas à en composer un sans lui.

— C'est plaisant ! Un banquier à demi-hollandais, connu par ses campagnes à l'Opéra, et qui n'a pas voulu être capitaine

1. Scène avec le mari.

de la garde nationale, ajouta M. Grandet
d'un air tragique (son ambition datant des
journées de juin). De plus, ajouta-t-il
d'un air encore plus sombre (il était fort
bien reçu par la reine), de plus, connu
par d'infâmes plaisanteries sur tout ce
que les hommes en société doivent respecter. Etc., etc.

M. Grandet était un demi-sot, lourd et
assez instruit, qui chaque soir suait sang
et eau pendant une heure pour se *tenir au
courant de notre littérature*, c'était son mot.
Du reste, il n'eût pas su distinguer une page
de Voltaire d'une page de M. Viennet.
On peut deviner sa haine pour un homme
d'esprit qui avait des succès et ne se
donnait aucune peine. C'était ce qui l'ou-
trait davantage.

Madame Grandet savait qu'il n'y avait
aucun parti à tirer de son mari jusqu'à
ce qu'il eût épuisé toutes les phrases bien
faites, à ce qu'il pensait, qu'un sujet quelconque pouvait lui fournir. Le malheur,
c'est qu'une de ces phrases engendrait
l'autre. M. Grandet avait l'habitude de
se laisser aller à ce mouvement, il espérait
arriver ainsi à avoir de l'esprit, et il eût
eu raison, si au lieu de Paris il eût habité
Lyon ou Bourges.

Quand madame Grandet, par son silence
fut tombée d'accord avec lui sur tous les

démérites de M. Leuwen, et ce riche sujet
occupa bien vingt minutes :

— Vous marchez maintenant dans la
route de la haute ambition. Vous souvient-
il du mot du chancelier Oxenstiern à son
fils ?

— C'est mon bréviaire que ces bons
mots des grands hommes, ils me conviennent tout à fait : « O mon fils, vous
reconnaîtrez avec combien peu de talent
l'on mène les grandes affaires de ce
monde. »

— Eh ! bien, pour un homme comme
vous, M. Leuwen est un moyen. Qu'importe son mérite ! Si une Chambre composée de demi-sots s'amuse de ses quolibets et prend ses conversations de tribune
pour l'éloquence à haute portée d'un véritable homme d'Etat, que vous importe ?
Songez que c'est une faible femme, madame
de ..., qui, parlant à une autre faible femme,
la reine [Anne] d'Autriche, a fait entrer
dans les conseils le fameux cardinal de
Richelieu. Quel que soit M. Leuwen, il
s'agit de flatter sa manie tant que la
Chambre aura celle de l'admirer. Mais
ce que je vous demande, à vous qui
courez les cercles politiques et qui voyez
ce qui se passe avec un coup d'œil sûr,
le crédit de M. Leuwen est-il réel ? Car il
n'entre pas dans mon système de haute

et pure moralité de faire des promesses
et ensuite de ne les pas tenir avec religion.
Elle ajouta avec humeur : Cela ne m'irait
point du tout.

[Madame Grandet se moquait de son
mari et ne sentait pas toute la portée du
ridicule qu'elle exprimait.]

— Eh ! bien, oui, répondit M. Grandet
avec humeur, M. Leuwen a tout crédit
pour le moment. Ses quolibets à la tribune séduisent tout le monde. Déjà, pour
le goût littéraire, je suis de l'avis de mon
ami Viennet, de l'Académie française :
nous sommes en pleine décadence. Le
maréchal le porte, car il veut de l'argent
avant tout et M. Leuwen, je ne sais en
vérité pourquoi ni comment, est le représentant de la Bourse. Il amuse le vieux
maréchal par ses calembredaines de mauvais ton. Il n'est pas difficile d'être aimable
quand l'on se permet de tout dire. Le roi,
malgré son goût exquis, souffre cet esprit
de M. Leuwen. On dit que c'est lui uniquement qui a démoli ce pauvre de Vaize,
au Château, dans l'esprit du roi.

— Mais, en vérité, M. de Vaize à la tête
des Arts, cela était trop plaisant. On lui
propose un tableau de Rembrandt à acheter pour le Musée, il écrit en marge du
rapport : « *Me dire ce que M. Rembrandt
a exposé au dernier salon.* »

— Oui, mais M. de Vaize est poli, et Leuwen sacrifiera toujours un ami à un bon mot[1].

— Vous sentez-vous le courage de prendre M. Lucien Leuwen, ce fils silencieux d'un père si bavard, pour votre secrétaire général ?

— Comment! Un sous-lieutenant de lanciers secrétaire général! Mais c'est un rêve! Cela ne s'est jamais vu ! Où est la gravité ?

— Hélas ! nulle part. Il n'y a plus de gravité dans nos mœurs, c'est déplorable. M. Leuwen n'a pas été grave en me donnant son ultimatum, sa condition *sine qua non...* Songez, monsieur, que si nous faisons une promesse, il faut la tenir.

— Prendre pour secrétaire général un petit sournois qui s'avise aussi d'avoir des idées ! Il jouera auprès de moi le rôle que M. de N...[1] jouait auprès de M. de Villèle. Je ne me soucie pas d'un *ennemi intime.*

Madame Grandet eut encore à supporter vingt minutes d'humeur, les phrases spirituelles et profondes d'un demi-sot qui cherchait à imiter Montesquieu, qui ne comprenait pas un mot à sa position, et qui avait l'intelligence bouchée par cent

1. M. Grandet a une peur du diable des épigrammes, comme Martial, comme les sots qui s'imposent la corvée de lire et d'être littéraires.
1. Renneville.

mille livres de rente. Cette réplique cha-
leureuse de M. Grandet, et toute palpi-
tante d'intérêt, comme il l'aurait appelée
lui-même, ressemblait comme deux gouttes
d'eau à un article de journal (de MM. Salvandy ou Viennet), et nous en ferons
grâce au lecteur, [qui] aura certainement lu
quelque chose dans ce genre-là ce matin.

Enfin, M. Grandet, qui comprit un peu
qu'il ne pouvait avoir quelque chance
de ministère que par M. Leuwen, consentit
à laisser sa place de secrétaire général
à la nomination de celui-ci.

— Quant au titre de son fils, M. Leuwen
en décidera. A cause de la Chambre, il
voudra peut-être mieux qu'il soit simple
secrétaire intime, comme il est aujourd'hui
sous M. de Vaize, mais avec toutes les
affaires du secrétaire général.

— Tout ce tripotage ne me convient
guère. Dans une administration loyale,
chacun doit porter le titre de ses fonctions.

« Alors, vous devriez vous appeler inten-
dant d'une femme de génie qui vous fait
ministre, » pensa madame Grandet.

Il fallut encore perdre quelques minutes.
Madame Grandet savait qu'on ne pouvait
prendre ce brave colonel de garde nationale,
son mari, que par pure fatigue physique.
En parlant avec sa femme, il *s'exerçait*
à avoir de l'esprit à la Chambre des dépu-

tés. On devine toute la grâce et l'à-propos
qu'une telle prétention devait donner à
un négociant parfaitement raisonnable et
privé de toute espèce d'imagination.

— Il faudra étourdir d'affaires M. Lucien
Leuwen, lui faire oublier mademoiselle
Raimonde.

— Noble fonction, en vérité.

— C'est la marotte de l'homme qui,
par un jeu ridicule de la fortune, a le
pouvoir maintenant, mais je dis tout pouvoir. Et quoi de respectable comme
l'homme qui a le pouvoir !

Dix minutes après, M. Grandet riant de
la bonhomie de M. Leuwen, on reparla
de mademoiselle Raimonde. M. Grandet
ayant dit sur ce sujet tout ce qu'on peut
dire, il dit enfin :

— Pour faire oublier cette passion ridicule, un peu de coquetterie de votre part
ne serait pas déplacée. Vous pourriez lui
offrir votre amitié.

Ceci fut dit avec simple bon sens, c'était
le ton *naturel* de M. Grandet, jusque-là
il avait eu de l'esprit. (La conférence était
arrivée à son septième quart d'heure.)

— Sans doute, répondit madame Grandet avec le ton de la plus grande rondeur,
et, au fond, beaucoup de joie. (« Voilà
un immense pas de fait, pensa-t-elle, il
fallait le constater. »)

Elle se leva.

— Voilà une idée, dit-elle à son mari, mais elle est pénible pour moi.

— Votre réputation est placée si haut, votre conduite, à vingt-six ans, et avec tant de beauté, a été si pure, a paru à une distance tellement élevée au-dessus de tous les soupçons, même de l'envie qui poursuit mes succès, que vous avez toute liberté de vous permettre, dans les limites de l'honnêteté, et même de l'honneur, tout ce qui peut être utile à notre maison.

« Le voilà qui parle de ma réputation comme il parlerait des bonnes qualités de son cheval. »

— Ce n'est pas d'hier que le nom de Grandet est en possession de l'estime des honnêtes gens. Nous ne sommes pas nés *sous un chou.*

« Ah ! Grand Dieu, pensa madame Grandet, il va me parler de son aïeul le capitoul de Toulouse ! »

— Sentez bien, M. le ministre, toute l'étendue de l'engagement que vous allez souscrire ! Il ne convient pas à ma considération d'admettre de changement brusque dans ma société. Si une fois M. Lucien est notre ami intime, tel qu'il aura été pendant les deux premiers mois de votre ministère tel il faudra qu'il soit pendant deux ans, même dans le cas où M. Leuwen

perdrait son crédit à la Chambre ou auprès
du roi, même dans le cas peu probable où
votre ministère finirait...

— Les ministères durent bien au moins
trois ans, la Chambre a encore quatre bud-
gets à voter, répliqua M. Grandet d'un
ton piqué.

« Ah ! Grand Dieu ! se dit madame
Grandet, je viens de m'attirer encore
quinze minutes de haute politique à la
façon du comptoir. »
Elle se trompait, la conversation ne
revint qu'au bout de dix-sept minutes à
l'engagement à prendre par M. Grandet
d'admettre M. Lucien Leuwen à une amitié
intime de trois ans, si l'on se déterminait
à l'admettre pour un mois.

— Mais le public vous le donnera pour
amant !

— C'est un malheur dont je souffrirai
plus que personne. Je m'attendais que
vous chercheriez à m'en consoler... Mais
enfin, voulez-vous être ministre ?

— Je veux être ministre, mais par des
voies honorables, comme Colbert.

— Où est le cardinal Mazarin mourant,
pour vous présenter au roi ?
Ce trait d'histoire, cité à propos, inspira
de l'admiration à M. Grandet et lui
sembla une raison.

CHAPITRE LXV

MADAME GRANDET eût été fâchée d'être obligée de ne pas admettre Lucien à la première place dans son cœur. Si la situation se fût prolongée huit ou dix jours, elle eût peut-être continué, *à ses frais*, la route pour la première idée de laquelle il avait fallu la payer par un ministère. Elle eût aimé Lucien sérieusement.

Elle voulut faire une partie d'échecs avec lui.

[Lucien se dit : « Par un petit sentier détourné et auquel un buisson cache la plaine immense que nous dominons, mon père m'a fait parvenir au faîte de la fortune. »]

Elle était ce soir-là, animée, brillante d'une fraîcheur encore plus admirable qu'à l'ordinaire. Sa beauté, qui était du premier rang, n'avait rien de sublime, d'austère, en un mot de ce qui charme les cœurs distingués et fait peur au vulgaire. Le succès de madame Grandet auprès des quinze ou vingt personnes qui successivement s'approchèrent de la table d'échecs était frappant.

« Et une telle femme me fait presque la cour ! pensait Lucien, tout en donnant à madame Grandet le plaisir de le gagner. Il faut que je sois un être bien singulier pour n'être pas heureux. »

Tout à coup il se dit :

« Je suis dans une position analogue à celle de mon père. Je perds ma position dans ce salon si je n'en profite pas, et qui me dit que je ne la regretterai pas ? J'ai toujours méprisé cette position, mais je ne l'ai jamais occupée. La mépriser serait d'un sot.

— C'est un avantage bien cruel pour moi que celui de jouer aux échecs avec vous. Si vous ne répondez pas à mon fatal amour, il ne me reste d'autre ressource que de me brûler la cervelle.

— Eh ! bien, vivez et aimez-moi... Votre présence ce soir m'ôterait tout l'empire que je dois avoir sur moi-même pour répondre à tant de monde. Allez parler cinq minutes à mon mari, et venez demain à une heure, à cheval s'il fait beau [1].

— Me voilà donc heureux, pensa Lucien en remontant dans son cabriolet.

---

1. Déclaration de Madame. Reddition de la place.

Il n'eut pas fait cent pas dans la rue qu'il accrocha.

« Je suis donc vraiment heureux, se dit-il en faisant monter son domestique pour conduire, je suis troublé.

» N'est-ce donc que cela, que le bonheur que peut donner le monde ? Mon père va faire un ministère. il a le plus beau rôle à la Chambre, la femme la plus brillante de Paris semble céder à ma prétendue passion... »

Lucien eut beau torturer ce bonheur-là, le serrer dans tous les sens, il n'en put tirer que cette sensation :

« Goûtons bien ce bonheur, pour ne pas le regretter comme un enfant quand il sera passé. »

Quelques jours après[1], Lucien, descendant de cabriolet pour monter chez madame Grandet, fut séduit par l'éclat d'un beau clair de lune qu'il apercevait par la porte cochère sur la place de la Madeleine. Au lieu de monter, il sortit, ce qui étonna fort MM. les cochers.

Pour se délivrer de leurs regards, il alla à cent pas plus loin, alluma humblement son cigare au feu d'un marchand

---

1. Soliloque de Lucien après l'intimité avec madame Grandet.

de marrons, et se laissa aller à admirer la
beauté du ciel et à réfléchir.

Lucien n'était nullement dans la confidence de tout ce que son père venait de
faire pour lui, et nous ne nierons pas
qu'il ne fût un peu fier de ses succès
auprès de cette madame Grandet, dont
la conduite irréprochable, la rare beauté,
la haute fortune jetaient un certain éclat
dans la société de Paris.Si elle eût réuni
de la naissance à ces avantages, elle eût
été célèbre en Europe ; mais quoi qu'elle
fît, jamais elle n'avait pu avoir de milords
anglais chez elle.

Ce bonheur fut beaucoup plus vivement
senti par Lucien après quelque temps que
les premiers jours.

Madame Grandet était la plus grande
dame qu'il eût jamais approchée, car nous
avouerons, et ceci lui nuira infiniment
dans l'esprit de celles de nos belles lec-
trices qui, pour leur bonheur, ont trop
de noblesse ou trop de fortune, que les
prétentions infinies de mesdames de Com-
mercy, de Marcilly et autres cousines de
l'empereur dépourvues de fortune qu'il
avait rencontrées à Nancy lui avaient toujours semblé ridicules...

« Le culte des vieilles idées, l'ultracisme,
est bien plus ridicule en province qu'à
Paris ; à mes yeux il l'est moins, car en

province, au moins, ce grand corps est
pur d'énergie. « Ces gens-ci ont de l'envie
et de la peur, et à cause de ces deux
aimables passions ils oublient de vivre. »

Ce mot, par lequel Lucien se résumait
toutes ses sensations de province, lui
gâtait la charmante figure de madame
d'Hocquincourt comme l'esprit vraiment
supérieur de madame de Puylaurens. Cette
peur continue, ce regret d'un passé qu'on
n'ose pas défendre comme estimable, empêchaient aux yeux de Lucien toute vraie
grandeur. Il y avait au contraire tant de
luxe, de richesse véritable et d'absence de
peur et d'envie dans les salons de madame
Grandet !

« Là seulement on sait vivre, » se disait
Lucien. Et il se passait quelquefois des
semaines entières sans qu'il fût choqué
par quelque propos bas, tel qu'on n'en
entendit jamais de pareil dans le salon
de madame d'Hocquincourt ou de madame
de Puylaurens. Ces propos bas, montrant
toute la vileté de l'âme, étaient tenus
par quelque député du centre qui, en se
vendant au ministère pour un ruban ou
une recette de tabac, n'avait pas encore
appris à placer un masque sur sa laideur.
Au grand chagrin de son père, jamais
Lucien n'adressait la parole à ces êtres
lourds ; il les entendait en passant qui,

à propos des vingt-cinq millions du président Jackson, du droit sur les sucres ou de quelque autre question du moment, agitaient lourdement quelque point d'économie politique sans pouvoir s'élever à comprendre même les bases de la question.

« Voilà sans doute la lie de la France, pensait Lucien ; cela est bête et vendu. Mais du moins cela n'a pas peur et ne regrette pas le passé, et ils n'hébêtent pas leurs enfants en les réduisant pour toute lecture à la *Journée du Chrétien*.

» Dans ce siècle où tout est argent, où tout se vend, quoi de comparable à une immense fortune dépensée d'une main adroite et cauteleuse ? Ce Grandet ne dépense pas dix louis sans songer à la position qu'il occupe dans le monde. Ni lui ni sa femme ne se permettent les caprices que je me passe, moi, fils de famille. »

Il les voyait lésiner souvent pour la location d'une loge ou demander une loge au Château ou au ministère de l'Intérieur.

Lucien voyait madame Grandet entourée des hommages universels. Au milieu de toute cette philosophie, un certain instinct monarchique existant encore chez les Français à carrosse lui disait bien qu'il serait plus flatteur d'être préféré par une femme

portant l'un des noms célèbres de la
monarchie.

« Mais si j'arrivais, chose impossible
pour moi, dans les salons de cette opinion à Paris, j'y trouverai pour toute
différence [que] les trois ou quatre che-
valiers de Saint-Louis de MM. de Serpierre
et de Marcilly seraient remplacés par
trois ou quatre ducs et pairs soutenant,
comme M. de Saint-Lérant chez madame de Marcilly, que l'empereur Nicolas
a un trésor de six cents millions, à lui
légué par l'empereur Alexandre, dans une
petite caisse, avec commission d'exter-
miner les jacobins de France aussitôt qu'il
en aura le loisir. Il y a sans doute, ici
comme là-bas, un abbé Rey régnant en
despote sur ces pauvres jolies femmes et
les obligeant par la terreur à aller passer
deux heures au sermon d'un M. l'abbé
Poulet. La maîtresse que j'aurais, si l'âge
de ses aïeux touchait au berceau du monde,
serait obligée, comme madame d'Hocquincourt, à se mêler malgré elle dans une
discussion de vingt minutes au moins sur
le mérite du dernier mandement de monseigneur l'évêque de... Les louanges des
Pères qui firent brûler Jean Huss seraient,
il est vrai, présentées avec une élégance
parfaite, mais que cette élégance trahit
de dureté de cœur ! Dès que je l'aperçois,

elle me met sur mes gardes. Dans les
livres elle me plaît, mais dans le monde
elle me glace et au bout d'un quart d'heure
m'inspire de l'éloignement [1].

» Chez madame Grandet, grâce à son
nom bourgeois, ce genre d'absurdité est
entièrement réservé à ses colloques du
matin avec madame de Thémines, madame
Toniel ou autres mères de l'Eglise, et j'en
serai quitte pour quelques mots de respect
pour ce qui est respectable répétés une fois
la semaine.

» Les hommes que je vois chez madame
Grandet ont au moins fait quelque chose,
quand ce ne serait que leur fortune. Qu'ils
l'aient acquise par le négoce, ou par des
articles de journaux, ou par des discours
vendus au gouvernement, enfin ils ont
agi.

» Ce monde que je vois chez *ma maîtresse*,
dit-il en riant, est comme une histoire
écrite en mauvais langage, mais intéres-
sante pour le fond des choses. Le monde
de madame de Marcilly, c'est des théories
absurdes, ou même hypocrites, basées sur
des faits controuvés et recouvertes d'un
langage poli, mais l'âpreté du regard
dément à chaque instant l'élégance de

---

1. Exemple : la méchanceté de M. de Courchamp (*Mémoires* de Créqui). Les relire en donnant le dernier vernis
aux conversations des salons imitant Saint-Germain.

la forme. Toute cette éloquence onctueuse
et imitée de Fénelon exhale, pour qui a
des sens fins, une odeur fine et péné-
trante de coquinisme et de friponnerie.

» Chez la madame de Marcilly de Paris
je pourrais prendre peu à peu l'habitude
de cette absence d'intérêt pour ce que je
dis et de ces expressions étiolant ma pensée
que ma mère me recommande souvent.
Je commence bien quelquefois à me repen-
tir de ne pas avoir eu ces vertus du
XIXe siècle, mais je m'ennuierais moi-
même : je compte que la vieillesse y pour-
voira.

» Je remarque que l'effet assuré de cette
espèce d'élégance chez le petit nombre de
jeunes habitants du faubourg Saint-Germain, gens qui ont pu l'acquérir sans laisser
leur bon sens à l'école, est de répandre
autour de l'homme *accompli* une méfiance
profonde. Ces discours élégants sont comme
un oranger qui croîtrait au milieu de la
forêt de Compiègne : ils sont jolis, mais
ne semblent pas de notre siècle.

» Le hasard n'a pas voulu me faire
naître de ce monde-là. Et pourquoi me
changer ? Que demandè-je au monde ?
Mes yeux me trahiraient, et madame de
Chasteller me l'a dit vingt fois... »

Son parler si coulant fut interrompu net,
comme jadis celui de cet homme faible

qui, devant le pouvoir venait de désavouer
son ami arrêté pour opinions politiques
par la police, fut averti par le chant du
coq. Lucien resta immobile, comme Bar-
tolo dans le *Barbiere* de Rossini. Huit
ou dix fois depuis son bonheur auprès
de madame Grandet l'idée de madame de
Chasteller s'était présentée à lui, mais
jamais aussi nettement ; toujours il avait
été distrait par quelque phrase rapide,
comme : « Mon cœur n'est pour rien dans
cette aventure de jeunesse et d'ambition. » Mais par toutes les combinaisons
qui avaient précédé le rappel du nom de
madame de Chasteller il prenait des
mesures pour faire durer longtemps cette
nouvelle liaison. Madame Grandet ne le
portait pas simplement à rompre avec la
personne de mademoiselle Raimonde, mais
avec le souvenir cher et sacré de madame
de Chasteller. L'impiété était plus grande.

Il y avait deux mois qu'il avait rencontré
dans la collection des porcelaines divines
de M. Constantin une tête qui l'avait fait
rougir par sa ressemblance avec madame de
Chasteller, et il l'avait fait copier en ne
quittant pas un moment le jeune peintre
dont, par son anxiété et sa douceur, il
s'était fait un ami. Il courut chez lui comme
pour faire amende honorable devant cette
sainte image. Sera-t-il tout à fait désho-

noré si nous avouons que, comme le personnage célèbre auquel nous avons eu
naguère le courage de le comparer, il
répandit des pleurs ?

Sur la fin de la soirée, il prit sur lui de
venir passer un moment chez madame
Grandet. Lucien était un autre homme.
Madame Grandet s'aperçut de ce changement dans ses idées. Huit jours auparavant,
cette nuance morale eût passé inaperçue.
Sans se l'avouer, elle n'était plus seulement
dominée par l'ambition, elle commençait
à prendre du goût pour ce jeune homme
qui n'était pas triste comme les autres,
mais sérieux. Elle lui trouvait un charme
inexprimable. Si elle eût eu plus d'expérience ou plus d'esprit, elle eût appelé
naturel cette façon d'être singulière qui
l'attachait à Lucien.

Elle avait vingt-six ans passés, elle était
mariée depuis sept ans, et depuis cinq
régnait dans la plus brillante si ce n'est
la plus noble société. Jamais un homme
n'avait osé lui baiser la main en tête à
tête.

Le lendemain, il y eut une scène entre
M. Leuwen et madame Grandet. M. Leuwen, parfaitement honnête homme dans
toute cette affaire, s'était hâté de présenter
M. Grandet au vieux maréchal, lequel,
rempli de bon sens et de vigueur quand

il ne se laissait pas engourdir par la paresse ou par l'humeur, avait fait à ce futur collègue quatre ou cinq questions brusques, auxquelles le riche banquier, peu accoutumé à s'entendre parler aussi nettement, avait répondu par des phrases qu'il croyait bien arrondies. Sur quoi le maréchal, qui détestait les phrases, d'abord parce qu'elles sont détestables, et ensuite parce qu'il ne savait pas en faire, lui avait tourné le dos.

— Mais, votre homme n'est qu'un sot !

M. Grandet était rentré chez lui pâle et désespéré. De la journée il ne fut plus tenté de se comparer à Colbert. Il avait justement le degré de tact nécessaire pour comprendre qu'il avait souverainement déplu au maréchal. Il est vrai que la grossièreté du vieux général, ennuyé, voleur et rongé de bile, avait proportionné sa conduite à la rapidité de tact de M. Grandet.

Celui-ci raconta son malheur à sa femme, qui accabla son mari de flatteries mais prit sur-le-champ la ferme opinion que M. Leuwen l'avait trompée. Elle méprisait bien son mari, ainsi que le doit toute honnête femme, mais elle ne le méprisait pas assez.

« Quel est son métier ? se disait-elle depuis trois ans. Il est banquier et colonel

de la garde nationale. Eh ! bien, comme
banquier il gagne de l'argent, comme
colonel il est brave. Ces deux métiers
s'entraident ; comme colonel, il fait avoir
de l'avancement dans la Légion d'honneur
à certains régents de la Banque de France
ou du syndicat des agents de change, qui
de temps à autre lui font prêter un million
ou deux pendant trente-six heures pour
faire une hausse ou une baisse. Mais M. le
comte de Vaize exploite la Bourse par
son télégraphe, comme M. Grandet par
une hausse [1]. Deux ou trois ministres font
comme M. de Vaize, et leur maître à tous
ne s'en fait faute et quelquefois les ruine,
comme il est arrivé à ce pauvre Castel-
fulgens. Mon mari a sur tous ces gens-là
l'avantage d'être un très brave colonel. »

Madame Grandet ne croyait pas que le
monde s'aperçut de la détestable manie
de faire de l'esprit qui possédait son lourd
mari ; or, jamais homme n'avait reçu de
la nature une imagination plus calme pour
tout ce qui n'était pas de l'argent comptant
réalisé ou perdu par une cote de change.
Tout ce que l'on disait lui semblait toujours, à lui vrai marchand, un bavardage
destiné à enjôler un acheteur.

Depuis quatre ou cinq ans que M. Gran-

---

1. Exemple celle du 3 et 4 février 1835.

det, piqué d'honneur par le luxe de
M. Thourette, donnait de belles fêtes,
madame Grandet ne le voyait jamais
qu'entouré de flatteurs. Un jour, un pauvre
petit bossu, homme d'esprit, pauvre et
pas trop bien mis, M. Gamont[1], avait
osé différer un peu d'opinion avec M. Grandet sur le plus ou moins de beauté de la
cathédrale d'Auch, M. Grandet l'avait
chassé de chez lui à l'instant avec une
grossièreté, avec un triomphe barbare des
écus sur la pauvreté qui avait choqué
même madame Grandet. Quelques jours
après elle envoya, avec une lettre anonyme
alléguant [une] restitution, cinq cents
francs au pauvre Gamont qui, trois mois
après, eut la bassesse de se laisser réinviter
à dîner par M. Grandet.

Lorsque M. Leuwen dit à madame Grandet la vérité, encore bien adoucie, sur le
vide, la platitude, les fausses grâces des
réponses de M. Grandet au vieux maréchal,
madame Grandet lui fit entendre avec un
froid dédain, qui allait admirablement au
genre de sa beauté, qu'elle croyait qu'il
la trahissait.

M. Leuwen se conduisit comme un jeune
homme : il fut au désespoir de cette accusation, et pendant trois jours son unique

1. M. l'abbé de Montgaillard, *voyage à Auch*, de Toble.

affaire fut de prouver son injustice à
madame Grandet.

Ce qui compliquait la question, c'est que
le roi, qui depuis cinq ou six mois devenait chaque jour plus ennemi des résolu-
tions décisives, avait envoyé son fils chez
le ministre des Finances afin de moyenner
un raccommodement avec le vieux maréchal, sauf ensuite, quand le raccommodement ne conviendrait plus à lui roi, de
désavouer son fils et de l'exiler à la
campagne. Le raccommodement avait
réussi, car le vieux maréchal tenait beaucoup à ce qu'une certaine fourniture de
chevaux fût entièrement soldée avant sa
sortie du ministère. M. Salomon C..., le
chef de cette entreprise, avait sagement
stipulé que les cent mille francs de nantis-
sement donnés par le fils du maréchal et
les bénéfices appartenant à la même personne ne seraient payés qu'avec les fonds
provenant de l'*ordonnance de solde* signé
par M. le ministre des Finances. Le roi
savait bien la spéculation sur les chevaux,
mais n'avait pas connaissance de ce détail,
quand il l'apprit par un petit espion
intérieur du ministère des Finances qui
adressait ses comptes rendus à sa sœur.
Il fut humilié et furieux de ne l'avoir pas
deviné, et dans sa colère il fut sur le point
de donner le commandement d'une bri-

gade à Alger à M. Le G., le chef de sa
police particulière. La politique du roi
avec ses ministres eût été toute différente
s'il avait été sûr de tenir le maréchal par des
liens invincibles pendant quinze jours
encore.

M. Leuwen ne savait pas ce détail,
il prit ce délai de quinze jours pour un
nouveau symptôme de timidité ou même
d'affaiblissement dans le génie du roi,
mais cette raison il n'osa jamais la donner
à madame Grandet. Il avait pour principe
qu'il est certaines choses qu'il ne faut
jamais dire aux femmes.

Il résulta de là que, parlant avec une
ouverture de cœur et une bonne foi parfaites, sauf ce détail, [à] madame Grandet,
dont l'esprit était aiguisé en cette circonstance par l'anxiété la plus vive, elle
crut voir qu'il n'était pas sincère avec
elle.

M. Leuwen s'aperçut de ce soupçon.
Dans son désespoir d'honnête homme, qui
fut vif et violent comme toutes ses sensations, ce même jour M. Leuwen, qui
n'osait traiter à fond de certain sujet en
présence de sa femme, après le dîner de
famille partit de bonne heure pour l'Opéra,
emmena son fils, ferma avec soin le verrou
de sa loge. Ces précautions prises, il osa
lui raconter en détail et dans le style

le plus simple le marché fait avec madame Grandet [1]. M. Leuwen croyait parler à un homme politique, et commettait lui-même une lourde gaucherie.

La vanité de Lucien fut consternée, il se sentit froid dans la poitrine, car notre héros, en cela fort différent des héros des romans de bon goût, n'est point absolument parfait, il n'est pas même parfait tout simplement. Il est né à Paris, par conséquent il a des premiers mouvements d'une vanité d'une force incroyable.

Cette vanité immense, parisienne, n'était pas cependant unie à sa compagne vulgaire, la sottise de croire posséder des avantages qu'on n'a pas. Du côté des choses qui lui manquaient, il se jugeait même avec sévérité. Par exemple, il se disait :

« Je suis trop simple, trop sincère, je ne sais pas assez dissimuler l'ennui, et encore moins l'amour que je sens, pour arriver jamais à des succès marquants auprès des femmes de la société. »

Tout à coup, et d'une façon imprévue, madame Grandet, avec son port de reine, sa rare beauté, son immense fortune, sa conduite irréprochable, était venue donner un brillant démenti à ces prévisions philo-

---

1. Sotte confidence.

sophiques, mais tristes. Lucien goûtait ce hasard avec délices.

« Ce succès n'aura jamais de pendant, se disait-il ; jamais je ne réussirai, sans amour de ma part, auprès d'une femme à haute vertu et à grand état dans le monde. Je n'aurai jamais de succès, si j'en ai, que, comme me le dit Ernest, par le plat et vulgaire moyen de la *contagion de l'amour*. Je suis trop ignare pour savoir séduire qui que ce soit, même une grisette. Au bout de huit jours, ou elle m'ennuie, et je la plante là, ou elle me plaît trop, elle le voit, et se moque de moi. Si la pauvre madame de Chasteller m'a aimé, comme je suis quelquefois tenté de le croire, et encore aimé après la faute commise avec cet exécrable lieutenant-colonel de hussards, être si commun, si plat, si dégoûtant comme rival, ce n'est pas que j'aie eu du talent, c'est tout simplement que je l'aimais à la folie... comme je l'aime. »

Lucien s'arrêta un moment. Sa vanité était si vivement piquée en ce moment, qu'il avait de l'amour plutôt le souvenir récent que la conscience de sa présence actuelle.

[L'aventure de madame Grandet commençait donc à plaire à Lucien comme une chance heureuse. « Il est drôle, se disait-

il avant la confidence faite par son père,
que sans rouerie, sans fausseté autre que
de parler de mon amour, sans scélératesse
d'aucune espèce, j'ai eu un succès de
femme. Les habiles croient une telle chose
impossible. »]

Ce fut précisément à l'instant où l'aventure de madame Grandet commençait à
plaire extrêmement à Lucien que le mot
de son père vint faire disparaître tout cet
échafaudage de contentement de soi-même.
Une heure auparavant, il se répétait encore :

« Ernest se sera trompé une fois quand
il m'a prédit que de la vie je n'obtiendrais
une femme comme il faut, sans l'aimer,
autrement que par la pitié, les larmes
et tout ce que ce chimiste de malheur
[appelle] *la voie humide.* »

Le traître mot dit par son père succédant
à une journée de triomphe le plongea dans
l'amertume.

« Mon père, se dit Lucien, se moque de
moi ! »

Par excès de vanité, il sut ne pas se
laisser dominer par l'œil fin et scrutateur
de son père qu'il voyait attaché aux siens,
il déroba à ce moqueur impitoyable son
désappointement cruel. M. Leuwen eût été
bien heureux de deviner son fils. Il savait
par expérience que le même fonds de vanité
qui fait sentir cruellement les malheurs de

ce genre ne les laisse pas sentir longtemps.
Il avait au contraire une crainte profonde
de l'intérêt inspiré par madame de Chasteller. Il ne sut rien voir et trouva son fils
un homme politique comprenant fort bien
la position du roi avec ses ministres et ne
s'exagérant d'un côté ni la finesse cauteleuse, ni la bassesse rampante de l'autre,
bassesse qui toutefois se réveille sous le
coup de fouet cruel de la plaisanterie
parisienne.

Une minute ne s'était pas passée que
M. Leuwen n'était plus attentif qu'à bien
pénétrer Lucien du rôle qu'il devait jouer
auprès de madame Grandet pour la bien
persuader que lui, Leuwen père, ne la
trahissait en aucune façon et que c'était
la *lourdise* de M. Grandet qui avait fait
tout le mal ; mais lui, Leuwen, se chargeait
de réparer ce mal.

Heureusement pour notre héros, après
une séance d'une heure M... vint parler
à son père.

— Tu vas place de la Madeleine, n'est-
ce pas ?

— Sans doute, répondit Lucien avec une
véracité jésuite.

En effet, il alla presque en courant
jusque sur la place de la Madeleine [1], seul

1. Seconde promenade sur la place de la Madeleine.

endroit de ces environs où, à cette heure,
il pût trouver quelque tranquillité et la
certitude de n'être pas abordé, car il
était un petit personnage et on lui faisait
la cour.

Là, pendant une heure entière il se
promena sur les dalles des trottoirs soli-
taires et put se dire et se redire :

« Non, je n'ai pas gagné un quine à la
loterie, oui, je suis un nigaud incapable
d'obtenir une femme par mon esprit et
de la gagner autrement que par la méthode
plate de la *contagion de l'amour*.

» Oui, mon père est comme tous les
pères, ce que je n'avais pas su voir jusqu'ici ; avec infiniment plus d'esprit et
même de sentiment qu'un autre, il n'en
veut pas moins me rendre heureux *à sa
façon* et non à la mienne. Et c'est pour
servir cette passion d'un autre que je
m'hébête depuis huit mois par le travail
de bureau le plus excessif, et dans le fait
le plus stupide. Car les autres victimes du
fauteuil de maroquin au moins sont ambitieux, le petit Desbacs par exemple. Ces
phrases emphatiques et convenues que
j'écris avec variations, dans la bonne intention de faire pâlir un préfet qui souffre
un café libéral dans sa ville, ou pour faire
pâmer d'aise celui qui, sans se compromettre, a pu gagner un jury et envoyer

en prison un journaliste, ils les trouvent belles, convenables, *gouvernementales*. Ils ne pensent pas que celui qui les signe n'est qu'un fripon. Mais un sot comme moi, affligé de cette délicatesse, j'ai tout le déboire du métier sans aucune de ses jouissances. Je fais sans goût des choses que je trouve à la fois déshonorantes et stupides. Et tôt ou tard ces paroles aimables que je me dis ici, j'aurai le plaisir de me les entendre adresser tout haut et en public, ce qui ne laissera pas d'être flatteur. Car enfin, à moins que l'excès de l'esprit ne tue, comme disent les bonnes femmes, je n'ai que vingt-quatre ans, et, en conscience, ce château de cartes de friponneries éhontées, combien peut-il durer ? Cinq ans ? Dix ans ? Vingt ans ? Probablement pas dix ans. Quand j'en aurai quarante à peine, et qu'il y aura réaction contre ces friipons-ci, mon rôle sera le dernier des rôles, le fouet de la satire, poursuivît-il avec un sourire plein d'amertume, me vilipendera pour des péchés qui, pour moi n'ont pas été aimables.

> Si vous vous damnez,
> Damnez-vous [donc] au moins pour des péchés aimables !

Desbacs, au contraire, jouera le beau

rôle. Car enfin, aujourd'hui il serait ivre, de bonheur de se voir maître des requêtes, préfet, secrétaire général, tandis que je ne puis voir dans M. Lucien Leuwen qu'un sot complet, qu'un butor endurci. La boue de Blois même n'a pas pu me réveiller. Qui te réveillera donc, infâme ? Attends-tu le soufflet personnel ?

» Coffe a raison : je suis plus grandement dupe qu'aucun de ces cœurs vulgaires qui se sont vendus au gouvernement. Hier, en parlant de Desbacs et consorts, Coffe ne m'a-t-il pas dit avec sa froideur inexorable : « Ce qui fait que je ne les méprise pas trop, c'est qu'au moins ils n'ont pas de quoi dîner. »

» Un avancement merveilleux pour mon âge, mes talents, la position de mon père dans le monde, m'a-t-il jamais donné d'autre sentiment que cet étonnement sans plaisir : « *N'est-ce-que ça?* »

» Il est temps de se réveiller. Qu'ai-je besoin de fortune ? Un dîner de cinq francs et un cheval ne me suffisent-ils pas, et au delà ? Tout le reste est bien plus souvent corvée que plaisir, à présent surtout que je pourrai dire : « Je ne méprise pas ce que je ne connais point, comme un sot philosophe à la Jean-Jacques. Succès du monde, sourires, serrements de mains des députés campagnards ou des sous-préfets en congé, bienveillance grossière dans tous les regards d'un salon, je vous ai goûtés !... Je vais vous retrouver dans un quart d'heure au foyer de l'Opéra. »

» Et si je partais, sans rentrer à l'Opéra, pour aller entrevoir le seul pays au monde où soit pour moi le *peut-être* du bonheur ?... En dix-huit heures, je puis être dans la rue de la Pompe ! »

Cette idée s'empara de son attention pendant une heure entière. Depuis quelques mois, notre héros était devenu beaucoup plus hardi, il avait vu de près les motifs qui font agir les hommes chargés des grandes places. Cette sorte de timidité, qui à un œil clairvoyant annonce une âme sincère et grande, n'avait pu tenir contre la première expérience des grandes affaires. S'il eût usé sa vie dans le comptoir de son père, il eût peut-être été toute la vie un homme de mérite, connu pour tel d'une personne ou deux. Il osait maintenant croire à son premier mouvement, et y tenir jusqu'à ce qu'on lui eût prouvé qu'il avait tort. Et il devait à l'*ironie* de son père l'impossibilité de se payer de mauvaises raisons.

Pendant une heure entière, ces idées occupèrent sa promenade agitée.

« Au fond, se disait-il, je n'ai à ménager

dans tout ceci que le cœur de ma mère
et la vanité de mon père, qui au bout
de six semaines oubliera ses châteaux en
Espagne sur un fils qui se trouve être
mille fois trop paysan du Danube pour ce
qu'il en veut faire : un homme adroit
faisant une bonne brèche dans le budget. »

Avec ces idées établies dans son esprit
comme des idées incontestables et nouvelles, Lucien rentra à l'Opéra. La musique
plate et les charmants pas de mademoiselle Elssler lui causèrent un enchantement
qui l'étonna. Il se disait vaguement qu'il
ne jouirait pas longtemps encore de toutes
ces belles choses, et à cause de cela elles
ne lui donnaient pas d'humeur.

Pendant que la musique donnait des
ailes à son imagination, sa raison parcourait avec intérêt plusieurs chances de la
vie.

« Si par l'agriculture on n'était pas mis
en rapport avec des paysans fripons, avec
un curé qui les ameute contre vous, avec
un préfet qui vous fait voler votre journal
à la poste, comme avant-hier encore je
l'ai insinué à ce benêt de préfet de...,
ce serait une manière de travailler qui
me conviendrait... Vivre dans une terre
avec madame de Chasteller et faire pro-
duire à cette terre les douze ou quinze mille
francs nécessaires à notre luxe modeste !

» Ah ! l'Amérique !... Là point de préfets comme M. de Séranville ! » Et toutes ses anciennes idées sur l'Amérique et sur M. de Lafayette lui revinrent à l'esprit. Quand il rencontrait tous les dimanches M. de Laf[ayette] chez M. de T[racy], il se figurait qu'avec son bon sens, sa probité, sa haute philosophie, les gens d'Amérique auraient aussi l'élégance de ses manières. Il avait été rudement détrompé : là règne la majorité, laquelle est formée en grande partie par la canaille. « A New-York, la charrette gouvernative est tombée dans l'ornière opposée à la nôtre. Le suffrage universel règne en tyran, et en tyran aux mains sales. Si je ne plais pas à mon cordonnier, il répand sur mon compte une calomnie qui me fâche, et il faut que je flatte mon cordonnier. Les hommes ne sont pas pesés, mais comptés, et le vote du plus grossier des artisans compte autant que celui de Jefferson, et souvent rencontre plus de sympathie. Le clergé les hébête encore plus que nous ; ils font descendre un dimanche matin un voyageur qui court dans la malle-poste parce que, en voyageant le dimanche, il fait *œuvre servile* et commet un gros péché... Cette grossièreté universelle et sombre m'étoufferait... Enfin, je ferai ce que Bathilde voudra... »

Il raisonna longtemps sur cette idée, enfin elle l'étonna : il fut heureux de la trouver si profondément enracinée dans son esprit.

« Je suis donc bien sûr de lui pardonner ! Ce n'est pas une illusion. » Il avait entièrement pardonné la faute de madame de Chasteller. « Telle qu'elle est, elle est pour moi la seule femme qui existe... Je crois qu'il y aura plus de délicatesse à ne jamais laisser soupçonner que je connais les suites de la faiblesse pour M. de Busant de Sicile. Elle m'en parlera si elle veut m'en parler. Ce stupide travail de bureau me prouve au moins que je suis capable de gagner au besoin ma vie et celle de ma femme.

— A qui l'a-t-il prouvé ? » dit le parti contraire. Et à cet objection le regard de Lucien devint hagard. « A ces gens-ci que peut-être tu ne reverras jamais, qui, si tu les quitte, te calomnieront[1]...

— Eh ! non, parbleu, il l'a prouvé à moi, et c'est là l'essentiel. Et que me fait l'opinion de cette légion de demi-fripons qui regardent avec ébahissement ma croix et mon avancement rapide ? Je ne suis plus ce jeune sous-lieutenant de lanciers partant pour Nancy afin de rejoindre son

---

1. Tournure de *tu* dans le monologue

régiment, esclave alors de cent petites
faiblesses de vanité, et encore regimbant
sous ce mot brûlant d'Ernest Dévelroy :
« O trop heureux d'avoir un père qui te
donne du pain ! » Bathilde m'a dit des mots
vrais ; par ses ordres, je me suis comparé
à des centaines d'hommes, et des plus
estimés... Faisons comme le monde, lais-
sons de côté la moralité de nos actions
officielles. Eh ! bien, je sais que je puis
travailler deux fois autant que le chef
de bureau le plus lourd, et partant le plus
considéré, et encore à un travail que je
méprise, et qui à Blois m'a couvert d'une
boue méritée peut-être. »

Ce fonds de pensées était à peu près
le bonheur pour Lucien. Les sons d'un
orchestre mâle et vigoureux, les pas
divins et pleins de grâce de mademoiselle
Elssler le distrayaient de temps en temps
de ses raisonnements et leur donnaient
une grâce et une vigueur séduisantes.
Mais bien plus céleste encore était l'image
de madame de Chasteller, qui à chaque
moment venait dominer sa vie. Ce mé-
lange de raisonnements et d'amour fit de
cette fin de soirée, passée dans un coin
de l'orchestre, un des soirs les plus heureux de sa vie. Mais le rideau tomba.

Rentrer à la maison et être aimable
pendant une conversation avec son père,

c'était retomber de la façon la plus désagréable dans le monde réel et, il faut avoir
le courage de le dire, dans un monde
ennuyeux. « Il ne faut rentrer à la maison
qu'à deux heures, ou gare le dialogue
paternel ! »

Lucien monta dans un hôtel garni, prit
un petit appartement. Il paya, mais on
insistait pour un passeport. Il se mit
d'accord avec son hôte en assurant qu'il
ne coucherait pas cette nuit et que le
lendemain il apporterait son passeport.

Il se promena avec délices dans ce joli
petit appartement, dont le plus beau
meuble était cette idée : « Ici, je suis libre! »
Il s'amusa comme un enfant du faux nom
qu'il se donnerait dans cet hôtel garni [1].

« Il faut un faux nom pour assurer
encore plus ma liberté. Ici je serai, se
disait-il en [se] promenant avec délices,
je serai tout à fait à l'abri de la solli-
citude paternelle, maternelle, sempiter-
nelle ! »

Oui, ce mot si grossier fut prononcé
par notre héros, et j'en suis fâché non pour
lui, mais pour la nature humaine. Tant
il est vrai que l'instinct de la liberté est

1. [L'idée de prendre ce petit appartement, à l'angle
de la rue Lepelletier, fit époque dans la vie de Lucien. Son
premier soin, le lendemain, fut de porter à l'hôtel de Londres
un passeport portant le nom de M. Théodose Martin, de
Marseille, que M. Crapart lui donna].

dans tous les cœurs et qu'on ne le choque
jamais impunément dans les pays où
l'ironie a désenchanté les sottises. Un
instant après, Lucien se reprocha vivement ce mot grossier à l'égard de sa mère,
mais enfin, sans se l'avouer sans doute,
cette excellente mère aussi avait attenté
à sa liberté. Madame Leuwen croyait fermement avoir mis toute la délicatesse et
toute l'adresse possibles à ses procédés,
elle n'avait pas prononcé une seule fois
le nom de madame de Chasteller. Mais
un sentiment plus fin que l'esprit de la
femme de Paris à qui l'on en accordait
le plus avait donné à Lucien la certitude
que sa mère haïssait madame de Chasteller.
« Or, se disait-il, ou plutôt sentait-il sans
se l'avouer, ma mère ne doit ni aimer
ni haïr madame de Chasteller ; elle doit
ne pas *savoir qu'elle existe.* »

[Le souvenir vif et imprévu de madame
de Chasteller avait fait une révolution dans
le cœur de Lucien.

Mais il était enchaîné à Paris par la
vive amitié qu'il avait pour ses parents.

La confidence de son père sur le marché
fait avec madame Grandet fut une grande
faute chez cet homme, adroit il est vrai,
admirable d'expédients, mais trop de premier mouvement pour être politique.]

On pense bien qu'au milieu de telles

idées Lucien n'eut pas la moindre tentation d'aller s'asphyxier dans les idées
épaisses du salon de madame Grandet,
et encore moins se soumettre à ses serrements de main. Cependant, on l'attendait
dans ce salon avec anxiété. Le voile sombre
qui quelquefois obscurcissait les qualités
aimables de Lucien et le réduisait, en
apparence du moins et au yeux de madame
Grandet, au rôle d'un froid philosophe,
avait fait révolution chez cette femme
jusque-là sage et ambitieuse.

« Il n'est pas aimable, mais du moins,
se disait-elle, il est parfaitement sincère. »

Ce mot fut comme le premier pas qui
la jeta dans un sentiment jusque-là si
inconnu pour elle et si impossible.

CHAPITRE LXVI

Lucien avait encore [1] la mauvaise habitude et la haute imprudence d'être naturel dans l'intimité, même quand elle n'était pas amenée par l'amour vrai. Dissimuler avec un être avec lequel il passait quatre heures tous les jours eût été pour lui la chose la plus insupportable. Ce défaut, joint à sa mine naïve, fut d'abord pris pour de la bêtise, et lui valut ensuite l'étonnement, et puis l'intérêt de madame Grandet, ce dont il se serait bien passé. Car s'il y avait dans madame Grandet la femme ambitieuse, parfaitement raisonnable, soigneuse de la réussite de ses projets, il y avait aussi un cœur de femme qui jusque-là n'avait point aimé. Le naturel de Lucien était en apparence bien ridicule auprès d'une femme de vingt-six ans envahie par le culte de la considération et de l'adoration du privilège qui procure l'appui de l'opinion noble. Mais par hasard, de

1. Première entrevue après la lettre de madame Grandet.

la part d'un homme dont l'âme naïve
et étrangère aux adresses vulgaires donnait à toutes les démarches une teinte de
singularité et de noblesse singulière, ce
naturel était ce qu'il y avait de mieux
calculé pour faire naître un sentiment
extraordinaire dans ce cœur si sec jusque-là.

Il faut avouer qu'en arrivant à la seconde demi-heure d'une visite il parlait
peu et pas très bien, s'il n'osait pas se
permettre de dire ce qui lui venait à la
tête.

Cette habitude, antisociale à Paris,
avait été voilée jusqu'à cette époque de
sa vie parce que, à l'exception de madame
de Chasteller, personne n'avait été intime
avec Lucien, et de la vie on ne l'avait
vu prolonger une visite plus de vingt
minutes. Sa manière de vivre avec madame Grandet vint mettre à découvert
ce défaut cruel, celui de tous qui est le
plus fait pour casser le cou à la fortune
d'un homme. Malgré des efforts incroyables
Lucien était absolument hors d'état de
dissimuler un changement d'humeur, et il
n'y avait pas, au fond, de caractère plus
inégal. Cette mauvaise qualité, en partie
voilée par toutes les habitudes les plus
nobles et les plus simples de politesse
exquise données par une mère femme

d'esprit, avait été jadis un charme aux
yeux de madame de Chasteller. Ce fut
une nouveauté charmante pour elle,
accoutumée qu'elle était à cette égalité de
caractère, le chef-d'œuvre de cette hypocrisie que l'on appelle aujourd'hui : une
éducation parfaite chez les personnes
trop nobles et trop riches, et qui laisse
un fond d'incurable sécheresse dans l'âme
qui la pratique comme dans celle qui est
sa *partner*. Pour Lucien, le souvenir
d'une idée qui lui était chère, une journée
de vent du nord avec des nuages sombres,
la vue soudaine de quelque nouvelle
coquinerie, ou tel autre événement aussi
peu rare, suffisait pour en faire un autre
homme. Il n'avait rencontré dans sa vie
qu'une ressource contre ce malheur, ridicule et si rare en ce siècle, de prendre les
choses au sérieux : être enfermé avec
madame de Chasteller dans une petite
chambre, et avoir d'ailleurs l'assurance
que la porte était bien gardée et ne s'ou-
vrirait pour aucun importun qui pût
paraître à l'improviste.

Après toutes ces précautions, ridicules,
il faut en convenir, pour un lieutenant de
lanciers, il était alors peut-être plus aimable
que jamais. Mais ces précautions délicates
et faites pour un esprit malade et singulier,
il ne pouvait les espérer auprès de madame

Grandet, et elles lui eussent été importunes et odieuses. Aussi était-il souvent silencieux et absent. Cette disposition était redoublée par le genre d'esprit peu encourageant pour une âme noble des personnes qui formaient la cour habituelle de cette femme célèbre.

Cependant, on l'attendait dans ce salon avec anxiété. Pendant la première heure de cette soirée qui faisait une révolution dans le cœur de Lucien, madame Grandet avait régné comme à l'ordinaire. Ensuite, elle avait été en proie d'abord à l'étonnement, puis à la colère la plus vive. Elle n'avait pu s'occuper un seul instant d'un autre être que de Lucien. Une telle constance d'attention était chose inouïe pour elle. L'état où elle se voyait l'étonnait un peu, mais elle était fermement persuadée que la fierté seule ou l'honneur blessé était la cause unique de l'état violent où elle se voyait[1]. Elle interrogeait avec un parler bref, un sein haletant et des yeux à paupières contractées et immobiles, et qui n'avaient jamais été en cet état que par l'effet de quelque douleur physique[2], chacun des députés, des pairs ou des hommes mangeant au budget qui

---

1. Mme Grandet a la mauvaise habitude de se juger elle-même souvent. Habitude de Paris : timidité et vanité.
2. J'arrangerai cela quand je serai sûr de le conserver

arrivaient successivement dans son salon.
Avec tous, madame Grandet n'osait pas
également prononcer le nom sur lequel
toute son attention était fixée ce soir-là.
Elle était souvent obligée d'engager ces
messieurs dans des récits infinis, espérant
toujours que le nom de M. Leuwen fils
pourrait se montrer comme circonstance
accessoire.

M. le prince royal avait fait annoncer
une partie de chasse dans la forêt de
Compiègne, il s'agissait de forcer des
chevreuils. Madame Grandet savait que
Lucien avait parié vingt-cinq louis contre
soixante-dix que le premier chevreuil
serait forcé en moins de vingt-et-une
minutes après la vue. Lucien avait été
introduit en si haute société par le crédit
du vieux maréchal ministre de la Guerre.
Aucune distinction n'était plus flatteuse
alors pour un jeune homme attaché au
gouvernement ou pensant beaucoup à
l'utile. Or quelle part de budget ne pouvait
pas espérer d'ici à dix ans l'homme qui
chassait, lui dixième, avec le prince royal !
Le prince n'avait voulu absolument que
dix personnes, car un des hommes de
lettres de sa chambre venait de découvrir
que monseigneur, fils de Louis XIV et dau-
phin de France, n'admettait que ce nombre
de courtisans à ses chasses au loup.

« Se pourrait-il, se disait madame Grandet, que le prince royal eût fait dire à
l'improviste qu'il recevait ce soir les futurs
chasseurs au chevreuil ? Mais les pauvres
députés et pairs qu'elle recevait songeaient
au solide et étaient trop peu du monde
avec lequel on essayait de refaire une
cour pour se trouver au courant de ces
choses-là. Après cette réflexion, elle re-
nonça à savoir la vérité par ces messieurs.

« Dans tous les cas, se dit-elle, ne devait-
il pas paraître ici, ou au moins écrire un
mot ? Cette conduite est affreuse. »

Onze heures sonnèrent, onze heures
et demie, minuit. Lucien ne paraissait
pas.

« Ah ! je saurai le guérir de ces petites
façons-là ! » se dit madame Grandet,
hors d'elle-même.

Cette nuit, le sommeil n'approcha pas
de sa paupière, comme diraient les gens
qui savent écrire [1]. Dévorée de colère et
de malheur, elle chercha une distraction
dans ce que ses complaisants appelaient
ses études historiques ; sa femme de chambre se mit à lui lire les *Mémoires* de madame
de Motteville qui, l'avant-veille encore,

---

1. Stendhal ajoute en note : « Suivant Grandnez, Besan
et autres... » On sait que le premier nom était le sobriquet
de M. d'Argout et sous le second nous reconnaissons Besan-
çon, c'est-à-dire le baron de Mareste. N. D. L. E.

lui semblaient le manuel d'une femme du grand monde. Ces mémoires chéris lui semblèrent, cette nuit-là, dépourvus de tout intérêt. Il fallut avoir recours à ces romans contre lesquels, depuis huit ans, madame Grandet faisait dans son salon des phrases si morales.

Toute la nuit, madame Trublet, la femme de chambre de confiance, fut obligée de monter à la bibliothèque, située au second étage, ce qui lui semblait fort pénible. Elle en rapporta successivement plusieurs romans. Aucun ne plaisait, et enfin, de chute en chute, la sublime madame Grandet, dont Rousseau était l'horreur, fut obligée d'avoir recours à la *Nouvelle Héloïse*. Tout ce qu'elle s'était fait lire dans le commencement de la nuit lui semblait froid, ennuyeux, rien ne répondait à sa pensée. Il se trouva que l'emphase un peu pédantesque qui fait fermer ce livre par les lecteurs un peu délicats était justement ce qu'il fallait pour la sensibilité bourgeoise et commençante de madame Grandet.

Quand elle aperçut l'aube à travers les joints de ses volets, elle renvoya madame Trublet. Elle venait de penser que dès le matin elle recevrait une lettre d'excuses. « On me l'apportera vers les neuf heures, et je saurai répondre de bonne encre. » Un peu calmée par cette idée de vengeance, elle s'endormit enfin en arrangeant les phrases de son billet de réponse.

Dès huit heures, madame Grandet sonna avec impatience, elle supposait qu'il était midi.

— Mes lettres, mes journaux ! s'écriat-elle avec humeur.

On sonna le portier, qui arriva n'ayant dans les mains que de sales enveloppes de journaux. Quel contraste avec le joli petit billet si élégant et si bien plié que son œil avide cherchait parmi ces journaux ! Lucien était remarquable pour l'art de plier ses billets, et c'était peut-être celui de ses talents élégants auquel madame Grandet avait été le plus sensible[1].

La matinée[2] s'écoula en projets d'oubli, et même de vengeance, mais elle n'en sembla pas moins interminable à madame Grandet. Au déjeuner, elle fut terrible pour ses gens et pour son mari. Comme elle le vit gai, elle lui raconta avec aigreur toute l'histoire de sa lourdise auprès du maréchal ministre de la Guerre. M. Leuwen ne la lui avait pourtant confiée que sous la promesse d'un secret éternel.

Une heure sonna, une heure et demie, deux heures. Le retour de ces sons, qui

1. Modèle : Mme la duchesse de Massa et M. de Rigny.
2. Scène où l'amour triomphe de l'orgueil.

rappelaient à madame Grandet la nuit cruelle qu'elle avait passée, la mit en fureur. Pendant assez longtemps, elle fut comme hors d'elle-même.

Tout à coup (qui l'aurait imaginé d'un caractère dominé par la vanité la plus puérile ?), elle eut l'idée d'écrire à Lucien. Pendant une heure entière, elle se débattit avec cette horrible tentation : *écrire la première*. Elle céda enfin, mais sans se dissimuler toute l'horreur de sa démarche.

« Quel avantage ne vais-je pas lui donner sur moi ! Et que de journées sévères ne faudra-t-il pas pour lui faire oublier la position que la vue de mon billet va lui faire prendre à mon égard ! Mais enfin, dit l'amour se masquant en paradoxe, qu'est-ce qu'un amant ? C'est un instrument auquel on se frotte pour avoir du plaisir [1]. M. Cuvier me disait : « Votre chat ne vous caresse pas, il se caresse à vous. » Eh ! bien, dans ce moment le seul plaisir que puisse me donner ce petit monsieur, c'est celui de lui écrire. Que m'importe sa sensation ? La mienne sera du plaisir, dit-elle avec une joie féroce, et c'est ce qui m'importe. »

Ses yeux dans ce moment étaient superbes.

---

1. Mettre cela au moral. Style honnête.

Madame Grandet fit une lettre dont elle ne fut pas contente, une seconde, une troisième, enfin elle fit partir la sept ou huitième.

LETTRE.

« Mon mari, monsieur, a quelque chose à vous dire. Nous vous attendons, et pour ne pas attendre toujours, malgré le rendez-vous donné, connaissant votre bonne tête, je prends le parti de vous écrire.

» Recevez mes compliments.

AUGUSTINE GRANDET.

» P.-S. — Venez avant trois heures. »

Or, quand cette lettre, qu'on avait trouvé la moins imprudente et surtout la moins humiliante pour la vanité, partit, il était plus de deux heures et demie.

Le valet de chambre de madame Grandet trouva Lucien fort tranquille à son bureau, rue de Grenelle, mais au lieu de venir il écrivit :

« MADAME,

» Je suis doublement malheureux : je ne puis avoir l'honneur de vous présen-

tei mes respects ce matin, ni peut-être
même ce soir. Je me trouve cloué à
mon bureau par un travail pressé,
dont j'ai eu la gaucherie de me charger.
Vous savez que, comme un respectueux
commis, je ne voudrais pas, pour tout
au monde, fâcher mon ministre. Il ne
comprendra certainement jamais toute
l'étendue du sacrifice que je fais au
devoir en ne me rendant pas aux ordres
de M. Grandet et aux vôtres.

» Agréez avec bonté les nouvelles
assurances du plus respectueux dévouement. »

Madame Grandet était occupée depuis
vingt minutes à calculer le temps absolument nécessaire à Lucien pour voler
à ses pieds. Elle prêtait l'oreille pour entendre le bruit des roues de son cabriolet,
que déjà elle avait appris à connaître.
Tout à coup, à son grand étonnement,
son domestique frappa à la porte et lui
remit le billet de Lucien.

A cette vue, toute la rage de madame
Grandet se réveilla ; ses traits se contractè-
rent, et presque en même temps elle devint
pourpre.

« L'absence de son bureau eût été une
excuse. Mais quoi ! il a vu ma lettre, et au
lieu de voler à mes pieds, il écrit !

— Sortez ! dit-elle au valet de chambre avec des yeux qui l'atterrèrent.

« Ce petit sot peut se raviser, il va venir dans un quart d'heure, se dit-elle. Il est mieux qu'il voie sa lettre non ouverte. Mais il serait encore mieux, pensa-t-elle après quelques instants, qu'il ne me trouvât pas même chez moi. »

Elle sonna et fit mettre les chevaux. Elle se promenait avec agitation ; le billet de Lucien était sur un petit guéridon à côté de son fauteuil, et à chaque tour elle le regardait malgré elle.

On vint dire que les chevaux étaient mis. Comme le domestique sortait, elle se précipita sur la lettre de Lucien et l'ouvrit avec un mouvement de fureur, et sans s'être pour ainsi dire permis cette action. La jeune femme l'emportait sur la capacité politique [1].

Cette lettre si froide mit madame Grandet absolument hors d'elle-même. Nous ferons observer, pour l'excuser un peu d'une telle faiblesse, qu'à vingt-six ans qu'elle avait elle n'avait jamais aimé. Elle s'était sévèrement interdit même ces amitiés galantes qui peuvent conduire à l'amour. Maintenant, l'amour prenait sa revanche, et depuis dix-huit heures

---

1. Exactement la matrice l'emportait sur la tête.

l'orgueil le plus invétéré, le plus fortifié par l'habitude, lui disputait le cœur de madame Grandet, dont la tenue dans le monde était si imposante et le nom si haut placé dans les annales de la vertu contemporaine.

Jamais tempête de l'âme ne fut plus pénible ; à chaque reprise de cette affreuse douleur, le pauvre orgueil était battu et perdait du terrain. Il y avait trop long-temps que madame Grandet lui obéissait en aveugle, elle était ennuyée du genre de plaisir qu'il procure.

Tout à coup, cette habitude de l'âme et la passion cruelle, qui se disputaient le cœur de madame Grandet, réunirent leurs efforts pour la mettre au désespoir. Quoi ! voir ses ordres éludés, désobéis, méprisés par un homme !

« Mais il ne sait donc pas vivre ? » se disait-elle.

Enfin, après deux heures passées au milieu de douleurs atroces et d'autant plus poignantes qu'elles étaient senties pour la première fois, elle, rassasiée de flatteries, d'hommages, de respects, et de la part des hommes les plus consi-dérables de Paris, l'orgueil crut triompher. Dans un transport de malheur, forcée par la douleur à changer de place, elle descendit de chez elle et monta en voiture. Mais à peine y fut-elle qu'elle changea d'avis.

« S'il vient, il ne me trouvera pas, » se dit-elle.

— Rue de Grenelle, au ministère de l'Intérieur ! dit-elle au valet de pied. Elle osait aller chercher elle-même Lucien à son bureau.

Elle se refusa à l'examen de cette idée. Si elle s'y fût arrêtée, elle se serait évanouie. Elle gisait comme anéantie par la douleur dans un coin de sa voiture. Le mouvement forcé imprimé par les secousses de la voiture lui faisait un peu de bien en la distrayant un peu[1].

---

1. Sans s'en douter Lucien fait tout ce qu'il faut pour faire naître l'amour dans ce cœur qui n'est qu'orgueil (et dont la matrice vient seulement de se réveiller.)

...Il faut encore deux ou trois réponses fières, puis elle s'humilie devant Lucien. Une fois qu'elle s'est humiliée devant lui, il est un homme *unique* pour elle. Il n'y a pas de raison pour qu'elle ne fasse pas tout au monde.]

CHAPITRE LXVII

QUAND Lucien vit entrer dans son bureau madame Grandet, l'humeur la plus vive s'empara de lui.

« Quoi ! je n'aurai jamais la paix avec cette femme-là ! Elle me prend sans doute pour un des valets qui l'entourent ! Elle aurait dû lire dans mon billet que je ne veux pas la voir. »

Madame Grandet se jeta dans un fauteuil avec toute la fierté d'une personne qui depuis six ans dépense chaque année cent vingt mille francs sur le pavé de Paris. Cette nuance d'argent saisit Lucien, et toute sympathie fut détruite chez lui.

« Je vais avoir affaire, se dit-il, à une épicière *demandant son dû*. Il faudra parler clair et haut pour être compris. »

Madame Grandet restait silencieuse dans ce fauteuil ; Lucien était immobile, dans une position plus bureaucratique que galante : ses deux mains étaient appuyées sur les bras de son fauteuil et ses jambes étendues dans toute leur longueur. Sa physionomie était tout à fait celle d'un marchand *qui perd* ; pas l'ombre de sentiments généreux, au contraire, l'apparence de toutes les façons de sentir âpres, strictement justes, aigrement égoïstes.

Après une minute, Lucien eut presque honte de lui-même.

« Ah ! si madame de Chasteller me voyait ! Mais je lui répondrais : la politesse déguiserait trop ce que je veux faire comprendre à cette épicière fière des hommages de ses députés du centre, [trop fière d'un bien mal acquis et gâtée par les lourds hommages de ces plats *juste milieu*, toujours à genoux devant l'argent, et fiers seulement devant le mérite pauvre. Je suis placé de façon à lui rendre son insolence pour tout ce qui n'est pas riche et bien reçu chez les ministres. » Lucien se rappela la façon dont elle avait reçu M. Coffe quoique présenté par lui. Presque en même temps, son oreille fut comme frappée du son des paroles méprisantes avec lesquelles elle parlait, il y a huit jours, des pauvres prisonniers du Mont-Saint-Michel et blessait aigrement les gens qui donnaient à la quête. Ce dernier souvenir acheva de fermer le cœur de Lucien [1].]

1. Vrai, mais longueur.

— Faudra-t-il, monsieur, lui dit madame Grandet, que je vous prie de faire retirer votre huissier ?

Le langage de madame Grandet ennoblissait les fonctions, suivant son habitude. Il ne s'agissait que d'un simple garçon de bureau qui, voyant une belle dame à équipage entrer d'un air si troublé, était resté par curiosité, sous prétexte d'arranger le feu qui allait à merveille. Cet homme sortit sur un regard de Lucien. Le silence continuait.

— Quoi ! monsieur, dit enfin madame Grandet, vous n'êtes pas étonné, stupéfait, confondu, de me voir ici ?

— Je vous avouerai, madame, que je ne suis qu'étonné d'une démarche très flatteuse assurément, mais que je ne mérite plus.

Lucien n'avait pu se faire violence au point d'employer des mots décidément peu polis, mais le ton avec lequel ces paroles étaient dites éloignait à jamais toute idée de reproche passionné et les rendait presque froidement insultantes. L'insulte vint à propos renforcer le courage chancelant de madame Grandet. Pour la première fois de sa vie, elle était timide, parce que son âme si sèche, si froide, depuis quelques jours éprouvait des sentiments tendres.

— Il me semblait, monsieur, reprit-elle
d'une voix tremblante de colère, si j'ai ·
bien compris les protestations, quelquefois
longues, relatives à votre haute vertu, que
vous prétendiez à la qualité d'honnête
homme.

— Puisque vous me faites l'honneur
de me parler de moi, madame, je vous
dirai que je cherche encore à être juste,
et à voir sans me flatter ma position et
celle des autres envers moi.

— Votre justice appréciative s'abais-
sera-t-elle jusqu'à considérer combien
ma démarche de ce moment est dangereuse ? madame de Vaize peut reconnaître
ma livrée.

— C'est précisément, madame, parce
que je vois le danger de cette démarche,
que je ne sais comment la concilier avec
l'idée que je me suis faite de la haute
prudence de madame Grandet, et de la
sagesse qui lui permet toujours de calculer
toutes les circonstances qui peuvent rendre
une démarche plus ou moins utile à ses
magnanimes projets.

— Apparemment, monsieur, que vous
m'avez emprunté cette prudence rare,
et que vous avez *trouvé utile* de changer
en vingt-quatre heures tous les sentiments
dont les assurances se renouvelaient sans
cesse et m'importunaient tous les jours ?

« Parbleu ! madame, pensa Lucien, je n'aurai pas la complaisance de me laisser battre par le vague de vos phrases. »

— Madame, reprit-il avec le plus grand sang-froid, ces sentiments, dont vous me faites l'honneur de vous souvenir, ont été humiliés par un succès qu'ils n'ont pas dû absolument à eux-mêmes. Ils se sont enfuis en rougissant de leur erreur. Avant que de partir, ils ont obtenu la douloureuse certitude qu'ils ne devaient un triomphe apparent qu'à la promesse fort prosaïque d'une présentation pour un ministère. Un cœur qu'ils avaient la présomption, sans doute déplacée, de pouvoir toucher, a cédé tout simplement au calcul d'ambition. et il n'y a eu de tendresse que dans les mots. Enfin, je me suis aperçu tout simplement qu'on me... trompait, et c'est un éclaircissement, madame, que mon absence voulait essayer de vous épargner. C'est là ma façon d'être honnête homme.

Madame Grandet ne répondait pas.

« Eh ! bien, pensa Lucien, je vais vous ôter tout moyen de feindre ne pas comprendre. »

Il ajouta du même ton :

— Avec quelque fermeté de courage qu'un cœur qui sait aspirer aux hautes positions supporte toutes les douleurs

qui viennent aux sentiments vulgaires,
il est un genre de malheur qu'un noble
cœur supporte avec dépit, c'est celui de
s'être trompé dans un calcul. Or, madame, je le dis à regret et uniquement
parce que vous m'y forcez, peut-être
vous êtes-vous... trompée dans le rôle
que votre haute sagesse avait bien voulu
destiner à mon inexpérience. Voilà, madame, des paroles peu agréables que je
voulais vous épargner, et en cela je me
croyais *honnête homme*, je l'avoue, mais
vous me forcez dans mes derniers retran-
chements, dans ce bureau...

Lucien eût pu continuer à l'infini
cette justification trop facile. Madame
Grandet était atterrée. Les douleurs de
son orgueil eussent été atroces si, heureusement pour elle, un sentiment moins sec
ne fût venu l'aider à souffrir. Au mot fatal
et trop vrai de *présentation à un ministère*,
madame Grandet s'était couvert les yeux
de son mouchoir. Peu après, Lucien crut
remarquer qu'elle avait des mouvements
convulsifs qui la faisaient changer de
position dans cet immense fauteuil doré
du ministère. Malgré lui, Lucien devint
fort attentif.

« Voilà sans doute, se disait-il, comment
ces comédiennes de Paris répondent aux
reproches qui n'ont pas de réponse. »

Mais malgré lui il était un peu touché par cette image bien jouée de l'extrême malheur. Ce corps d'ailleurs qui s'agitait sous ses yeux était si beau[1].

Madame Grandet sentait en vain qu'il fallait à tout prix arrêter le discours fatal de Lucien, qui allait s'irriter par le son de ses paroles et peut-être prendre avec lui-même des engagements auxquels il ne songeait peut-être pas en commençant. Il fallait donc faire une réponse quelconque, et elle ne se sentait pas la force de parler.

Ce discours de Lucien que madame Grandet trouvait si long finit enfin, et madame Grandet trouva qu'il finissait trop tôt, car il fallait répondre, et que dire ? Cette situation affreuse changea sa façon de sentir ; d'abord, elle se disait, comme par habitude : « Quelle humiliation ! » Bientôt elle ne se trouva plus sensible aux malheurs de l'orgueil ; elle se sentait pressée par une douleur bien autrement poignante : ce qui faisait le seul intérêt de sa vie depuis quelques jours allait lui manquer ! Et que ferait-elle après, avec son salon et le plaisir d'avoir des soirées

---

1. *Art.* — N'expliquer au lecteur les mauvaises qualités, les qualités sèches de Mme Grandet, que lorsque le lecteur s'y sera un peu attaché, au moins comme à une compagne de voyage.

brillantes, où l'on s'amusât, où il n'y eût
que la meilleure société de la cour de
Louis-Philippe ?

Madame Grandet trouva que Lucien
avait raison, elle voyait combien sa colère
à elle était peu fondée, elle n'y pensait
plus, elle allait plus loin : elle prenait le
parti de Lucien contre elle-même.

Le silence dura plusieurs minutes ; enfin,
madame Grandet ôta le mouchoir qu'elle
avait devant les yeux, et Lucien fut frappé
d'un des plus grands changements de physionomie qu'il eût jamais vus. Pour
la première fois de sa vie, du moins aux
yeux de Lucien, cette physionomie avait
une expression féminine[1]. Mais Lucien
observait ce changement, et en était peu
touché. Son père, madame Grandet, Paris,
l'ambition, tout cela en ce moment
était frappé du même anathème à ses
yeux. Son âme ne pouvait être tou-

---

1. [Cette tête si belle de Mme Grandet certes en ce moment
ne manquait pas d'expression, charme si rare chez elle. Pour
extrême augmentation de charmes, elle avait les cheveux un
peu en désordre ; elle venait de jeter son chapeau avec distraction. Et toutefois cette tête si belle et si jeune, que
Paul Véronèse eût voulu avoir pour modèle, faisait, exactement parlant, mal aux yeux à Lucien. Il n'y voyait plus
qu'une catin triomphant d'être assez belle pour se vendre
afin d'acheter un ministère. Plus elle réunissait de richesses,
de considération et d'avantages sociaux, plus à ses yeux il
était odieux de se vendre. « Elle est à cent piques au-dessous
d'une pauvre fille du coin de la rue qui se vend pour avoir
du pain ou acheter une robe. »]

chée que de ce qui se passerait à Nancy.

— J'avouerai mes torts, monsieur ; mais pourtant ce qui m'arrive est flatteur pour vous. Je n'ai en toute ma vie manqué à mes devoirs que pour vous. La cour que vous me faisiez me flattait, m'amusait, mais me semblait absolument sans danger. J'ai été séduite par l'ambition, je l'avoue, et non par l'amour, j'ai cédé ; mais mon cœur a changé (ici madame Grandet rougit profondément, elle n'osait pas regarder Lucien), j'ai eu le malheur de m'attacher à vous. Peu de jours ont suffi pour changer mon cœur à mon insu. J'ai oublié le juste soin d'élever ma maison, un autre sentiment a dominé ma vie. L'idée de vous perdre, l'idée surtout de n'avoir pas votre estime, est intolérable pour moi... Je suis prête à tout sacrifier pour mériter de nouveau cette estime.

Ici, madame Grandet se cacha de nouveau la figure, et enfin de derrière son mouchoir elle osa dire :

— Je vais rompre avec M. votre père, renoncer aux espérances du ministère, mais ne vous séparez pas de moi.

Et en lui disant ces derniers mots madame Grandet lui tendit la main avec une grâce que Lucien trouva bien extraordinaire.

« Cette grâce, ce changement, étonnant chez cette femme si fière, c'était votre mérite qui en était l'auteur, lui disait la vanité. Cela n'est-il plus beau que de l'avoir fait céder à force de talent ? »

Mais Lucien restait froid à ces compliments de la vanité. Sa physionomie n'avait d'autre expression que celle du calcul. La méfiance ajoutait :

« Voilà une femme admirablement belle, et qui sans doute compte sur l'effet de sa beauté. Tâchons de n'être pas dupe. Voyons : madame Grandet me prouve son amour par un sacrifice assez pénible, celui de la fierté de toute sa vie. Il faut donc croire à cet amour... Mais doucement ! Il faudra que cet amour résiste à des épreuves un peu plus décisives et d'une durée un peu plus longue que ce qui vient d'avoir lieu jusqu'ici. Ce qu'il y a d'agréable, c'est que, si cet amour est réel, je ne le devrai pas à la pitié. Ce ne sera pas un amour inspiré par contagion, comme dit Ernest. »

Il faut avouer que la physionomie de Lucien n'était point du tout celle d'un héros de roman, pendant qu'il se livrait à ces sages raisonnements. Il avait plutôt l'air d'un banquier qui pèse la convenance d'une grande spéculation.

« La vanité de madame Grandet, conti-

nua-t-il, peut regarder comme le pire des
maux d'être quittée, *elle doit tout sacrifier
pour éviter cette humiliation,* même les intérêts de son ambition. Il se peut fort
bien que ce ne soit pas l'amour qui fasse
ces sacrifices, mais tout simplement la
vanité, et la mienne serait bien aveugle
si elle se glorifiait d'un triomphe d'une
nature aussi douteuse. Il convient donc
[d']être rempli d'égards, de respect ;
mais au bout du compte sa présence ici
m'importune, je me sens incapable de me
soumettre à ses exigences, son salon
m'ennuie. C'est ce qu'il s'agit de lui faire
entendre avec politesse. »

— Madame, je ne m'écarterai point
avec vous du système d'égards les plus
respectueux. Le rapprochement qui nous
a placés pour un instant dans une position
intime a pu être la suite d'un malentendu,
d'une erreur, mais je n'en suis pas moins
à jamais votre obligé. Je me dois à moi-
même, madame, je dois encore plus à
mon respect pour le lien qui nous unit un
court instant l'aveu de la vérité. Le respect, la reconnaissance même remplissent
mon cœur, mais je n'y trouve plus d'amour.

Madame Grandet le regarda avec des
yeux rougis par les larmes, mais dans lesquels l'extrême attention suspendait les
larmes.

Après un petit silence, madame Grandet se remit à pleurer sans nulle retenue. Elle regardait Lucien, et elle osa dire ces étranges paroles :

— Tout ce que tu dis est[1] vrai, je mourais d'ambition et d'orgueil. Me voyant extrêmement riche, le but de ma vie était de devenir une dame titrée, j'ose t'avouer ce ridicule amer. Mais ce n'est pas de cela que je rougis en ce moment. C'est par ambition uniquement que je me suis donnée à toi. Mais je meurs d'amour. Je suis une indigne, je l'avoue. Humilie-moi ; je mérite tous les mépris. Je meurs d'amour et de honte. Je tombe à tes pieds, je te demande pardon, je n'ai plus d'ambition ni même d'orgueil. Dis-moi ce que tu veux que je fasse à l'avenir. Je suis à tes pieds, humilie-moi tant que tu voudras ; plus tu m'humilieras, plus tu seras humain envers moi.

« Tout cela, est-ce encore de l'affectation ? » se disait Lucien. Il n'avait jamais vu de scène de cette force.

Elle se jeta à ses pieds. Depuis un moment, Lucien, debout, essayait, de la relever. Arrivée à ces derniers mots, il sentit ses bras faiblir dans ses mains qui les avaient saisis par le haut[2]. Il sentit

---

1. Au fond sorte de courtisane amoureuse.
2. A la région du deltoïde.

bientôt tout le poids de son corps : elle
était profondément évanouie.

Lucien était embarrassé, mais point
touché. Son embarras venait uniquement
de la crainte de manquer à ce précepte
de sa morale : *ne faire jamais de mal inutile*. Il lui vint une idée, bien ridicule en
cet instant, qui coupa court à tout attendrissement. L'avant-veille, on était venu
quêter chez madame Grandet, qui avait
une terre dans les environs de Lyon, pour
les malheureux prévenus du procès d'avril,
que l'on allait transférer de la prison de
Perrache à Paris par le froid, et qui
n'avaient pas d'habits [1].

— Il m'est permis, messieurs, avait-elle
dit aux quêteurs, de trouver votre démarche singulière. Vous ignorez apparemment ce que mon mari est dans l'État, et
M. le préfet de Lyon [2] a défendu cette
quête.

Elle-même avait raconté tout cela à
sa société. Lucien l'avait regardée, puis
avait dit en l'observant :

-- Par le froid qu'il fait, une douzaine
de ces gueux-là mourront de froid sur
leurs charrettes ; ils n'ont que des habits
d'été, et on ne leur distribue pas de cou-
vertures.

1. Voir les journaux du commencement de mars 1835.
2. Gasparrin.

— Ce sera autant de peine de moins pour la cour de Paris, avait dit un gros député, héros de juillet [1].

L'œil de Lucien était fixé sur madame Grandet ; elle ne sourcilla pas.

En la voyant évanouie, ses traits, sans expression autre que la hauteur qui leur était naturelle, lui rappelèrent l'expression qu'ils avaient lorsqu'il lui présentait l'image des prisonniers mourant de froid et de misère sur leurs charrettes [2]. Et au milieu d'une scène d'amour Lucien fut homme de parti.

« Que ferai-je de cette femme ? se dit-il. Il faut être humain, lui donner de bonnes paroles, et la renvoyer chez elle à tout prix. »

Il la déposa doucement contre le fauteuil, elle était assise par terre. Il alla fermer la porte à clef. Puis, avec son mouchoir trempé dans le modeste pot à l'eau de faïence, seul meuble culinaire d'un bureau, il humecta ce front, ces joues, ce cou, sans que tant de beauté lui donnât un instant de distraction.

« Si j'étais méchant, j'appellerais Desbacs au secours, il a dans son bureau toutes sortes d'eaux de senteur. »

Madame Grandet soupira enfin.

1. M. Chauven.
2. *Pilotis* : car l'évanouissement relâche, détend les nerfs.

« Il ne faut pas qu'elle se voit assise par terre, cela lui rappellerait la scène cruelle. »

Il la saisit à bras-le-corps et la plaça assise dans le grand fauteuil doré. Le contact de ce corps charmant lui rappela cependant un peu qu'il tenait dans ses bras et qu'il avait à sa disposition une des plus jolies femmes de Paris. Et sa beauté, n'étant pas d'expression et de grâce, mais une vraie beauté *sterling* et pittoresque, ne perdait presque rien à l'état d'évanouissement.

Madame Grandet se remit un peu, elle le regardait avec des yeux encore à demi voilés par le peu de force de la paupière supérieure.

Lucien pensa qu'il devait lui baiser la main. Ce fut ce qui hâta le plus la résurrection de cette pauvre femme amoureuse.

— Viendrez-vous chez moi ? lui dit-elle d'une voix basse et à peine articulée.

— Sans doute, comptez sur moi. Mais ce bureau est un lieu de danger. La porte est fermée, on peut frapper. Le petit Desbacs peut se présenter...

L'idée de ce méchant rendit des forces à madame Grandet.

— Soyez assez bon pour me soutenir jusqu'à ma voiture.

— Ne serait-il pas bien de parler
d'entorse devant vos gens ?

Elle le regarda avec des yeux où brillait
le plus vif amour.

— Généreux ami, ce n'est pas vous
qui chercheriez à me compromettre et à
afficher un triomphe. Quel cœur est le
vôtre !

Lucien se sentit attendri ; ce sentiment
fut désagréable. Il plaça sur le dossier du
fauteuil la main de madame Grandet qui
s'appuyait sur lui, et courut dans la cour
dire aux gens d'un air effaré :

— Madame Grandet vient de se donner
une entorse, peut-être elle s'est cassé la
jambe. Venez vite !

Un homme de peine du ministère tint
les chevaux, le cocher et le valet de pied
accoururent et aidèrent madame Grandet
à gagner sa voiture.

Elle serrait la main de Lucien avec le
peu de force qui lui était revenu. Ses yeux
reprirent de l'expression, celle de la prière,
quand elle lui dit de l'intérieur de sa
voiture :

— A ce soir !

— Sans doute, madame ; j'irai savoir
de vos nouvelles.

L'aventure parut fort louche aux do-
mestiques, surpris de l'air ému de leur
maîtresse. Ces gens-là deviennent fins

à Paris, cet air n'était pas celui de la douleur physique pure.

Lucien se renferma de nouveau à clef dans son bureau. Il se promenait à grands pas dans la diagonale de cette petite pièce.

« Scène désagréable ! se dit-il enfin. Est-ce une comédie ? A-t-elle chargé l'expression de ce qu'elle sentait ? L'évanouissement était réel,... autant que je puis m'y connaître... C'est là un triomphe de vanité... Ça ne me fait aucun plaisir. »

Il voulut reprendre un *rapport* commencé, et il s'aperçut qu'il écrivait des niaiseries. Il alla chez lui, monta à cheval, passa le pont de Grenelle, et bientôt se trouva dans les bois de Meudon. Là, il mit son cheval au pas et se mit à réfléchir. Ce qui surnagea à tout, ce fut le remords d'avoir été attendri au moment où madame Grandet avait écarté le mouchoir qui cachait sa figure, et celui, plus fort, d'avoir été ému au moment où il l'avait saisie insensible, assise à terre devant le fauteuil, pour l'asseoir dans ce fauteuil.

« Ah ! si je suis infidèle à madame de Chasteller, elle aura une raison de l'être à son tour.

— Il me semble qu'elle ne commence pas mal, dit le parti contraire. Peste, un accouchement ! Excusez du peu !

— Puisque personne au monde ne

voit ce ridicule, répondit Lucien piqué, il
n'existe pas. Le ridicule a besoin d'être
vu, ou il n'existe pas. »

En rentrant à Paris, Lucien passa au
ministère ; il se fit annoncer chez M. de
Vaize et lui demanda un congé d'un mois.
Ce ministre, qui depuis trois semaines
ne l'était plus qu'à demi, et vantait les
douceurs du repos (*otium cum dignitate*,
répétait-il souvent), fut étonné et enchanté
de voir fuir l'aide de camp du général
ennemi.

« Qu'est-ce que cela peut vouloir dire ? »
pensait M. de Vaize.

Lucien, muni de son congé en bonne
forme, écrit par lui et signé par le ministre,
alla voir sa mère, à laquelle il parla d'une
partie de campagne de quelques jours.

— De quel côté ? demanda-t-elle avec
anxiété.

— En Normandie, répondit Lucien,
qui avait compris le regard de sa mère.

Il avait eu quelques remords de tromper
une si bonne mère, mais la question : *de
quel côté?* avait achevé de les dissiper.

« Ma mère hait madame de Chasteller, »
se dit-il. Ce mot était une réponse à tout.

Il écrivit un mot à son père, passa à
cheval chez madame Grandet qu'il trouva
bien faible, il fut très poli et promit de
repasser dans la soirée.

Dans la soirée, il partit pour Nancy, ne regrettant rien à Paris et désirant de tout son cœur d'être oublié par madame Grandet[1].

1. Stendhal laisse ici de nombreuses pages blanches, mais ce nouveau voyage à Nancy ne fut jamais écrit. N. D. L. E.

CHAPITRE LXVIII[1]

Après la mort subite de M. Leuwen, Lucien revint à Paris. Il passa une heure avec sa mère, et ensuite alla au comptoir. Le chef de bureau, M. Reffre, homme sage à cheveux blancs, consommé dans les affaires, lui dit, même avant de parler de la mort du chef :

— Monsieur, j'ai à vous parler de vos affaires ; mais s'il vous plaît, nous passerons dans votre chambre.

A peine arrivés :

— Vous êtes un homme, et un brave homme. Préparez-vous à tout ce qu'il y a de pis. Me permettez-vous de parler librement ?

— Je vous en prie, mon cher M. Reffre. Dites-moi nettement tout ce qu'il y a de pis.

— Il faut faire banqueroute.

— Grand Dieu ! Combien doit-on ?

— Juste autant qu'on a. Si vous ne faites pas banqueroute, il ne vous reste rien.

1. Ruine de Lucien.

— Y a-t-il moyen de ne pas faire banqueroute ?

— Sans doute, mais il ne vous restera pas peut-être cent mille écus, et encore il faudra cinq ou six ans pour opérer la rentrée de cette somme.

— Attendez-moi un instant, je vais parler à ma mère.

— Monsieur, madame votre mère n'est pas dans les affaires. Peut-être ne faudrait-il pas prononcer le mot de banqueroute aussi nettement. Vous pouvez payer soixante pour cent, et il vous reste une honnête aisance. M. votre père était aimé de tout le haut commerce, il n'est pas de petit boutiquier auquel il n'ait prêté une ou deux fois en sa vie une couple de billets de mille francs. Vous aurez votre concordat signé à soixante pour cent avant trois jours, même avant la vérification du grand livre. Et, ajouta M. Reffre en baissant la voix, les affaires des dix-neuf derniers jours sont portées sur un livre à part que j'enferme tous les soirs. Nous avons pour 1.900.000 francs de sucre, et sans ce livre on ne saurait où les prendre.

« Et cet homme est parfaitement honnête, » pensa Lucien.

M. Reffre, le voyant pensif, ajouta :

— M. Lucien a un peu perdu l'habitude du comptoir depuis qu'il est dans

les honneurs, il attache peut-être à ce
mot banqueroute la fausse idée qu'on en
a dans le monde. M. Van Peters, que vous
aimiez tant, avait fait banqueroute à New-
York, et cela l'avait si peu déshonoré,
que nos plus belles affaires sont avec
New-York et toute l'Amérique du Nord.

« Une place va me devenir nécessaire, »
pensait Lucien.

M. Reffre, croyant le décider, ajouta :

— Vous pourriez offrir quarante pour
cent ; j'ai tout arrangé dans ce sens. Si
quelque créancier de mauvaise humeur
veut nous forcer la main, vous les réduirez à
trente-cinq pour cent. Mais, suivant moi,
quarante pour cent serait manquer à la
probité. Offrez soixante, et madame Leuwen n'est pas obligée de *mettre à bas* son
carrosse. Madame Leuwen sans voiture !
Il n'est pas un de nous à qui ce spectacle
ne perçât le cœur. Il n'est pas un de nous
à qui M. votre père n'ait donné en cadeau
plus du montant de ses appointements.

Lucien se taisait encore et cherchait à
voir s'il était possible de cacher cet évènement à sa mère.

— Il n'est pas un de nous qui ne soit
décidé à tout faire pour qu'il reste à
madame votre mère et à vous une somme
ronde de 600.000 francs ; et d'ailleurs,
ajouta Reffre (et ses sourcils noirs se dres-

sèrent sur ses petits yeux), quand aucun
de ces messieurs ne le voudrait, je le
veux, moi qui suis leur chef, et, fussent-
ils des traîtres, vous avez 600.000, aussi
sûr que si vous les teniez, outre le mobilier,
l'argenterie, etc.

— Attendez-moi, monsieur, dit Lucien.

Ce détail de mobilier, d'argenterie, lui
fit horreur. Il se vit s'occupant d'avance
à partager un vol.

Il revint à M. Reffre après un gros
quart d'heure ; il avait employé dix
minutes à préparer l'esprit de sa mère. Elle
avait, comme lui, horreur de la banqueroute, et avait offert le sacrifice de sa dot,
montant à 150.000 francs, ne demandant
qu'une pension viagère de 1.200 francs
pour elle et 1.200 francs pour son fils.

M. Reffre fut atterré de la résolution
de payer intégralement tous les créanciers. Il supplia Lucien de réfléchir vingt-
quatre heures.

— C'est justement, mon cher Reffre,
la seule et unique chose que je ne puisse
pas vous accorder.

— Eh ! bien, monsieur Lucien, au moins
ne dites mot de notre conversation. Ce
secret est entre madame votre mère, vous
et moi. Ces messieurs [1] ne font tout au plus
qu'entrevoir des difficultés.

1. Les Commis.

— A demain, mon cher Reffre. Ma mère
et moi ne vous regardons pas moins comme
notre meilleur ami.

Le lendemain, M. Reffre répéta ses
offres ; il suppliait Lucien de consentir
à la banqueroute en donnant quatre-vingt-
dix pour cent aux créanciers. Le surlendemain, après un nouveau refus, M. Reffre
dit à Lucien.

— Vous pouvez tirer bon parti du nom
de la maison. Sous la condition de payer
toutes les dettes, dont voici l'état complet,
dit-il en montrant une feuille de papier
grand aigle chargée de chiffres, avec
condition de payer intégralement et
l'abandon de toutes les créances de
la maison, vous pourrez vendre le nom de
la maison 50.000 écus peut-être. Je vous
engage à prendre des informations sous
le sceau du secret. En attendant, moi
qui vous parle, Jean-Pierre Reffre, et
M. Gavardin (c'était le caissier), nous vous
offrons 100.000 francs comptant, avec
recours contre nous pour toutes sortes
de dettes de feu M. Leuwen, notre honoré
patron, même ce qu'il peut devoir à son
tailleur et à son sellier.

— Votre proposition me plaît fort.
J'aime mieux avoir à faire à vous, brave
et honnête ami, pour 100.000 francs, que
de recevoir 150.000 francs de tout [autre],

qui n'aurait peut-être pas la même vénération pour l'honneur de mon père. Je
ne vous demanderai qu'une chose : donnez
un intérêt à M. Coffe.

— Je vous répondrai avec franchise.
Travailler avec M. Coffe le matin m'ôte
tout appétit à dîner. C'est un parfait
honnête homme, mais sa vue me *cire* [1].
Mais il ne sera pas dit que la maison
Reffre et Gavardin refuse une proposition
faite par un Leuwen. Notre prix d'achat
pour la cession complète sera 100.000 francs
comptant, 1.200 francs de pension viagère
pour madame, autant pour vous, monsieur,
tout le mobilier, vaisselle, chevaux, voiture, etc., sauf un portrait de notre sieur
Leuwen et un autre de notre sieur Van
Peters, à votre choix. Tout cela est porté
dans le projet d'acte que voici, et sur lequel
je vous engage à consulter un homme que
tout Paris vénère et que le commerce ne
doit nommer qu'avec vénération : M. Laffite. Je vais y ajouter, dit M. Reffre en
s'approchant de la table, une pension
viagère de 600 francs pour M. Coffe.

Toute l'affaire fut traitée avec cette rondeur. Leuwen consulta les amis de son
père, dont plusieurs, poussés à bout, le
blâmèrent de ne pas faire banqueroute

—————

1. Me porte malheur.

avec soixante pour cent aux créanciers.

— Qu'allez-vous devenir, une fois dans
la misère ? lui disait-on. Personne ne voudra vous recevoir.

Leuwen et sa mère n'avaient pas eu
une seconde d'incertitude. Le contrat fut
signé avec MM. *Reffre et Gavardin*, qui
donnèrent 4.000 francs de pension viagère à madame Leuwen parce qu'un autre
commis offrait cette augmentation. Du
reste, le contrat fut signé avec les clauses
indiquées ci-dessus. Ces messieurs payèrent
100.000 francs comptant, et le même jour
madame Leuwen mit en vente ses chevaux, ses voitures et sa vaisselle d'argent.
Son fils ne s'opposa à rien ; il lui avait
déclaré que pour rien au monde il ne prendrait autre chose que sa pension viagère
de 1.200 francs et 20.000 francs de capital.

Pendant ces transactions, Lucien vit
fort peu de monde. Quelque ferme qu'il
fût dans sa ruine, les commisérations du
vulgaire l'eussent impatienté.

Il reconnut bientôt l'effet des calomnies
répandues par les agents de M. le comte de
Beausobre. Le public crut que ce grand
changement n'avait nullement altéré la
tranquillité de Lucien, parce qu'il était
saint-simonien au fond, et que, si cette
religion lui manquait, au besoin il en créerait une autre.

Lucien fut bien étonné de recevoir une
lettre de madame Grandet, qui était à
une maison de campagne près de Saint-
Germain, et qui lui assignait un rendez-
vous à Versailles, rue de Savoie, n° 62.
Lucien avait grande envie de s'excuser,
mais enfin il se dit :

« J'ai assez de torts envers cette femme,
sacrifions encore une heure. »

Lucien trouva une femme perdue
d'amour et ayant à grand'peine la force
de parler raison. Elle mit une adresse
vraiment remarquable à lui faire, avec
toute la délicatesse possible, la scabreuse
proposition que voici : elle le suppliait
d'accepter d'elle une pension de 12.000 fr.,
et ne lui demandait que de venir la voir,
en tout bien tout honneur, quatre fois la
semaine.

— Je vivrai les autres jours en vous
attendant.

Lucien vit que s'il répondait comme il
le devait il allait provoquer une scène vio-
lente. Il fit entendre que, pour certaines
raisons, cet arrangement ne pouvait commencer que dans six mois, et qu'il se réservait de répondre par écrit dans vingt-
quatre heures. Malgré toute sa prudence,
cette ennuyeuse visite ne finit pas sans
larmes, et elle dura deux heures et un
quart.

Pendant ce temps, Lucien suivait une négociation bien différente avec le vieux maréchal ministre de la Guerre, qui, toujours à la veille de perdre sa place depuis quatre mois, était encore ministre de la Guerre. Quelques jours avant la course à Versailles, Lucien avait vu entrer chez lui un des officiers du maréchal qui, de la part du vieux ministre, l'avait engagé à se trouver le lendemain au ministère de la Guerre, à six heures et demie du matin.

Lucien alla à ce rendez-vous, encore tout endormi. Il trouva le vieux maréchal qui avait l'apparence d'un curé de campagne malade.

— Eh ! bien, jeune homme, lui dit le vieux général d'un air grognon, *sic transit gloria mundi !* Encore un de ruiné. Grand Dieu ! on ne sait que faire de son argent ! Il n'y a de sûr que la terre, mais les fermiers ne paient jamais. Est-il vrai que vous n'avez pas voulu faire banqueroute, et que vous avez vendu votre fonds 100.000 francs ?

— Très vrai, M. le maréchal.

— J'ai connu votre père, et pendant que je suis encore dans cette galère, je veux demander pour vous à Sa Majesté une place de six à huit mille francs. Où la voulez-vous ?

— Loin de Paris.

— Ah ! je vois : vous voulez être préfet.
Mais je ne veux rien devoir à ce polisson
de de Vaize. Ainsi, *pas de ça, Larirelle.*
(Ceci fut dit en chantant.)

— Je ne pensais pas à une préfecture.
Hors de France, voulais-je dire.

— Il faut parler net entre amis. Diable !
je ne suis pas ici *pour vous faire* de la diplomatie. Donc, secrétaire d'ambassade ?

— Je n'ai pas de titre pour être premier ; je ne sais pas le métier. Attaché est
trop peu : j'ai 1.200 francs de rente.

— Je ne vous ferai ni premier, ni dernier, mais second. M. le chevalier Leuwen,
maître des requêtes, lieutenant de cavalerie, a des titres. Écrivez-moi demain si
vous voulez ou non être second.

Et le maréchal le congédia de la main,
en disant :

— Honneur !

Le lendemain, Lucien, qui pour la forme
avait consulté sa mère, écrivit qu'il accep-
tait.

En revenant de Versailles, il trouva un
mot de l'aide de camp du maréchal qui
l'engageait à se rendre au ministère, le
même soir, à neuf heures. Lucien n'atten-
dit pas. Le maréchal lui dit :

— J'ai demandé pour vous à Sa Majesté
la place de second secrétaire d'ambassade
à Capel. Vous aurez, si le roi signe,

4.000 francs d'appointements, et de plus une pension de 4.000 francs pour les services rendus par feu votre père, sans lequel ma loi sur... ne passait pas. Je ne vous dirai pas que cette pension est solide comme du marbre, mais enfin cela durera bien quatre ou cinq ans, et dans quatre ou cinq ans, si vous servez votre ambassadeur comme vous avez servi de Vaize et si vous cachez vos principes jacobins (c'est le roi qui m'a dit que vous étiez jacobin, c'est un beau métier, et qui vous rapportera gros ;) *enfin*, *bref*, si vous êtes adroit, avant que la pension de 4.000 francs ne soit supprimée vous aurez accroché six ou huit mille francs d'appointements. C'est plus que n'a un colonel. Sur quoi, bonne chance. Adieu. J'ai payé ma dette, ne me demandez jamais rien, et ne m'écrivez pas.

Comme Leuwen s'en allait :

— Si vous ne recevez rien de la rue Neuve-des-Capucines d'ici à huit jours, revenez à neuf heures du soir. Dites-au portier en sortant que vous reviendrez dans huit jours. Bonsoir, Adieu.

Rien ne retenait Lucien à Paris, il désirait n'y reparaître que lorsque sa ruine serait oubliée.

— Quoi ! vous qui pouviez espérer tant

de millions ! lui disaient tous les nigauds
qu'il rencontrait au foyer de l'Opéra.

Et plusieurs de ces gens-là le saluaient
de façon à lui dire : « Ne nous parlons
pas. »

Sa mère montra une force de caractère
et un esprit du meilleur goût ; jamais une
plainte. Elle eût pu garder son magnifique
appartement dix-huit mois encore. Avant
le départ de Lucien, elle s'était établie dans
un appartement de quatre pièces au troisième étage, sur le boulevard. Elle annonça
à un petit nombre d'amis qu'elle leur
offrirait du thé tous les vendredis, et que
pendant son deuil sa porte serait fermée
tous les autres jours.

Le huitième jour après la dernière entrevue avec le maréchal, Lucien se demandait
s'il devait se présenter ou attendre encore
quand on lui apporta un grand paquet
adressé à M. le chevalier Leuwen, second
secrétaire d'ambassade à [Capel]. Lucien
sortit à l'instant pour aller chez le brodeur
commander un petit uniforme ; il vit le
ministre, reçut un quartier d'avance de ses
appointements, étudia au ministère la correspondance de l'ambassade de Capel,
moins les lettres secrètes. Tout le monde
lui parla d'acheter une voiture, et trois
jours après avoir reçu avis de sa nomi-

nation il partit bravement par la malle-
poste. Il avait résisté héroïquement à
l'idée de se rendre à son poste par Nancy,
Bâle et Milan.

Il s'arrêta deux jours, avec délices, sur
le lac de Genève et visita les lieux que la
Nouvelle-Héloïse a rendus célèbres ; il
trouva chez un paysan de Clarens un lit
brodé qui avait appartenu à madame de
Warens.

A la sécheresse d'âme qui le gênait à
Paris, pays si peu fait pour y recevoir
des compliments de condoléances, avait
succédé une mélancolie tendre : il s'éloignait de Nancy peut-être pour toujours.

Cette tristesse ouvrit son âme au sentiment des arts. Il vit, avec plus de plaisir
qu'il n'appartient de le faire à un ignorant,
Milan, Saronno, la chartreuse de Pavie, etc.
Bologne, Florence le jetèrent dans un état
d'attendrissement et de sensibilité aux
moindres petites choses qui lui eût causé
bien des remords trois ans auparavant.

Enfin, en arrivant à son poste, à Capel
il eut besoin de se sermonner pour prendre,
envers les gens qu'il allait voir le degré
de sécheresse convenable. - - -

FIN DU TROISIÈME ET DERNIER VOLUME

ACHEVÉ D'IMPRIMER LE 20 AVRIL 1929
SUR LES PRESSES
DE L'IMPRIMERIE ALENÇONNAISE
F. GRISARD, Administrateur
11, RUE DES MARCHERIES, 11
ALENÇON (ORNE)

Imprimé en France
FROC021525200120
23227FR00016B/166/P